高岡市万葉歴史館編

天象の万葉集

笠間書院

天象の万葉集

目次

天象の万葉集

「天象の万葉集」序論

大久間喜一郎

一　天地創成の哲理と天地開闢

万葉集に見える天体や気象を詠んだ作品は、現代の科学的考察を交えた天体観・気象観によるものとは、内容に隔たりがあることは言うまでもない。現代の科学的知識の加わらぬ天体観・気象観を支配したものは、やはり神話的伝承であったと思われる。神話的伝承は古代人の世界観の結実であり、言い換えるならば、現存世界の成立の由来や状況の説明であった。それらが科学的説明にとって代えられた今、万葉人の天体観・気象観はある種の郷愁へと我々を誘うのである。そうした天体観・気象観の神話的な観念は、呪的世界観による見解を被せることによって、一層神秘的な物語的世界が展開する。

天地の　分れし時ゆ　神さびて　高く貴き　駿河なる　富士の高嶺を　天の原　振り放けみれば

渡る日の　陰も隠らひ　〔下略〕　（万葉集、三一七。山部宿禰赤人）

天地と別れし時ゆ己が妻然ぞ年にある秋待つ我は　（万葉集、二〇〇五。作者未詳）

天地と　別れし時ゆ　久方の　天つしるしと　定めてし　天の川原に　あらたまの　月かさなりて　〔下略〕　（万葉集、二〇九二。作者未詳）

古代日本の天体観・気象観は、記紀神話の冒頭に見える天地開闢の伝承が古いものとされる。原始における天地開闢の観念は世界各地の神話に語られて来たようであり、そうでなくともその残影を留めていると思われる伝承も多い。右に掲げたように万葉人にとっても天地開闢の伝承は日常的な観念であった。

先ず天地開闢の伝承を古いところから見てゆくことにしたい。古代エジプトに関する絵画・写真の類いで我々に親しいのは、天空の女神ヌート（Nut）がその細長い体を弓なりに屈曲させて、両手と両足を大地に接し、大気の神シュー（Shu）が彼女の胸と下腹部とを両手で支えた姿である。シューはヌートの父親であり、ヌートは大地の神ゲブ（Geb）の妻であるので、夫と離れがたい思いから手足を大地から放すまいとしていると説明される。

これは天地分離の神話が古代エジプトに存在したことを示すものであるが、それが何時ごろから行われるようになったかは明確ではないようである。我々にとって親しいヌート女神の肉体が弧を描く天空の観念図は、私の知る限りでは第二十王朝以後のものであって、紀元前一二〇〇年以後である。

古代エジプトの歴史の上ではそれ程古い伝承ではないかも知れぬ。ただ、興味深いのは、天空が女性であり、大地が男性であるという思想である。エリアーデの『大地・農耕・女性』（堀一郎訳、未来社）によれば、マオリ人にもこのヌートとゲブのように、元来、天と地とは「かたく抱擁して一つになっていた」が、その子供たちは天と地とを繋いでいた綱を切って父を高く押し上げたという。そしてこうした「天地創造のモチーフはインドネシアからミクロネシアにいたるオセアニア州の全文明に現れている」と記している。そして天空は男性、大地は女性なのである。

エジプトにはギリシア神話に見えるガイア（Gaia）のような大地母神は存在しなかったようである。その理由は、大地の恵みは全てナイル川によってもたらされると考えていたからであろう。なお、紀元前七世紀のヘシオドスの神統記によれば、ガイアは単独で天空神ウラノス（Ouranos）を生んだという。

本来はユダヤ教の正典であった旧約聖書によると、創世記には神が六日をかけて天地および自然界の万物を創造した旨が記されている。こうした神話は元来、地中海周辺の諸民族が持っていたものだという。ユダヤ教の教典における天地開闢の神話もそこに由来し、それがキリスト教へ取り入れられ、旧約聖書のモーセ五書の一つ「創世記」となったと言われる。

初めに神は天地を創造された。地は混沌であって、闇が深淵の面にあり、神の霊が水の面を動いていた。神は言われた。「光あれ。」こうして光があった。神は光を見て、良しとされた。神は光と闇とを分け、光を昼と呼び、闇を夜と呼ばれた。夕べがあり、朝があった。第一の日である。神は言われた。「水の中に大空あれ。水と水とを分けよ。」神は大空を造り、大空の下と大空の上に水を分けさせられた。そのようになった。神は大空を天と呼ばれた。夕べがあり、朝があった。第二の日である。

神は言われた。「天の水は一つ所に集まれ。乾いた所が現れよ。」そのようになった。神は乾いた所を地と呼び、水の集った所を海と呼ばれた。神はこれを見て、良しとされた。

（旧約聖書・創世記〈新共同訳〉）

この旧約聖書の天地開闢説は、ヤハウェの神の意思によるものであった。この開闢説の特色は水を原初における要素としているが、それはアッシリアやバビロニア神話とも共通する。この天地開闢説をよく眺めると、話の基盤となる場所は、混沌の様とは言え天地の地に相当する部分なのである。その地にあたる部分が深淵を為す水で全て満たされていたのである。神はその深い水の中に大空を造り、水を大空に属す水と地に属す水とに分離させた。天地開闢の基本となる天と地の分離は、この時に成立したのだと考えられる。そして大空の下に存在する水は一か所に集まって海となり、乾いた所は大地となった。このようにして、天と地とは完全に出来上がったのである。

この創世記にみる天地開闢説は、関根正雄氏による『旧約聖書　創世記』（岩波文庫）の解説に従えば、「紀元前五世紀頃祭祀階級の間で書き記されたもので」あるという。この旧約聖書の古伝承は唯一神たる「神」（後にはヤハウェの名が示される）の意思と指令とによって、天地の創造が行われた故に、エジプトの天地開闢神話の如く、天空や大地が神としての性格を持つことはなかった。そのような意味で、天と地に関わる神話伝承といったものを創世記から期待することは出来ない。

古代ギリシアの文化を引き継いだローマ時代となって、天地創成の神話も或る種のまとまりを見せてくる。古代ローマの詩人オウィディウス（43B. C. ～18A. D.）の『変身物語』(Metamorphoses)は次のように記している。

海と、大地と、万物をおおう天空が存在する以前には、自然の相貌は全世界にわたって同一だった。ひとはこれを「混沌《カオス》」と呼んだが、それは何の手も加えられてもいない集塊にすぎなかった。〔下略〕

世界に光を与える太陽もまだなく、満ちてゆく月が新しいその鎌をふとらせることもなかった。〔中略〕どのものにも固有の形はなく、おたがいどうしが邪魔しあっていた。

神が――あるいは、ひときわすぐれた自然が――この争いをやめさせた。天空から大地を、大地から海を引き離し、濃密な大気と澄んだ天空とを分けたのだ。これらのものを解きほどき、真っ暗な塊から取り出したのち、別々の場所をあてがって、親和の情で結び合わせた。弓なりの天空の、火から成る軽い霊気は、舞いあがって、いちばん高いところに場を占めた。軽さにおいてつぎに来るのが大気であり、場所においてもまたそうだった。これらよりも密な大地は、どっしりした諸物質を引きずって、みずからの重さで下のほうへ押しやられた。まわりの水がいちばん最

後の場所を占め、陸地を囲んだというわけだ。　（中村善也訳、岩波文庫）

原初のカオス（Chaos）が神の意思によって、やがて天空と大地とが生まれてゆく経過は、旧約聖書「創世記」の伝承を思わせる。また、「弓なりの天空」というものを観想しながら、それを固形であると考えていなかったというのは興味深い。エジプトのヌート女神の神話にしても、既に述べたオセアニア州の神話、あるいはわが国の高天原の神話においても、天空の行き着くところには固形の壁面があったと考えていたからである。なお、この問題は後に述べてゆくつもりである。

天墜《てんち》の未だ形あらざるとき、馮《ひょう》々翼々、洞《どう》々濁《しょく》々たり。故に太昭（太始が正しいという説がある）と曰ふ。（中略）清陽なる者は、薄靡《はくび》して天と為り、重濁《ぢゅうだく》なる者は、凝滞《ぎょうたい》して地と為る。清妙の合専《がふせん》するは易く、重濁の凝竭《ぎょうけつ》するは難し。故に天先づ成りて、地後に定まる。（淮南子・天文訓）

原初のカオスから始まって、軽い大気は高く昇り、重い大地は重い諸物質と共に下の方へ沈んで行ったとする観想は、右に掲げた古代中国の『淮南子《えなんじ》』（漢の劉安－179 B.C.～122 B.C.－編）「天文訓」に見える天地開闢説と極めて似ている。また、『淮南子』のこの叙述が日本書紀の天地開闢の叙述の手本となったことは誰もが知っていることである。記紀に見える天地開闢の神話は、『古事記』と『日本書紀』とではかなりの違いがあるように見える。まず、古事記では次のように説かれる。

天地《あめつち》初めて発《おこ》りし時、高天の原に成れる神の名は、天之御中主《あめのみなかぬしの》神。次に高御産巣日《たかみむすひの》神。次に神《かみ》産巣日《むすひの》神。この三柱の神は、みな独神《ひとりがみ》と成りまして、身を隠したまひき。次に国稚《わか》く浮きし脂の如くして、海月《くらげ》なす漂へる時、（下略）

この古事記の冒頭の文には、天地分離の次第は説かれてはいない。「天地初発之時」を「あめつちの初めの時」と訓読するのは宣長の訓読だが、現在では普通、「あめつち初めておこりし時」とか「あめつち初めてひらけし時」とか訓むのが慣いとなっている。何れにしても、天地が初めて出来上がった時の意で、天地分離の経過については述べられていない。それでは天地分離の神話は日本には無かったのかと言えば、そうではないと思われる。古事記序の中で太安万侶《おほのやすまろ》は次のように言う。

それ、混元《こんげん》既に凝《こ》りて、気象未だ効《あらは》れず。名も無く為《わざ》も無し。誰れかその形を知らむ。然れども、乾坤《けんこん》初めて分れて、参神《さんじん》造化の首《はじめ》となり、（下略）

右の文中、「然れども」以前は、形すら定まらぬ混沌の様を述べたもので、「乾坤初めて分れて」は天と地とが分離したことを言っている。その意味では、古代中国の大地開闢神話とも共通するし、遠くは古代ローマのオウィディツスの天地開闢の観想とも重なってくるのである。一方、日本書紀の天地開闢説では次のように叙述している。

○古《いにしへ》に天地未だ剖《わか》れず、陰陽《めを》分れざりしとき、渾沌《まろか》れたること鶏子《とりのこ》の如くして、溟涬《ほのか》にして牙《きざし》を含《ふふ》めり。其れ清陽《すみあきらか》なるものは、薄靡《たなび》きて天《あめ》と為り、重濁《おもくにご》れるものは、淹滞《つつ》ゐて地《つち》となるに及びて、精妙《くはしくたへ》なるが合へるは摶《むらが》り易く、重濁《おもくにご》れるが凝《こ》りたるは竭《かたま》り難し。故《かれ》、天先づ成りて地後に定《さだま》る。然《しかう》して後に、神聖《かみ》、其の中に生《あ》れます。

○一書に曰はく、天地初めて判るるときに、一物虚中《そらのなか》に在り。（一書第一）

○一書に曰はく、天地初めて判るるときに、始めて倶に生《なりい》づる神有《ま》す。（一書第四）

○一書に曰はく、天地初めて判るるときに、物有り。（一書第六）

○又、天地割判《わか》るる初に、天の中に生れます神、名は天御中主神と曰す。（古語拾遺）

この日本書紀本伝の天地開闢説の主要な点は、既に挙げた「淮南子」を模したものであることは、既知のことである。しかしながら、天地分離の神話までが中国からの借り物だと考えるのは誤りである。それをほぼ誤りと断定できる程、我々の知りうる天地開闢のそれぞれの伝承では、この世界は混沌から始まり、やがて天と地とが分離していったものだという考え方を共有していると思われるからである。右に引用した日本書紀の天地開闢説も中国の文献に依らない一書の記事、或いは古語拾遺の一文を指摘するまでもない。

二　高天原の理念

こうした日本の古代神話に見られる天地開闢の思想は、正に世界的な神話思考の一環として考えることが出来るが、日本神話の場合はそれに高天原の理念が加わる。先ず、高天原《たかまのはら》の語義から考えると、高い天空の広々とした場所の意味であろう。我々は「天の原」という観念を知っている。

天の原振り放《さ》け見れば大君の御寿《みいのち》は長く天足《あまた》らしたり　（万葉集巻二・一四七、天智天皇の大后）

飛鳥《とぶとり》の　浄《きよみ》の宮に　神ながら　太《ふと》敷きまして　天皇《すめろき》の　敷きます国と　天の原　石門《いはと》を開き　神あがり　あがり座《いま》しぬ〈下略〉　（万葉集巻二・一六七、人麻呂）

ひさかたの　天の原より　生《あ》れ来たる　神の命〈下略〉　（万葉集巻三・三七九、大伴坂上郎女）

天の原振り放け見れば春日なる三笠の山に出でし月かも　（古今和歌集・羇旅）

こうした例からでも判るように、万葉の初期から末期を経て古今集の時代に至るまで、使用されてきた「天の原」という語は、広々とした天空を指す語であった。その「天の原」に「高」という修飾語を加えて出来たのが「高天原」という語である。それならば「高天原」という語は、単なる「天の原」よりも高い空間を指すのか、それとも「天の原」という空間が高い場所と考えられていた故に、「天の原」を強調したものに過ぎないのかという問題となる。それはどうやら前者であったらしい。

「高天原《たかまのはら》」の特色は、天之御中主神《あめのみなかぬしのかみ》・高御産巣日神《たかみむすひのかみ》・神産巣日神《かみむすひのかみ》の、いわゆる造化三神の生まれた国であり、後に主宰神天照大神の支配した国土と考えられるようになった。それ故、単なる天空であるところの「天の原」とは異なった場所と考えられた。そしてまた、天照大神の指令によって大国主神の国譲りが行われ、天孫邇々芸命が日本の国土に降臨を遂げるに至って、「高天原」は神代史の上からはその消息も途絶え、指令神天照大神も伊勢の地に鎮座し、俗な言葉で言えば、「高天原」は神の住まぬ空き家になってしまった観がある。それでもなお、「高天原」に神の居ます神聖な国土の俤を恋い慕う者が無くなったわけでもない。神々の下僕《しもべ》としての祝の徒《はふりやから》は、高天原に居ます神々に祈願の言葉を連ねるという慣習は残された。しかし、実質は天孫降臨と共に「高天原」の使命は終ったと見るべきである。このような「高天原」の歴史から見れば、「高天原」が単なる天空では無かったことが一層明白になってたくる。「高天原」は古代政治の仮想的な根拠地であった。それ故、「高天原」を海外に求める説などがかつては真剣に論ぜられたのであった。

『古事記』では、文頭に「天地初めて発《おこ》りし時、高天原に成れる神の名は」とあって、前に記した造化三神の出生の叙述に入ってゆく。次に伊邪那岐命が黄泉の国より帰還して禊祓いする時に生まれた天照大神に「汝命《いまし》は、高天原を知らせ」と事依《ことよ》さす。しかし、そこにも「高天原」とは如何なる国であるかの説明はない。その後は「天の岩屋戸」の段に三度その名は出て来るが、そこにも「高天原」の輪郭は示されない。しかし、「天の安の河」があり、「天の真名井」があり、天照大神が神祭りを行う神殿に恐らく付属するのかと思われる「忌機屋」があり、地上で言えば神料に当たる「営田《つくだ》」があった。また、「天《あめ》の香山《かぐやま》」も屢々出て来るが、これが大和の「天《あま》の香具山《かぐやま》」を指しているのか、大和の香具山のイメージを移したものなのかどうかは、文脈の上からみてもよく判らない。それが若し大和の香具山そのものなら、古事記の場合も古くからの呼称と考えられるアマノカグヤマと訓むべきであろう。また、天孫降臨に際して語られる天の八衢《やちまた》も、今日で言う高天原のターミナル的存在であったと言えよう。

「国譲り」及び「天孫降臨」の段には、「高天原に氷木《ひぎ》高知りて」といった表現形式で高天原の語が見える他、政権を天孫に譲って自らは八十坰手《くまで》に隠れた大国主神への祭祀の祝詞の中に見える「高天原」の語は、共に後世の天神祭祀における祝詞の表現の反映であろうと思われる。したがって、これらの段における「高天原」の語はむしろ現実のものではなくて、モニュメントとしての存在であった。

「高天原」が単なる「天の原」ではないという見解は、古事記・天若日子の段に、天若日子の射た矢が雉の鳴女の体を貫通して高天原に届いた時、高木神は高天原の底を貫いて届いたその矢を、その穴から地上に投げ返した。天若日子はその返し矢に当たって死んでしまうが、その説話から我々は高天原の底部がある厚さをもった固い物質であると古人が考えていたことを知る。

大気で満たされた天空そのものに、古人が固形物質の観念を抱いていたとは考え難い。そうなると人間の視野を遠く隔たった天空の彼方に高天原が在ると考えていたのではないかと思われる。やはり高天原ということばの通り、天空の更なる上に高天原は存在していたのであろうと結論付けられる。高天原という天空の更なる彼方にある政治的国土への観想は、日本独自のものと思われるが、既に述べた古代エジプトの創成神話に見られる天空の女神 Nut が大気の神 Shu に支えられた想像図は、やはり天空の彼方に固形の天界のイメージがあり、また、大林太良の『日本神話の起源』（角川書店）によれば、沖縄の神話では、天地分離の最初は、天と地とは互いに接近していて、人は立って歩けないので蛙のように這っていたという。高天原のイメージの中には本来の天空の観念が内在していたと考えられる。

三　天象雑説――日月星辰――

(1) 日（太陽）について

古事記によれば、伊邪那岐命が黄泉国の穢れを払うために、日向の阿波岐原で禊を行った際、左の目を洗ったとき誕生したのが天照大御神で、右の目を洗ったとき誕生したのが月読命だという。このように古事記では、生誕の時から天照大御神と呼ばれ、伊邪那岐命によって高天原を統治することを委任される。天照大御神は日の神であることは明らかであるから、この時から太陽は大空に輝くことになったのであろう。

一方、日本書紀によれば、伊奘諾尊《いざなきのみこと》・伊奘冉尊《いざなみのみこと》の二神が相談して「吾已に大八洲国《おほやしまぐに》及び山川草木を生めり。何《いかに》ぞ天下《あめのした》の主者《きみたるもの》を生まざらむ」というわけで、日の神を生んだ。その名を大日孁貴《おほひるめのむち》と言う。これが一書では、天照大神・天照大日孁尊とあって、古事記の天照大御神と同神であることは言うまでもない。日孁《ひるめ》というのは、日に仕える女・日の神を奉祭する女という意味で、古事記の天照大御神も、高天原で大御神自身が神祭りをしている伝承と合致する。既に述べたこともあるが〈拙著『古事記の比較説話学』〈一九九五年刊、雄山閣出版〉第一章「天地開闢始末」二八頁〜三〇頁〉、日の神を奉祭する最も高級な巫女が、日の神そのものへ転身したのが天照大神であった。それ故、古代エジプトの太陽神ラーのように天空を運行する伝承を持たない理由もそこにあると思われる。なお、神話伝承として、太陽神が女性であるというのも諸外国の中で珍しい現象である。また、伊勢地方の太陽信仰の一拠点にしか過ぎなかった伊勢神宮を皇室の祖先神にまで格上げしたのは、壬申の乱後の天武朝であったと言われる。そうだとすると、天武朝が必要としたのは原初的な太陽信仰ではなかった。あくまでも皇室の祖先神としての天照大神であった。自然神話的な要素は切り捨てられたのだとも推察される。

日についての異常な現象に日蝕ということがある。今、日本書紀から二・三の例を挙げてみよう。

○三月の丁未の朔《ついたち》、戊申に、日、蝕《は》え尽きたることあり。（推古天皇三十六年）

○春正月の壬辰の朔に、日蝕えたり。（舒明天皇八年）

○三月の乙酉の朔、丙戌に、日蝕えたり。（舒明天皇九年）

推古天皇三十六年の記事は皆既日蝕ということであろうか。こうした日蝕については、古事記や万葉集には記事の存在や歌作を見ることはできない。古事記の天の石屋戸の段には、天照大神の岩戸隠れによって「常夜行く」という有様となり、それを本に戻すために様々な祭儀が行われる。これを日蝕祭儀と見るかどうかということであるが、後世において日蝕祭儀といったものの存在を検証し得ない故に、現行の事象の起源を語るものが神話であるとする神話本質論から言えば、天の石屋戸の段の「常夜行く」現象は、日蝕の神話化ではあるまいと言える。日蝕は部分日蝕であれ皆既日蝕であれ短時間で元へ戻る。それよりもむしろ、冬至における衰弱した太陽の復活を願う祭儀の印象が重ねられているのであろう。キリスト教で言う復活祭の根源もそこに在るという。

また、太陽の運行に基づいて方角の名称を定めることがあった。

東西を日縦《ひのたたし》とし、南北を日横《よこし》とす。山の陽《みなみ》を影面《かげとも》と曰ふ。山の陰《きた》を背面《そとも》と曰ふ。是を以て、百姓《おほみたから》安く居《す》みき。天下事無し。(日本書紀・成務天皇紀)

とあり、万葉集巻一・五二番歌「藤原宮の御井の歌」にも、次のようにある。

大和の　青香具山は　日の経《たて》の　大き御門《みかど》に　春山と　茂みさび立てり
畝傍の　此の瑞山《みづやま》は　日の緯《よこ》の　大き御門に　瑞山と　山さびいます

耳成の　青菅山《すがやま》は　背面《そとも》の　大御門に　宜《よろ》しなへ　神さび立てり
名くはし　吉野の山は　影面《かげとも》の　大御門ゆ　雲居にそ　遠くありける

万葉の場合は、「日の経」は東、「日の緯」は西、「背面」は北、「影面」は南であって、書紀の説明とは異なる。「影面」は太陽光線に真向かう位置を言うのだから、南に当たる。「背面」は太陽光線に背を向けるから北に当たる。この二つは書紀も万葉も同じである。しかし、「日の経」と「日の緯」とは、万葉の場合は書紀の説明からみれば誤りである。書紀に見えるこれらの語は、区画整理の為の用語であって、方角を示す名称ではないと思われる。

(2)　月について——月と女性との関連——

古事記の伝承では、伊邪那岐命の右の目から生まれたとされる月読命は、太陽と共に輝く天体に位置づけられながら、太陽のシンボルとしての天照大神が皇室の祖先神とされたのに対して、自然神話的な神として政治の世界との関わりを持たぬまま、人間たちの情趣の世界に奉仕して来たと言って好い。

月を「月読」と称するのは、「つくよ＋み」で、「み」は「綿津見」「山津見」などの「み」と同じくて、恐らく大自然の背後に在るような霊格を「み」と称したものではなかろうかと思われる。そうすると「つくよ」が当然のこととして「月」の意味となってくる。万葉に見える「月夜《つくよ》」の語は、殆どが「月」の意味である。これも恐らく、月は夜の世界のものゆえ「月夜」と当てたものであろう。

海原の道遠みかも月読《つくよみ》の光すくなき夜は降《くた》ちつつ　（万葉集・一〇七五、作者未詳）

去年《こぞ》見てし秋の月夜は照らせれど相見し妹はいや年さかる　（万葉集・二一一、人麻呂）

神話の世界では、太陽が男性の神として象徴化されるのが普通であるといって好いが、それに対して月は女神と考えられることが多い。太陽も月も地球上に光を投げかける天体と考えた場合でも、積極的な太陽の輝きとは異なるという理由がある。また陰陽説から見ても、太陽が陽なら月は陰に当たる。まさに太陽・太陰という呼称の通りである。だが、日本の神話では、月は男性だとされる。

天《あめ》に坐《ま》す月読壮子《つくよみをとこ》幣《まひ》はせむ今夜《こよひ》の長さ五百夜《いほよ》継ぎこそ　（万葉集・九八五、湯原王）

月は太陽とは違って、日々形を変えた姿を見せる。そして一定のサークルをもって繰り返される。それが女性の生理との相関関係で捉えられた時、生理の始まりも初月を一日に定めた陰暦の朔《ついたち》と同じく、「月立つ」と言われる。

倭建命は東征の途次、愛人の美夜受比売《みやずひめ》の許に立ち寄った。その時、美夜受比売の襲《おすひ》の裾に著いている月經《つきのさはり》を見て、次のように歌う。

ひさかたの　天《あめ》の香具山　利鎌《とかま》に　さ渡る鵠《くび》　弱細《ひはぼそ》　手弱腕《たわやかひな》を　枕《ま》かむとは　我はすれども　さ寝むとは　我は思へど　汝が著《け》せる　襲《おすひ》の裾に　月立ちにけり　（古事記・景行天皇記）

竹取物語に、昇天の日が近づいたかぐや姫が、月を見つつ物思いに沈む様が記されていて、傍に仕える人が「月の顔見るは忌むこと」と制する場面がある。何時の頃からの慣習なのか定かではないが、女性が月を見ることを禁じたものであろう。

月みれば国は同じそ山隔《へな》り愛《うつく》し妹は隔りたるかも　（万葉集・二四二〇、作者未詳）

住む場所を異にした男が、容易に逢うことの出来ない愛しい恋人を思って、月を見て僅かに心を慰めている歌であろう。かつては二人で眺めた月が此処でも照っている。同じ国ながら今は二人の間を幾重にも山が隔てている。そんな風に理解できる歌である。女性の場合でも、万葉には月を見ることへのタブーなどは無かったらしい。竹取物語のタブーも恐らく、月が日々満ち欠けする様を、女性の生理と月との相関関係を思って、女性の心身のバランスの乱れを憂えたものであろうか。

山の端《は》のささらえ壮子《をとこ》天の原と渡る光見らくしよしも　（万葉集・九八三、大伴坂上郎女）

この歌には「月の別《また》の名をささらえ男といふ、此の辞《ことば》に縁《よ》りて此の歌を作れり」という左注が添えてある。「ささらえ男」という月の別名は恐らく日常語ではなかったと思われる。坂上郎女にとっても珍しい名であったからこうした歌を作る気になったのであろう。

「ささら」が小さくて細かい様を言う語であるところから、「ささらえ男」の意味は「小さく愛らしい男」という訳を付けた辞書もあるが、月と言えば星を対立的に考えるだろうから、「え」を「愛らしい」という接頭語とするのは好いとして、月に「小さくて愛らしい」という観念が有ったとは考えられない。これは天上界の地名とも言うべき「ささら」という語によって、擬人化された月の所属地を示しているのだと思われる。

　石田王の卒りし時、丹生《にふ》王の作れる歌

○　わが屋戸に　御諸《みもろ》を立てて　枕辺に　齋瓮《いはひべ》をすゑ　竹玉《たかだま》を　間なく貫き垂れ　木綿襷《ゆふたすき》　かひなに懸けて　天《あめ》にある　左佐羅《ささら》の小野の　七節菅《ななふすげ》　手に取り持ちて　ひさかたの　天の川原に　出で立ちて　潔身《みそぎ》てましを　高山の　巌の上に　座《いま》せつるかも　（万葉集・四二〇・丹生王）

　怕《おそろ》しき物の歌

○　天なるや神楽良《ささら》の小野に茅草《ちがや》刈り草《かや》刈りばかに鶉を立つも　（万葉集・三八八七・作者未詳）

天界の何処かに「ささらの小野」と呼ばれる小野があると言われてきた。それは何処だか判らないが、七節菅が生えていたり、せいぜい四〇センチ前後の丈の低い茅草が生えている野原である。七節菅というのはどのような菅だか明確ではない。七つ節を持つ丈の高い菅だというが、そんな菅が有るのかどうかは知らない。『歌枕名寄』に古歌として、

陸奥《みちのく》の十符《とふ》の菅菰《すがごも》七符《ななふ》には君を寝させて三符《みふ》に我寝む

という歌があって、よく知られた歌だが、七節菅とは七符菅だとも言われている。しかしそれでも納得は出来ない。元来、小野と言われる野原には丈の高い植物は生えないと古人は考えていた。鴨長明の『無名抄』には次のような話が載っている。陸奥の八十島で行路死人となった小野小町の髑髏の目の穴から薄が生えて、風が吹くたびに「秋風が吹くにつけてもあなめあなめ」と歌の上の句を歌ったという。「あなめ」とは「あな、めぐし」の女詞かも知れない。折から陸奥へ下った在原業平がこれを聞いて、「小野とは言はじ薄生ひたり」と下の句を付けたという。つまり、薄のような丈の高い草が生えるのだから、此処は小野ではなくて大野だという意味である。さらに言えば、此のみじめな髑髏は小野小町ではないという労りの歌である。こんなところから、小野には丈の高い草は生えないというのが常識であったらしい。

少々回り道をしたが、「ささらの小野」には物の影すらない静寂の空間を古人は想像したらしい。

三八七の歌の意味は、全く音の絶えた空間だから、一羽の鶉の羽音にも恐怖の念を覚えさせるのであろう。そうした天界のイメージを「ささら」という語で代表させて「ささらえ男」という月の名称が生まれたのであろう。

(3) 星について――七夕伝説を中心として――

星と星とを結び付けて、星座というものを初めて考え出したのは、紀元前三千年頃の遊牧民カルデア人であったと言われる。これが天体観測への機運となったことは確かであろうし、農事暦を発達させたことは言うまでもない。隣国中国の考えた星座は、前漢の史書たる『史記』の「天官書」に見える。しかし、わが国にあっては、記紀その他の文献を検しても、星座はおろか一般に星についての関心も薄いのか、星について触れたものは殆ど無い。万葉集には数多くの七夕歌がある。これは中国の前漢の頃に成立した牽牛星・織女星の伝説がわが国に輸入されて、日本の習俗に合わせて改変されたものを素材とした歌であるが、その伝説の根源は星に纏わる伝承であるというだけで、伝承自体は人間世界の話に成りきっている。

古事記・日本書紀・古語拾遺などの諸書から星に関わりのあると思われる伝承が極めて少ないことは、先に述べた通りであるが、今、疑わしい事例も併せて拾ってみよう。

○二《ふたはしら》の神（経津主《ふつぬし》神・武甕槌《たけみかづち》神）曰さく、「天に悪しき神有り。名を天津甕星《あまつみかぼし》と曰ふ。亦の名は天香香背男《あめのかがせを》。請ふ、先づ此の神を誅《つなみ》ひて、然して後に下りて葦原中国を撥はむ」とまうす。

（日本書紀・神代下、一書第二）

○天羽槌雄神《あめのはつちをの》〔倭文《しとり》が遠祖なり〕をして文布《しつ》を織らしむ。天棚機姫神《あめのたなばたひめ》をして神衣《かむみそ》を織らしむ。

（古語拾遺・天石窟の条）

○故《かれ》、阿遅志貴高日子根神《あぢしきたかひこね》は、忿りて飛び去りし時、その同母妹《いろも》、高比売命、その御名を顕はさむと思ひき。故、歌ひしく、

天なるや　弟棚機《をとたなばた》の　項《うな》がせる　玉の御統《みすまる》　御統に　穴玉はや　み谷　二《ふた》渡らす　阿遅志貴
高日子根神ぞ

とうたひき。この歌は夷振《ひなぶり》なり。　（古事記・上巻、天若日子）

最初の天津甕星の例は、大国主神の国譲りに際して、高天原に帰順しなかった為に、悪しき神とされているのである。結局、倭文《しとり》神の建葉槌命《たけはづち》を派遣して帰順させたということになっている。日本固有の織物を倭文《しつ》というが、天津甕星がその倭文の神に服従した理由は明確ではない。恐らく七夕伝説はかなり古い時点で日本に入ってきていて、衣服の神である建葉槌命は、古代中国の七夕伝説の主役である織女星との関連において、同じ星仲間の説得に応じたということであろうかと思う。そして倭文神の建葉槌命も星の神であったのだろうと思われる。なお、七夕伝説は万葉集巻十・二〇三三歌の左注に見える「この歌一首は庚辰の年に作れる」という詞を根拠として、天武天皇の九年（六八〇）ころ

我が国に伝えられたのだろうとする説が通説となっているが、紀元前の前漢のころ既に成立していたとされる七夕伝説を、凡そ七百年間も日本人が知らなかったとは考えられない。それに七夕伝説は文芸的知識として日本に伝えられたのではあるまい。七夕伝説を背景とした行事に乞巧奠《きっこうでん》があって、特に平安朝以来盛んに行われたことを思えば、女性を対象とした機織の手仕事の背景に七夕伝説が存在している故に、呉織《くれはとり》・漢織《あやはとり》といった技術者が恐らく進歩した織機と共に七夕伝説を携えて渡来したものと考えられる。

　古事記・応神天皇記には、呉服《くれはとり》の西素と言う人物が渡来している。書紀・雄略天皇紀の十四年には漢織・呉織および衣縫《きぬぬひ》の兄《え》媛・弟《をと》媛らが渡来している。これらの人々が渡来したという年期がそのまま信ぜられなくとも、機織や裁縫の技術者は天武朝以前から度々来日したと考えるのが妥当ではなかろうか。七夕伝説はそうした技術者によってもたらされたと考える。したがって天武朝以前から七夕伝説も日本に将来されていたと思う。しかし日本人の特性として、技術は取り入れても精神文化の面はなおざりにされたとも考えられる。或いはなおざりにされなくとも、その伝説を一般人が持て囃すまでには至らなかったのではないか。古語拾遺に見える天棚機姫神も、記紀に見える弟棚機の神も、日本に古くから伝わる棚機《たなばた》という素朴な織機を使った手仕事から創造された神ではなくて、古くから将来された七夕伝説の記憶が作り上げた神であったのかも知れないのである。

　なお、言い残したことがある。それは箒星（彗星）と流星のことである。

○六年秋八月に、長き星、南方に見ゆ。時の人、箒星《ははきぼし》と曰ふ。

○十一年の春、己巳《つちのとみのひ》に、長き星西北に見ゆ。時に旻《みん》氏が曰はく、「彗星《ははきぼし》なり。見ゆれば、飢す」といふ。

○九年の春二月の丙辰《ひのえたつ》の朔《ついたち》戊寅《つちのとのとらのひ》に、大きなる星東より西に流る。便ち音有りて雷に似たり。時の人の曰はく、「流星の音なり」といふ。（以上、日本書紀・舒明天皇紀）

箒星のことは万葉の歌には詠まれていないようである。右の書紀の記事によれば、飢饉の前兆と考えられた。また、流星については不吉な天変と捉えていたようである。やはり古代の日本人は、星に関しては総体に好い印象をもっていなかったと言えよう。

四　天象と万葉集

今まで述べてきた天体の諸相に様々な気象現象なども加わって、それらが人間生活と絡み合って来るとき、その一つ一つが素材となって歌を形成してゆく。そうした素材が観念化されずに、言わば生のままで捉えられているのが万葉歌の特色だと言ってよいかも知れない。それは天体や気象といった、天象という語で統一される諸現象がどのような形で人間生活に関わって来るかという問題であり、また、その関わってくる過程で天象がどのように表現されているのかといったことも問題となろう。

(1) 先ず、「天」あるいは「天地」といった語を中心に置いた句を出来るだけ拾ってみよう。括弧内は歌番号である。

天離る夷（二九）・天地もよりてあれこそ（五〇）・天の御蔭、日の御蔭（五二）・天の時雨（八二）・天翔るもの（一四五）・天足らす（一四七）・天の河原（一六七）・天つ水（一六七）・天地の寄り合ひの極み（一六七）・天つ御門（一九九）・天領巾（二一〇）・天地日月と共に（二二〇）・天行く月（二四〇）・天降りつく天の香具山（二五七）・天伝ひ来る（二六一）・天の原振り放け見れば（二八九）・天の探女（二九二）・天地の分かれし時ゆ（三一七）・天雲も（三二一）・天の原より生れ来る神の命（三七九）・天雲のそくへの極み（四二〇）・天なるささらの小野（四二〇）・天雲の向伏す国（四四三）・天知らす（四七五）・天地といや遠長に（四七八）・天飛ぶや軽の道（五四三）・天雲の外のみ見つつ（五四六）・天地の神（五四九）・天道（八〇一）・天翔り（八九四）・天つ神（九〇四）・天つ霧（一〇七九）・天の露霜（一一一六）・天霧らひ（一二三一）・天の川瀬（一五一九）・天仰ぎ叫びおらび、足ずりし牙かみたけびて（一八〇九）・天の川安の渡り（二〇〇〇）・天地に通り（二三五四）・天にある一つ棚橋（二三六一）・天地といふ名（二四一九）・天露霜（二三九五）・天とぶ雲（二六七六）・天地に少し至らぬ（二八七五）・我が心天つ空なり（二八八七）・天雲の奥処（三〇三〇）・天地を嘆き祈ひ禱み（三二四一）・天橋も（三二四五）・天地に思ひ足らはし（三二五八）・天の足り夜を（三二八〇）・天の如仰ぎて見つつ（三三二四）・天地に言を満てて（三三二九）

一応、巻十三までの中から、天象の基本となる「天」及び必然的な対立観念をもつ「地」をも含めて、万葉人が「天」或いは「天地」とどの様に関わろうとしていたかを和歌表現の上から見てゆくつもりで抜いてみた語句である。同じ語句は何度も出てくるが、その初出のみを歌番号で示した。これらを一覧しただけで、万葉人あるいは古代の日本人が如何に天地に寄せる思いが強いかが理解出来る。大自然の景観を天地開闢の時以来と位置づけ（三一七）、人間の在り方を天地の壮大さと比較する（三八七五）。心を尽くして物思いするにも、天地の広大さに思いを寄せる（三二五八）。また、遠隔の地を天界の遠さに当てはめ（三九、四四二）、永遠性を天地に求める（四七八）。そして高揚する感情の高まりを天地にぶつけているのである（一八〇九）。

(2) 先に述べた「天」を、天象の中の仮に天体を代表させたとものとするなら、ここでは気象現象の中から、人間生活との関連において、その幾つかを取り上げてみたい。

雲だにもこころあらなも（一八）・秋の田の穂の上にきらふ朝霞（八八）・雲隠る（三三五）・三船の山に居る雲の（二四三）・立つ霧の思ひ過ぐべき恋（三二五）・雨障《あまつつ》み（五一九）・か黒き髪に何時の間か霜の降りけむ（八〇四）・雲居に見ゆる（二一七一）・霜は降りそね（一五一二）・尾花が上に置く露（一五六四）・風をいたみ（二七三六）・霹靂《かむとけ》し曇れる空（三二二三）・虹（三四一四）

雲は気象学の上からは様々の名称を持っていてその性格も明らかにされているが、鰯雲とか鱗雲とか、あるいは綿雲・笠雲・入道雲などと言われる俗称も、一般には判りやすい為か、気象情報の中にも結構そうした言葉が使われる場合も多い。また、天人は紫雲に纏われて来迎し、悪霊や悪鬼は黒雲に包まれて立ち去って行くのも、古来から物語の約束であった。そのように我々の生活と密接な関係をもつ名前で呼ばれる反面、神秘な性格を宿しているとも考えられてきた。雲居という語は、雲が座っている場所であり、遠い地平線や水平線の彼方にうずくまっている雲の様を擬人的に構成した言葉に相違ないが、とにかく遠隔の地を指す言葉であった。それ故、「雲だにも心あらなも」と、雲を人間の仲間のように表現することは特異な心情では無い。三五番歌の「雲隠る」は雷の枕詞として使われているのだが、「いかづち（雷）」を極めて神に近い霊質と考えていたらしい古代の人々にとって、貴人の死も「雲隠る」といったことは当然の考えであった。

平安期以後の慣習として、春は霞で秋は霧と決まってしまったが、万葉時代にはそうした季節的使い分けが無かったと言われている。そして八番歌の秋の霞の歌は適切な例としてよく引用されるのだが、巻八・巻十等の季節分類の巻から見ると、一・二の例外を除いては圧倒的に春には霞が立ち、秋の七夕歌の場合では霧が立つのである。

霞立つ天の河原に君待つとい行き還るに裳の裾ぬれぬ　（巻八・一五二八）

朝霧にしののに濡れて喚子鳥三船の山ゆ鳴き渡る見ゆ　（巻十、春の雑歌・一八三一）

始めの霞を歌った歌は七夕歌である。次の朝霧の作は春の歌である。だが、これらは例外的存在に近い歌だと言える。したがって万葉集の場合は、平安期以後の場合のように、春は霞で秋は霧と形式的に決められてはいないだけのことであろう。それ故、万葉時代には霞と霧との季節区分は無かったとまで断言するのは、恐らく誤りと言って好かろう。

霧も霞も時間の経過と共に消えてゆく。それを人間の脳裏を過《よぎ》る様々な映像や記憶の実態と照応させて、三五番歌のように、移り行く恋心を立つ霧に見立てたりする。また、雨に降り込められた「雨障み」とか、霜は空より降りくだるものと信じた生活感は、万葉人が自然をどのように受け止めてきたかを思わせる。「風をいたみ」というありふれた表現も、現代語訳の中で我々が、「風が激しいので」といった客観表現に何気なく置き換えてきたことは正しかったのだろうか。風という自然現象を万葉人がその身に受け止めた、まさにその痛みをこの訳文は言い表してはいない。

さて、終りに「虹」と「雷」という不定期な気象現象に言及して本稿を閉じようと思う。「虹」という美しい現象がどうした訳か万葉集には一例しか見当たらないようである。それも東歌の一例のみである。そして東国方言で「のじ」と訓読される。

伊香保ろの八尺《やさか》の堰塞《ゐで》に立つ虹《のじ》の顕《あらは》ろまでもさ寝をさ寝てば　（三四一四・東歌）

次は霹靂《かむとけ》し曇れる空（三二二三）の例である。霹靂は雷鳴で、落雷を伴うこともある。雷について、古くこれを「いかづち」と読む時は、厳《いか》つ霊《ち》の意味だとされる。「霊《ち》」は神格としてはやや低級な霊格で、オロチ（大蛇）・ミズチ（虬）・ノヅチ（蝮）などの「チ」と同じ語源とされ、爬虫類の姿をもつ凶悪な霊格と考えていたらしい。古事記の黄泉国の条に、伊邪那美命の死体の処々に大雷・火《ほの》雷・黒雷・拆《さく》雷など八柱の雷が取り着いていたとあるが、雷の形状については記されていない。恐らくそれらの雷は、何れも爬虫類の姿をしていたのだろうと想像される。しかし、農耕社会の中で人々が脳裏に描いた雷の姿は次第に変わってきたようである。『日本霊異記』上巻の第三話には、耕作している農夫の前に落ちた雷があって、それは小さい子どもの姿であった。その雷は命を救われた礼に、「汝に寄せて子を孕ませよう」と約束する。そして、やがて生まれた子は、頭に蛇を二巻き纏って出生したという。ここでも雷の本来の姿は忘れていないのである。因みに、その子は成長すると無類の力《ちから》人《びと》となった。道場法師の出生譚である。

雷のもつ破壊力は雷神を戦闘に参加させる伝承を生んだ。古代ギリシアの主神ゼウスは雷電(thunderbolt)を武器として巨人族を滅ぼした。雷を武器に使うというのは西欧風の考え方に相応しいが、古事記では、国譲り神話の中で活躍する建御雷神がある。雷そのものが武人となって戦うのである。

山城国風土記逸文の賀茂社の祭神も乙訓《おとくに》郡の火雷《ほのいかづち》神社の祭神も雷神であり、神武天皇記や崇神天皇紀に見える大物主神にも雷神の俤はあるが、記紀の神話の中に登場する味耜高彦根《あぢすきたかひこね》神は、天孫系の建御雷神に対して出雲系の雷神だと言える。それは出雲国風土記では阿遅須枳高日子命と表記され、やや表記を変えて播磨国風土記にも出雲国造神賀詞にも登場する。古事記はその系譜の中で、「今、迦毛大御神と謂ふぞ」という詞を加えている。なお、先に星について述べた際に例示した古事記の歌謡、

天なるや　弟棚機の　項がせる　玉の御統　御統に　穴玉はや　み谷　二渡らす　阿遅志貴高日子根神ぞ

は、谷二つを貫いて照り輝いている阿遅志貴高日子根神の姿を礼賛した歌である。この神の長大な蛇身の様を讃えた歌である。だがこの味耜神は荒々しい神ながら、建御雷神のように戦闘に参加するといった伝承を持たない雷神である。

こうした雷神にたいして、古代の人々が忌み嫌うことなく、その神を礼賛するのは、古代の農耕社会において雷は稲に通ってくる夫だと考えられていたから、電光を稲夫《いなづま》と称して、稲夫が多く通うことで豊作がもたらされることを願ったのであった。こうした様々な伝承の歴史を背負って、万葉集に見る天象としての諸現象も我々の前に在るのである。

（引用の古事記・日本書紀・万葉集の本文は、岩波書店発行の「日本古典文学大系」本に準拠しつつ、私意をもって改めた部分もある。）

天と空

古橋信孝

一　天

「天」については、戸谷高明『古代文学の天と日』（新典社、平成元年）が尽くしているように思える。天皇を中心とする古代国家を神話的に支える観念として、天照大神を中心にした高天の原という神々の世界があるが、氏はその天という幻想を中心に考察している。神話的＝観念としては、戸谷論に尽きるので、ここでは表現のあり方を中心に考えてみたい。

「天」は単独例が多いわけではなく、連語か「天の〜」という形で使われるのも、観念を担わされた言葉であることを示していよう。

万葉集における天の単独例は、

1……阿米へゆかば　ながまにまに　つちならば　大王《おほきみ》います　このてらす　日月のしたは　阿

麻くもの　むかふすきはみ　……　（憶良　巻五・八〇〇）

2わがそのにうめのはなちるひさかたの阿米よりゆきのながれくるかも　（巻五・八二二）

3御苑ふの百木の梅の落る花の安米にとびあがり雪とふりけむ　（書持　巻十七・三九〇六）

4ひさかたの天見る如く仰ぎ見し皇子の御門の荒れまく惜しも　（巻二・一六八）

5ひさかたの天しらしぬる君故に日月も知らに恋ひ渡るかも　（巻二・二〇〇）

6ひさかたの天帰《ゆ》く月を網に刺し我大王は蓋《きぬがさ》に為《せ》り　（巻三・二四〇）

7……　天に有る　ささらの小野の　七相菅《ささふすげ》　手に取り持ちて　ひさかたの　天の川原に　出で立ちて　潔身《みそぎ》てましを　……　（巻三・四二〇）

8天に在るひめ菅原の草な苅りそね　みなのわたかぐろき髪にあくたし付くも　（巻七・一二七七）

9天に在る一つ棚橋いかにか行かむ　若草の妻がりと云はば足壮厳《よそひ》せむ　（巻十一・二三六一）

10天にはも五百つ綱はふ万代に国しらさむと五百つ綱はふ　（巻十九・四二七四）

（歌の引用の表記の仕方についてことわっておく。万葉集の引用は、基本的になるべく原文に近く、しかも現代表記の読みやすさを活かすため、漢字を和語の意味にあてて使用している場合はそのまま、音仮名や訓仮名は平仮名で表記し、活用語尾を補う。ただし、文中に引用する場合は、意味をわかりやすくするため、適宜漢字をあてた。また、1の「阿米」のように、そこで問題にしている語は原文通りにする。）

くらいだといっていい。ただし、4「天を仰ぐ」は〈巻二・一九九〉〈巻三・二三九〉〈巻九・一八〇九〉〈巻十三・三二四〉、5「天しらす」は〈巻二・一六七〉〈巻二・二〇〇〉〈巻三・四七五、六〉、6「天行く月」は〈巻六・九八五〉と他にもみられ、類型的ゆえ引いていない。

最初の三例は音仮名でアメと訓めるが、後の四例はアメと訓むかアマと訓むかはわからない。ただ、アマの音仮名はすべて連語か「天の〜」の形だから、単独例はアメと訓んでいいと思う。『古事記』神代の天地開闢の訓釈の最初のものに「於㆓高天原㆒成神名天之御中主神〔訓㆓高下天㆒云㆓阿麻㆒。下効㆑此〕」とあり、高天の原の天をアマと訓むことが記されている。しかし、その前に「天御中主」という神名があるのに訓が示されていないのは、天をアマと訓むのが特殊だからで、普通「天」はアメと訓んだことが知られる。「天一根」「天知迦流美豆比売」などに「訓㆑天如㆑天」とあるのも、アメかアマか紛らわしいが、普通にアメと訓むことを記したものと考えられる。この『古事記』の訓に従うなら、4〜10の「天」もアメと訓んでいい。要するに、アメは自立語であり、アマは修飾語的である可能性がある。

単独例といっても、1は「天へ行かば」と「地ならば」が対になっており、「天地」という用例が多いから、「天」に一語としての価値があるわけではない。7〜9は、「天にある〜」という類型で、天上世界のものであることをあらわすが、「天のささらの小野」「天のひめ菅原」としても意味が変わらない。10も同じ。したがって、後にふれるが、天が一語としての明瞭な意味をもっているのは、2〜5の四例だけになる。

こういう言い方は曖昧かもしれない。そこで、まず連語の例と「天の〜」という使い方をみておく。

天〜・天の（つ）〜

万葉集の天の連語は、アマとわかる例は「天翔り」（巻五・八九四）、「天降り」（巻十八・四〇九四）、「天雲」（巻二・一六七、巻五・八〇〇、巻十四・三四〇九、十八・四〇九四他）「天離る」（巻一・二九他）、「天そそり」（巻十七・四〇〇三）、「天路」（巻五・八〇一）、「天照」（巻二・一六七、巻十五・三六五〇）「天飛ぶ」（巻二・二〇七、五・八七六）、アメは「天知るや」（巻一・五二）、「天地」（巻一・五〇、巻五・八一四他）「天人」（巻十・二〇九〇、巻十八・四〇八二）で、わからないのは「天知るや」（巻一・五二）、「天数ふ」（巻二・二一九）、「天霧ふ（巻し）」（巻六・一〇五三、巻七・一一三二、巻八・一六四三）「天足し」（巻二・一四七）、「天伝ふ（ひ）」（巻二・一三五、巻三・二六一他）、「天橋」（巻十三・三二四五）だが、連語の場合はアマの例が多く、これらもアマと訓むのがいいと思う。先に述べたように、自立語的な場合はアメ、修飾語的な場合はアマと考えられる。ただし、言い習わしの問題だから、絶対ということはありえない。

万葉集に「天の〜」という使い方は、音仮名、あるいは音仮名の例があることでアマとわかる例は「天の原」（巻二・一四七他十三例）、「天のみ空」（巻五・八九四、十・二一三二、十二・三〇〇四）、「天の白雲」（巻十五・三六〇二、十八・四一二三）、「天の川」（巻八・一五一八など多数）、「天の日嗣」（巻十八・四〇八九、四〇九四、四〇九八、十九・四二五四、二十・四四六五）、「天の戸開き」（巻二十・四四六五）、これに「天の川」から派生したと考えられる「天の川瀬」（巻八・一五二九）、「天の川路」（巻十・二〇〇二）、「天の川門」（巻十・二〇四〇）、「天の川原」（巻二・一六七）とある。

アメの例は「天の下」（巻一・二九他一八例）、「天の火」（巻十五・三七二四）、「天の朝廷」（巻二十・

四〇）。
どちらともいえない例は「天の香具山」（巻一・二）、「天の御蔭」（巻一・五二）、「天の時雨」（巻一・八二）、「天の探女」（巻三・二九二）、「天の露霜」（巻四・六五一、巻七・一二四六、巻十一・二三九五）、「天の鶴群」（巻九・一七九一）、「天の足夜」（巻十三・三二八〇、一）とある。これらは『古事記』の原則に従えば、アメと訓むのがいいかもしれないが、万葉集ではアマの例のほうが多く、なんともいえない。

「天つ〜」は、アマとわかる例が「天つ水」（巻二・一六七、巻十八・四一二二）、わからないのが、「天つ御門」（巻二・一九九）、天つ霧（巻七・一〇七九）、「天つ領巾」（巻十・二〇四一）。

またノかツかわからない例もある。「天神」（巻五・九〇五）、「天印」（巻十・二〇〇七、二〇九七）。

このように訓がわからない例が多いのは、それだけ「天」が多用されていたことを意味している。音仮名は、アメは安米、阿米、アマは安麻、阿麻と表記が限られているのも、「天」と書くか「安米」「阿米」、「安麻」「阿麻」と書くかしかないわけだから、表記もたぶんほとんど対等で、固定的だったといえるだろう。

天雲・天の白雲

天の意味内容は、戸谷氏が述べている古代天皇制の神話を考えることを基本とすべきである。「天の下しらしめしし」という天皇の形容句は、天の下という地上世界の統治者としての天皇という像をあらわすが、地上を天の下というのは天が地上の上位にあることを示すから、そこを統治するのは天の側にある者でなければならない。つまり、この言い方は天皇が天に属する者であり、それゆえ地上を統治しうることを表現しているのである。そのような観念を前提とすれば、天のつく連語、「天の（つ）〜」という言い方もそこから読む必要があるが、具体的な一首の表現は必ずしもそれだけで読めるわけではない。そこで、本稿は、王権的、神話的な観念については戸谷氏にまかせるとして、具体的な一首の読みを中心として「天」を考えていくことにする。

「天地」を除いて、万葉集の天の冠せられる語で最も多いのは「天雲」である。四一例もある。この「天雲」を取り上げてみる。

天雲の類型的なものには、

11……　あめへゆかば　ながまにまに　つちならば　大王《おほきみ》います　このてらす　日月のしたは　あまくもの　むかふすきはみ　たにぐくの　さわたるきはみ　きこしをす　くにのまほらそ　……

（巻五・八〇〇）

12……　天地に　悔しき事の　世間《よのなか》の　悔しき言《こと》は　天雲の　そくへの極み　天地の　至れるまでに　杖策《つゑつ》きも　衝かずも去《ゆ》きて　夕卜問《ゆふけ》ひ　石卜《いしうら》もちて　……　（巻三・四二〇）

のように、「天雲のそくへの極み」「天雲のそくへの限り」「天雲の向か伏す極み」と遠さをあらわす言い方がある。11は、天の雲と地の蟾蜍《ひきかへる》が対になっており、観念的な世界の果ての像をあらわす。

天皇が統治する世界すべてということで、天地という観念語と関連している。12も、この世の最も悔しいこととして死の嘆きをあらわし、地の果てまで、杖を突こうが突くまいが、行って卜をするというのだから、やはり同じなのだが、天雲が行き果てる場所までという言い方がリアルになっている。雲の流れ行く果てを思い浮かべる像は実感としてあるからではないか。

この遠さをあらわす天雲は、

13天雲の外《よそ》に見しより吾妹児《わぎもこ》に心も身さへ縁《よ》りにしものを　（巻四・五四七）
14かくのみし相思《あひも》はざらば天雲の外にそ君は有るべく有りける　（巻十三・三三五九）

のような、心理的な遠さをあらわす言い方に繋がる。天雲は外、つまり自分にかかわりないもの、手の届かないものということだ。

天雲は遠く手のとどかない状態をあらわす語だが、考えてみれば、雲自体がそういう像をもっている。実際、

15み雪落《ふ》る吉野の高《たけ》に居る雲の外に見し子に恋ひ渡るかも　（巻十三・三二九四）

のように、天雲でないが、13と似通った同じ構成の歌がある。ならば、「天」はどのような内容を与

えているのだろうか。このような雲は一例だけだから確定することはできないが、15の「み雪落る吉野の高に居る雲の」は13の「天雲の」にあたり、序詞の役割になっている。したがって、逆に「天雲の」が枕詞といえることになる。直接的には、15の序詞の「高に居る」にあたるのが「天」である。それゆえ、雲自体で遠さの像を与える歌はないといえる。むしろ、天雲の歌があり、その像を序詞にする歌が詠まれるようになったに違いない。序詞は次々に作られていったからである。

この天雲と「高に居る雲」からは、「天」の空間的な位置が考えられるが、それは後に述べる。雲の流れ漂う像を詠む類型もある。

16うらぶれて物な念《おも》ほし天雲のたゆたふ心吾念はなくに　（巻十一・二八一六）

17……　天雲の　行くら行くらに　葦垣の　思ひ乱れて　……　（巻十三・三二七二）

これらはためらう、思い乱れる像をもっているが、雲も、

18隠りくの泊瀬の山の山の際《ま》にいさよふ雲は妹にかも有らむ　（巻三・四二八）

19あをねろにたなびくくものいさよひにものをそおもふとしのこのころ　（巻十四・三五一二）

ひとねろにいはるものからあをねろにいさよふくものよそりつまはも

〔一嶺ろに言はるものから青嶺ろにいさよふ雲の寄そり妻はも〕　（巻十四・三五一二）

とある。18は火葬の雲で、この世とあの世の間に漂っている魂を思い浮かべさせ、19もためらいをあらわす。この場合も、天雲との違いは、山に「いさよふ雲」ということで、13と15の例と通じている。

これらの天雲はそのものを詠むというより、近代の表現概念でいえば、比喩に当たるような位置にある。そこで、天雲の具体的な像を詠む歌をみてみると、

20ふじの嶺《ね》を高み恐《かしこ》み天雲もい去きはばかりたなびくものを　（巻三・三二一）
21念はずにしぐれの雨は零《ふ》りたれど天雲はれて月夜清《さや》けし　（巻十・二二二七）
22天雲に翼《はね》打ち附けて飛ぶ鶴《たづ》のたづたづしかも君座《いま》さねば　（巻十一・二四九〇）
23天雲の　影さへ見ゆる　隠《こもり》くの　長谷《はつせ》の河は　……　（巻十三・三二二五）

くらいである。20は、天雲が富士山にかかっている状態を、高く畏怖すべき山だから流れ行くことができないと詠む。21は天雲が切れて月がさえざえと照る状態を、22は鶴が天雲に接するようにして飛んでいるさまを、23は天雲が長谷の川に影を写しているさまを詠む。

しかし、これらも天雲自体を詠もうとしたものではない。20は富士山を讃め称える歌で、天雲さえもはばかってしまうといい、23も長谷の川を讃め称える歌で、天雲も影を写すという。したがって、天雲がかかることや天雲の影を写すことが富士の山や長谷の川のすばらしさをあらわすものになって

いる。

このような言い方を雲にさがすと、

24やすみしし　我大王の　見《め》し給ふ　芳野の宮は　山高み　雲そたなびく　河速み　湍《せ》の声《と》そ清き……（巻六・一〇〇五）

25雨晴れて清く照りたる此月夜又更にして雲なたなびき　（巻八・一五六九）

26吾屋戸に鳴きし雁が哭《ね》雲の上に今夜喧《な》くなり国へかもいく　（巻十・二一三〇）

のように、似通った発想のものがある。24は、讃め歌であること、山が高いので雲がかかっていることとまったく同じである。ただし、雲がたなびくという歌は多いが、天雲がたなびくという例は竹取の翁の歌の「天雲も　行きたなびける」（巻十六・三七九一）だけで、叙事歌というより、物語的な新しい長歌（古橋『和文学の成立―奈良・平安初期文学史論』一九九八年、若草書房）にみられる。25は、何かを見えなくするから雲がたなびくなという類型の一つである。26は、姿は見えないで雲の上に鳴く雁を詠むから違うが、雲と鳥を詠むことで通じている。

特に24の雲が「たなびく」という言い方が、天雲の用例には新しい歌に一例しかみられないことに注目してみる。25も「たなびき」とあり、この「雲なたなびき」が類型であった。雲がたなびくというのは雲の最も普通のようすである。逆に、天雲にほとんどないということは、雲の描写をしないことを示していると考えざるをえない。これは、天雲の具体的なさまを詠む歌が少ないことと一致する。ここに雲との共通性を重ねれば、天雲は雲のある面を強調した言い方であると考えうる。2023の讃め歌に天雲がある。讃めるのだから、引き合いに出される天雲も最高にすばらしいものでなければならない。つまり、天雲は雲を称えた言い方のはずである。国家神話の天を思い浮かべてもいい。しかし、そうであっても、もっと身近な感覚ではないか。天の雲を写す川は、きれいな水の流れる川で見たことのある風景だが、人の行くことのできない天に浮かぶ雲がそこにあるように感じられる川ということで、川を讃めた言い方になりうる。山にたなびく雲も、よく見る風景で、天の雲ということで地上のものではないかのような、天に通じているような山と讃めている。「天」とつくことで、雲の地上のものではない性格が強調されているわけだ。

したがって、「天雲」という言い方は、雲の実態というより、雲の特異性、すばらしさをあらわす表現ということになる。雲に形容句をもつ言い方と同じ位置にあるのも、もちろんこの働きと同じである。これは、雲に限らず、天の冠せられる語に共通するもののはずだ。

天の像

天雲がかかる山とは天にある山ではない。しかし、天雲のかかっている部分、そこより上の部分は天なのだろうか。そこで、天がどのような像をもつかが問題になる。

まず、雲から用例をみれば、

27天地の　初の時　ひさかたの　天の河原に　八百万《やほよろづ》　千万神の　神集《つど》ひ　集ひ座して　神分ち　分ちし時に　天照らす　日女《ひめ》の命　天をば　しらしめすと　葦原の　みづ穂の国を　天地の　依り相ひの極み　しらしめす　神の命と　天雲の　八重搔き別けて　神下り　座せ奉りし　高照らす　日の皇子は　……　（巻二・一六七）

が神話的な天と雲の関係をよく示している。天から地上に天降るとき、「天雲の　八重搔き別けて」降りるのだから、天雲は天と地上の間にあることになる。もちろん、古事記、日本書紀や祝詞の降臨神話にもみられる定型的な言い方で、天と地の間に雲があるという像は基本的なものである。

この歌には、天には川があり、川原があることが詠まれているから、ついでに天に何があるかという面からの具体的な像を整理しておく。天にも道があり、「天道」（巻十・二〇一〇）という。天に向かう道も「天道」といった（巻五・八〇一）。天へ登る橋を「天橋」という例もある（巻十三・三二四五）。姫菅原という原（巻七・一二七七）やささらの小野という野（巻十六・三八八七）がある。この草と関係するのだろうが、五百つ綱というものがある（巻十九・四二七四）。当然、神々がおり、日や月、星がある。他に七夕関係の歌が多くあるが、わかるのはこのくらいである。和歌は天上世界を詠むより地上を詠むから当たり前のことだろう。

この天が雲の上にあるという像はそれほど確かなものではない。

28ひさかたの天飛ぶ雲に在《あ》りてしか君を相見む落つる日なしに　（巻十一・二六七六）

と、天を飛ぶ雲という例もある。しかし、この歌の場合、雲であったらというありえない願望の表現で、天とこの世との断絶ゆえに「天飛ぶ」といっているとみることはできる。というのは、「天飛ぶ」には、

29あまとぶやとりにもがもやみやこまでおくりまをしてとびかへるもの　（巻五・八七六）
30あまとぶやかりをつかひにえてしかもならのみやこにことつげやらむ　（巻十五・三六七六）

と、やはり鳥であったならという願望をあらわす例があるからである。

この「天飛ぶ」には、

31天飛ぶや雁の翅《つばさ》の覆《おほ》ひ羽《ば》の何処《いづく》漏りてか霜の零りけむ　（巻十・二二三八）

という例もある。一首、あるいは次に引く歌と二首しかみあたらないが、霜が雁の翼から漏れることで降るという考えがあったことがわかる。この雁も霜を降らせるのだから天にいると考えていい。この歌と関係している歌に、

32客人《たびびと》の宿り為む野に霜降らば吾子《わがこ》はぐくめ天の鶴群《たづむら》（巻九・一七九一）

がある。霜が降るという事態を鶴に子をたいせつにしろといっているのは、翼の隙間なしに子をはぐくんでいれば霜が漏れるはずはないというのである。「鶴群」とあるのは、霜が深かったのだろう。したがって、「天の鶴群」はやはり天にいる鶴である。その意味では、鳥も天にいる存在になる。鳥は天と地の間を行き来できるとしていいのかもしれない。

このように、天の像はあまり明確とはいいがたい。しかし、具体的な表現としては、むしろ当然といえるのではないか。観念は、具体的な生活においても、それほど厳密なものではない。場面場面においていくらかの幅をもって揺れている。「天」の場合も、上にあるというくらいを基本にして、曖昧である。そして、上を神々の世界と幻想すれば、高天の原のような神話を生み出すこともありうる。神々の世界という幻想は、「天」に特別な内容を与え、その語を冠することで、特別な言葉を造り出すことをもたらす。いわゆる接頭語的な働きをする「天」である。「天雲」を写す川ということで、川を最高に讃めた言い方になるわけだ。

天皇は、万葉集においてオホキミと呼ばれる。オホキミが「天皇」と表記される最初は平城京遷都のときの歌（巻一・七九）だが、全七例しかない。さらに、天皇に対して天と形容される例はない。「やすみしし　吾大王　高照らす　日の皇子」（巻一・四五など）が典型的なもので、「天つ神」は憶良の子の死を嘆く長歌（巻五・九〇四）に一例みられるだけである。それも、「天つ神　仰ぎ乞ひ祈《こ》み　地《くに》

つ祇《かみ》　伏して額《ぬかづ》き」と天神地祇に祈る例で、天皇は関係ない。「天の日嗣《ひつぎ》」、「天足し」（巻二・一四七）などの一部の語だけが天皇に関係している。国家的な神話は直接天皇を詠んだりする以外、具体的な歌ではあまりかかわりなく、神々の世界としての天、地と隔絶した空間としての天という像として詠まれたといっていいだろう。その意味で、

33天地と　別れし時ゆ　ひさかたの　天つ験《しるし》と　定めてし　天の河原に　あらたまの　月を累《かさ》ねて
妹に相《あ》ふ　時候ふと　立ち待つに　吾衣手に　秋風の　吹き反らへば　立ちて座《ゐ》て　たどきを知
らに　むら肝の　心いさよひ　解《と》き衣《きぬ》の　思ひ乱れて　何時しかと　吾待つ今夜《こよひ》　此川の　行き
て長くも　有りこせぬかも

反　歌

妹に相ふ時片待つとひさかたの天の漢原《かはら》に月ぞ経にける　（巻十・二〇九二、三）

は、七夕に一年に一度の逢う瀬を待つ天の河原を神話の安の川原に結びつけた珍しい例となる。七夕歌では天の川を「天漢」と表記する場合が多く、「漢瀬」（巻八・一五二九）、「天漢道」（巻十・二〇〇七）、「天漢門」（巻十・二〇四〇）と「漢」と表記した場合は七夕歌ととっていい。33は神話からの文脈では「天の河原」と表記してあるが、反歌では「天の漢原」となっている。「天の河原」には七夕歌もある（巻八・一五二〇、一五二八）が、明らかに、七夕からの天の河原の幻想を神話の天の安の河原と重ねている。

こういう例が一例だけだということは、むしろ七夕と王権神話を関係なく考えていたことの証拠になる。

二　天と空

天つみ空

「天」のつく語に「天つ（み）空」がある。

34甚多《はなはだ》も零らぬ雪故言《こち》たくも天つみ空は陰《くも》り相ひつつ　（巻十・二三二二）
35立ちて居てたどきも知らず吾意《こころ》天つ空なり土は践めども　（巻十二・二八八七）
36ひさかたの天つみ虚《そら》に照る月の失せむ日にこそ吾恋止まめ　（巻十二・三〇〇四）

空は曇るとはいうが、天が曇るとはいわない（34）、心は空とはいうが、天とはいわない（35）というように、天と空とは区別がある。しかし、「天霧ひ」は空が曇るにあたり、「ひさかたの天帰《ゆ》く月を」（巻三・二四〇）という例がある。天と空が重なることもあるわけだ。

空を「天」と表記している場合もある。

37……　天に満つ　倭を置きて　……　（巻一・二九）

38 蒼天《おほぞら》ゆ往来《かよ》ふ吾すら汝が故に天の漢道《かはぢ》をなづみてそ来し　（巻十・二〇〇一）
39 霹靂《かむとき》の　ひかれる天の　九月の　しぐれの落れば　雁が音も　未だ来鳴かず　……

（巻十三・三二二三）

37は「虚みつ」（巻一・一、巻一・二九、巻五・八九四、巻十九・四二四五、巻十九・四二六四）、「空みつ」（巻十三・三二三六）という例があることで、ソラと訓むべきことが確認できる。38の「天」は、「〜アメ（アマ）」という語がないことでソラと訓める。39は諸注釈ソラと訓むが、絶対的にそうだとはいいきれない。「天」をアメ（アマ）ともソラとも訓めることは、天も空も共通する内容をもっていることを示している。

しかし、「天つ空」とはいうが、「空つ天」とはいわない。「空」は連語になっても「〜空」と下を構成する語で、天は「天〜」と上を構成する語である。空のほうが実態的であり、天のほうが抽象的な語だということはいえそうだ。このように、天と空とは重なる内容と重ならない内容がある。

冒頭に引いた歌の「天」の働きをみておくと、34は、たいして降らない雪故に大袈裟に空は曇っているという意だが、「天つみ空」とあることで空に霊威を感じていることをあらわすから、その空から降る雪を望んでいる気持ちが明らかになる。35は「天」にはない用法だから、後に述べる。36は、自分の恋心の終わることがないことを月がなくならないことと並べているのだが、「天つみ空」とあることで、人を超えた世界のものである空、いうならば永遠性を月に与えて、心変わりがありえないと表現している。この「天」の働きは他の場合と同じで、「空」だけが特別なわけではない。もちろん、「天」がつかなくてもそれほど変わりはないのも、他の場合と同じだ。

空と天

「空」は「天」と違って、より実態的な像をもつ。

40さ宵中《よなか》と夜は深《ふ》けぬらし雁が音の聞ゆる空に月渡る見ゆ　（巻九・一七〇一）
41此夜らはさ夜深けぬらし雁が鳴《ね》の聞ゆる空ゆ月立ち度《わた》る　（巻十・二二二四）
42こと落《ふ》らば袖さへ濡れて通るべく落らむを雪の空に消《け》につつ　（巻十・二三一七）

40 41は、同じ歌といっていいが、姿は見えないで雁の鳴き声が聞こえる空に月が冴え渡っているという光景が詠まれている。雁に月という秋を象徴する光景である。「天」に雁は先に引いた、

30あまとぶやかりをつかひにえてしかもならのみやこにことつげやらむ　（巻十五・三六七六）

だけで、「天飛ぶ」という類句であることがそうなのだが、鳥の一般的な性格をいっており、情景を構成するものではない。天と月も、

43ひさかたの天帰く月を網に刺し我大王は蓋《きぬがさ》に為《せ》り　（巻三・二四〇）
44天に座《ま》す月読壮士《つくよみをとこ》幣《まひ》は為む今夜《こよひ》の長さ五百夜《いほよ》継ぎこそ　（巻六・九八五）

と、43は天に天皇が守られていることを表現し、44は神として天にいることを示す例で、やはり情景として詠まれているのではない。この「天に座す月読壮士」は

45み空往く月読壮士夕去らず目には見れども因《よ》る縁《よし》も無し　（巻七・一三七二）

と、空でもいう。ただし、この「天に座す」と「み空行く」と、月を神格化した月読壮士のあり方を示す語に違いがあることに、天と空の相違がみえる。「天に座す」は月が神として存在するものとしての、「み空行く」は月が空を移動するものとしての言い方である。やはり、「天」が神話的、「空」が実感的という違いがあらわれている。ただし43「ひさかたの天帰く月」という例もあるわけだから、厳密ではない。

42は、やはり先に引いた34と似た歌で、雪があまり降らないことを詠む。34「言たく」がこちらでは「こと落らば」とある。34では、そこで述べたように、「天つみ空」とあることで、雪を待ち望む想いが濃くあらわされている。42では、やはりそう解さねばこの歌のモチーフはわからないが、表出の方向が「雪の空に消につつ」と積もって地を白くすることなく消えてしまうこと自体に向かってお

り、大袈裟にいえば、袖を濡れ通られることの幻想と現実に空に消えてしまうことのずれに驚く感じが表現されることになっている。

このように、空は歌に詠まれる場合、天と比べれば、具体的な情景を構成する働きをしている。空は現実の空間であるわけだ。

三　空

空の内実のなさ

空は、「天」が神話的な空間をあらわす側に重点をおくのに対して、より実際の空間を意味する。しかし、

46此山の嶺に近しと吾見つる月の空なる恋も為るかも　（巻十一・二六七二）

と、空の月が内実のなさ、空しさのいわゆる比喩になっている例がある。このような「空」は、「天つ空」で引いた35もそうだし、

47零る雪の虚空《そら》に消ぬべく恋ふれども相《あ》ふ依《よし》を無み月そ経にける　（巻十・二三三三）

と、雪が空に消えることを効果のなさとする例もある。このような「空」は、漢字の「空」「虚空」の意味から歌に詠まれるようになったと考えるのがいいと思うが、もっと実感的な相において詠まれている。「天」にはこのような例はない。したがって、「天」と「空」をもっとも明瞭に分けるのは、この空虚、空しいという内容をもつかどうかだと考えていい。

空は実際に存在する空間だが、何か実態があるわけではない。これが空だと明瞭に指し示すことができない。これは「空」という概念、つまり言葉が成立したときから抱かれたもののはずだ。だからといって、表現にあらわれるわけではない。この実際の空間でありながら実態的ではないという性格が、「天」がより神話的なニュアンスを濃くすることで、対象化され出て来ることになったのではないか。

その意味では、「天」と「空」との関係は、「天」がより雅語的であったと思われる。国家神話の成立がこの関係を複雑化したに違いない。「天」の雅語としての性格が国家神話によってより高くされる、ところが実際の場面では国家神話がそれほど価値をもって観念を規定しているわけではないから、本来の「天」の雅語的な性格も残り、むしろ歌の世界ではそちらで使われた。しかし、同じ語だから、明確に分けられるわけではなく、国家神話における「天」を感じてもかまわない。そして、「空」は、「天」が国家神話によって上昇することによって、実態的な性格を強め、さらに本来もっている実態のなさが、国家神話の形成にあたって影響の深かった古代中国の思想、文にふれることで表面化することになった。そう考えるのがいいと思う。ただし、これは証明できることではないので、それほど強く主張する気はない。むしろ、言葉はある範囲のなかでは自由に使われるというのがほんとうのように考えている。

みそら

雅語的な言い方は空にもある。たとえば、「み空」である。

48 み空去く月の光に直一目相《あひ》みし人の夢にし見ゆる　（安都扉娘子　巻四・七一〇）

49 ……　天地の　大御神たち　倭の　大国霊《おほくにたま》　ひさかたの　あまのみ虚《そら》ゆ　あまがけり　見渡したまひ　……　（憶良　巻五・八九四）

50 み空去く名の惜しけくも吾は無し相《あ》はぬ日数多《まね》く年の経ぬれば　（巻十二・二八七九）

51 みそらゆくくもにもがもなけふゆきていもにこととひあすかへりこむ
〔み空行く雲にもがもな今日行きて妹に言とひ明日帰り来む〕　（巻十四・三五一〇）

52 みそらゆくくももつかひとひとはいへどいへづとやらむたづきしらずも
〔み空行く雲も使と人はいへど家づとやらむたづき知らずも〕　（巻二十・四四一〇）

53 遠嬬《とほづま》の　ここにあらねば　玉鉾の　道をた遠み　思ふ空　安けなくに　嘆く虚　安からぬものを　み空往く　雲にもがも　高飛ぶ　鳥にもがも　……　（安貴王　巻四・五三四）

に45、そして「天つ（の）み空」で引いた二例34 36を加え全九例あるが、49も含め「天つ（の）み空」以外はすべて「み空行く」の形になっている。先にふれた「天に座す」と「み空行く」との関係でいえば、「天」と「み空」が同じ位置にあり、「み空」の雅語的な性格がはっきりする。48の「み空去く」も月で、月の光に照らされて一目だけ見えたにもかかわらず惹かれてしまう人の美しさを、月に「み空去く」という語を冠し霊威を与えることでより神秘的なものにしている。49「あまつ（の）み虚」は、神々が「天翔り　見渡したまひ」という行為をする場所をいっている。天から人々を見守ってくれるというのだから、むしろ天のほうがふさわしいかもしれない。その意味でも、「み空」と「天」は同じような内容になる。

これらの「み空」はいわゆる接頭語のミがついた型だから当然雅語になる。その「み空」に「天」がつくのはむしろ妙な形で、

34　甚多《はなはだ》も零らぬ雪故言たくも天つみ空は陰り相ひつつ　（巻十・二三二二）
36　ひさかたの天つみ虚に照る月の失せむ日にこそ吾恋止まめ　（巻十二・三〇〇四）

はすでに述べたように、特別の内容を与える働きをしている。36「ひさかたの天つみ虚に照る月」も、三句もとる重いものになっているが、そのくらいの月がなくなることは絶対ないということで、ありえないことを強調する働きをしている。

35立ちて居てたどきも知らず吾意《わがこころ》天つ空なり土は践めども　（巻十二・二八八七）

は、「み空」ではなく「天つ空」だが、この「空」は空虚さの方向に展開するからかミがつかない。「み空行く」の定型は月と雲二例、雲の場合は遠くにいる相手に会いに行ける、便りを送れるという憧れるもので、「み空」とあることの意味がわかる。もう一例の50「み空去く名の惜しけくも吾は無し」は、この雲像を重ねるなら、早く伝わる恋の噂の名ということになる。しかし、「み空去く」の他の例は詠み手にとって悪い意味ではなく、これだけが異質である。この歌は、

剣太刀名の惜しけくも吾は無し君に相はずて年の経ぬれば　（巻四・六一六）

と、「み空去く」が「剣太刀」と違うが、ほとんど同じ歌がある。「剣太刀」は刀、鉋のように刃物をナというから、ナを喚び起こす枕詞になる。「名の惜しけくも無し」は類型で、

ちはやぶる神のい垣も越えぬべし今は吾名の惜しけくも無し　（巻十一・二六六三）

など、せっぱ詰まった恋の表現としてある。この「ちはやぶる神の斎垣も越えぬべし」のように、禁忌も破ってしまうほどの心の状態をいう。たぶん、「み空去く名」も、神の斎垣を越えると同じよう

なニュアンスで使われている。「み空去く」は神に名が知られるととることもできる。

あしがらのみさかかしこみくもりよのあがしたばへをこちでつるかも
〔足柄の御坂畏み曇り夜の吾下延へを言出つるかも〕　（巻十四・三三七一）
かしこみとのらずありしをみこしぢのたむけにたちていもがなのりつ
〔畏みと告らずありしをみ越路の手向に立ちて妹が名告りつ〕　（巻十五・三七三〇）

のように、神に恋人の名を告る例もある。一首目は、曇り夜に御坂を越えるのが恐ろしく神に手向として口にしない恋人の名を告げたという意、二首目は、越路を行く手向として名を告げたの意で、ともに恋人の名を手向としているのだが、手向は幣が普通だから、わざわざ恋人の名を告げるのはそれが最高の手向になるはずだ。本人にとって最も重要なものを捧げているのである。「畏みと告らずありしを」といっているのは、告れば恋の禁忌を破ることになるからで、そうすれば最もたいせつなものである恋が失われる可能性がある。しかし、恋が失われるとはどういう状態なのだろうか。この場合、相手が心変わりをすること、そういう状況になること以外考えられない。恋は神々が決めることだということである。一目惚れなど、恋は自分の意志を超えて訪れる、いわば神秘的なものである。人目、人言を忌むのも、その神秘性ゆえだ。だから、名を口にして神に知られ、将来壊れるようなことになっても、今逢いたいということになりうる。「み空行く」が直接神である例はないから、無理があるが、「み空」に伝わるとは神々に知られることだと解することは可能だろう。そのほうが「み空」が活きる。

「思ふ空」「嘆く空」「恋ふる空」と「空に満つ」

53に「思ふ空　安けなくに　嘆く虚　安からぬものを」とあった。このような「空」はどのような意味だろうか。

これも類型的な言い方で、

54牽牛《ひこぼし》は　織女《たなばたつめ》と　天地の　別れし時ゆ　いなうしろ　河に向き立ち　思ふ空　安からなくに　嘆く空　安からなくに　青浪に　望みはたえぬ　白雲に　啼《なみだ》は尽きぬ　……　ひさかたの　天の河原に　天飛ぶや　領巾《ひれ》かたしき　真玉手の　玉手さしかへ　あまた夜も　寝ねてしかも　秋にあらずとも　（憶良　巻八・一五二〇）

など全九例、この変型といえる「恋ふる空　安くしあらねば」（巻十八・四一一六）が一例ある。この「空」は心地、気分などと解されているが、なぜ「空」がそういう意味になるのだろうか。似通った例に、

55……　珠たすき　懸けぬ時無く　口息《や》まず　吾恋ふる児を　玉釧　手に取り持ちて　真そ鏡　直目に視ねば　下ひ山　下逝く水の　上に出でず　吾念ふ情　安き虚《そら》かも　（巻九・一七九二）

がある。嘆く歌で「安き虚かも」の「かも」は強い疑問だが、「吾念ふ情」は「安き虚かも」とAはBであるの関係になっている。これが成り立つことは、「空」は心の状態を意味しうるわけで、「空」を心地、気分と解することは可能である。しかし、これは文脈としてそうだということで、一般的に心＝空という関係が成り立つはずはない。心は安らかな空であろうかといういわば比喩的な言い方である。といって、心は安らかな空であるという言い方はない。これは、むしろ心＝空ではないことを示している。心は空しいという意の「心空なり」（巻十一・二五四一、巻十二・二九五〇）のような言い方がある。これは、空を虚空、空虚として捉える観念がなければ成り立たない言い方である。先に、このような観念はソラという語の成立の時から抱えられていたはずだと述べた。そして、それが表面化するのは漢語、漢文との触れ合いのなかでだろうと述べた。55は田辺福麿歌集の歌で、おおまかに万葉集の歌を前期後期に分ければ後期に属する。53や54も後期である。したがって、このような言い方は漢語、漢文に触れて「空」が空虚であるという観念が表面化して以降のものであるといえる。

　この「空」が空虚であるという感じ方の逆が「空（に）満つ」であろう。この語はすべて大和にかかる枕詞だが、『日本書紀』や『古事記』の歌謡などにもみられ、古いものと考えていい。特に歌謡がソラミツと四音であることも、古い枕詞であることを示す。『日本書紀』神武天皇三　年条の、

及下至饒速日命、乗二天磐船一、而翔二行太虚一也、睨二是郷一而降上之、故因目之、曰二虚空見日本国一矣。

〔饒速日命《にぎやはひのみこと》、天磐船《あまのいはふね》に乗りて、太虚《そら》を翔行《めぐりい》きて、この郷《くに》を睨《おせ》りて降《あまくだ》りたまふに乃至《いた》りて、故因《かれよ》りて目《なづ》けて、「虚空《そら》見つ日本《やまと》の国《くに》」と日《い》ふ。〕

は、「虚空見つ日本国」が、ニギハヤヒが天磐船に乗って降臨するとき、空を翔り地を見下ろしたゆえという由来を語る。空で見た大和という解釈である。西郷信綱はそう考えている（『古事記全注釈』第四巻、一九八九年、平凡社）が、新全集頭注は、この言い方の解釈がわからなくなって『万葉集』の「空に満つ」になったという（一九九四年、小学館）。「空で見た大和」は風土記などにもみられる解釈であり、西郷の説のほうがいいと思うが、絶対的な根拠はない。ただ、「空」が空虚という感じ方の反対は充実しているという感じ方だから、「空満つ」をその充実とみるのがいいと思われる。充実とは、天の霊威が充満している状態である。天から降臨してくるとき、空に霊威が充満しているという像はよくわかる。その高天の原から降臨して地上を統治している神々の子孫である天皇や貴族たちのいる場所だから、「空満つ大和」といったに違いない。

たぶん、「天」の神話的な意味が天皇神話と結びつけられて特別な内容をもつようになったとき、この「空満つ大和」という言い方は成立した。しかし、これは国家的なレベルの言い方だから、反対側に「空」が空虚という言い方はなかったに違いない。実際、古い用例はないのである。そして、人磨らによって天皇神話が新しい儀礼歌を作り出し、それが定着することによって、逆の意の「空」が空虚という言い方があらわれることになったと思われる。「嘆く空　安からなくに」というようなものがそれである。この言い方は、初めから空を嘆くものとしている。像としては、嘆いて見上げる空でいい。その空が霊威が充満していれば心も満たされる。しかし、そうではないから「安からず」と否定形になる。

空と地

最後に、

56うたがたも曰ひつつも有るか吾ならば地《つち》には落らず空に消なまし　（巻十二・二八九六）

57吾妹子が夜戸出の光儀《すがた》見てしより情空なり地は践めども　（巻十二・二九五〇）

のような、空と地が対応される言い方にふれておきたい。

空に消えるは、

43こと落らば袖さへ濡れて通るべく落《ふ》らむを雪の空に消につつ　（巻十・二三一七）

「心空なり」は、

35立ちて居てたどきも知らず吾意天つ空なり土は践めども　（巻十二・二八八七）

とあった。

57は、35があるので、「心空なり地は踏めども」が定型的な言い方であることが知られる。大地に足はついているが、心は空を飛んでいるような気持ち、いわば舞い上がっているということで、この地は確実なもの、現実といった像をもたらす。それに対し、空は、空虚というより、現実でない世界である。空の空虚さが現実でないという像に転化している。この対比は「天」「地」の対応とは明らかに違っている。「天地」は天上世界と地上世界、神々の世界と人々の世界といった対応で、不確実性はない。「空」と「地」の対応は巻十、十二だから新しいものである。したがって、「天」と「地」の対応が先にあった。対応関係でいえば、「空」がそこに割り込んだことになる。「空」と「地」の対応は、「天」と「地」の間の「空」になっているわけだ。そういう空間概念でありながら、不確かさと確かさの対応になり、心と身体という対応と呼応させられている。

56は、43をふまえれば、空に消えるがいいたいことで、「地には落らず」は「地」と「空」の対応ゆえに対としてとられた表現としていい。歌意がとりにくいが、あなたは繰り返し気持ちは変わらないなどの確かなことを言い続けているが、そんなのは嘘なのは明らかだから、私なら空に消えてしまいますよということで、「地には落ちず」の意が明瞭ではない。恥をかく、評判が落ちるというような内容かもしれない。43のように、雪に喩えているのならわかる。その意味で、初句の「うたがた」に、平安後期からしか用例がみられないが、水泡の「うたかた」が懸けられていればわかりやすい。「うたかた」の語源がウツロのウツと関係するウタ＋カタ（形）だとすると、「空」の内実のなさと呼応しやすい語である。

「天」が神話的な概念をもつゆえ、限定的にならざるをえないのに対して、「空」はこのように、空しさ、不確かさを含むことによって、歌に詠まれる幅をもちえた。「天」の雅語的な性格に対して、「空」を俗語的にみなせば、「俗語」的であることによって、むしろリアルに多様化しえたということになろうか。歌語は雅語であり、万葉語がさらに洗練されて歌語を形成していくが、「空」は逆の展開をしためづらしい例になるかもしれない。

（万葉集の本文は基本的に中西進『万葉集』講談社文庫によった）

万葉歌の太陽

菅野雅雄

一　はじめに

この論集名は『天象の万葉集』という。「天象」とは天体の現象、つまり日月星辰の現象をいうのである。

我が国の古代社会の、この天象に関わる観念には謎が多く、古代思想の何をどう表わすのか今一つ詳らかではないが、例えば『古事記』上巻の、いわゆる古事記神話の中に星の神話が見られないなどは、よく知られたことでもあろう。

筆者に与えられた題は「日」である。よって本稿では「日」すなわち「太陽」が、『万葉集』中に如何に詠み込まれているか、細かくは万葉人の天象の意識が歌にどのように詠われているかを、俯瞰的にとらえてみたい。

近時、『万葉集』の研究は一段と進み、注釈書をみても、有斐閣から諸家に依る『万葉集全注』

（全二十巻）が刊行中であり、個人のそれとしては伊藤博氏の『万葉集釈注』全十巻（他に別巻一冊、平成一一年三月）も先頃完成した。一方、小学館版「日本古典文学全集」は小島憲之・木下正俊・東野治之三氏の校注・訳によって装いを改めて『新編』となり（旧版は小島・木下両氏と佐竹昭広氏との校注・訳）、岩波書店の佐竹昭広氏以下の手になる「新日本古典文学大系」も、旧大系と執筆陣を一新して、本稿執筆時にその第一冊（巻一～五）を世に問うている。(注1)

本論文集は、編集方針から執筆にあたっては、「最新の研究成果をできるだけ平易に書」くようにとの要求であったが、与えられた紙幅の中でその方針に応えるだけの力量が筆者には無い。よって、数多くの研究書・注釈書のうち、新しさ・対象読者・普及度・入手の便などを勘案し、前記した「小学館版　新編日本古典文学全集、万葉集1～4」（発行年、平成六～八年）をテキストに据えて、論を展開することにした。本論中、特別の注記なく＊印を付して引用した注解は、すべてこの書に拠るものとする。読者これを諒とせられたい。

二　実景の太陽

人の詩心を喚び起こす「日」とは、どのような太陽なのであろうか。その最も景を成すのが「朝日」「夕日」であろうことは、万葉の昔も今も変わりはあるまい。

まず、山の端あるいは地平線・水平線に入る「入日」から、海に臨んで、

わたつみの　豊旗雲《とよはたくも》に　入日《いりひ》見し　今夜《こよひ》の月夜《つくよ》　さやけかりこそ（巻一・一五）

この歌は香具山・畝傍山・耳梨山の争いを詠って人に知られた「中大兄《なかのおほえ》の三山《みつやまの》歌」の反歌の二首目で、「右の一首の歌は、今案《かむが》ふるに反歌に似ず」と左注が付くが、長歌の趣意に通うか否かは、今は問わない。作者は、播磨国の印南の、恐らく加古川の河口付近に立ってであろうか、一面に拡がる印南の原を望んで「この原があの三山闘争伝説の……」と感慨を催して、まず「香具山と　耳梨山と　あひし時　立ちて見に来《こ》し　印南国原《いなみくにはら》」（巻一・一四）に「印南国原よ」と眼前の景を叙し、頭《こうべ》をめぐらして海を臨み、瀬戸内はるか西の空にたなびく旗雲に夕日のさし込むのをみて、思ひを夜に馳せてものした一首であろう。

第三句「入日見し」の「ミ」には、「弥」「沙」(補注)「祢」と本文に異同があり、結句「清明」は未だ定訓を得ないが、大よその歌意はとれよう。しかしこの第五句「己曾」について多くの注は、「こそ」は「動詞の連用形を受けて希求を表す終助詞」*等と見る。だから口語訳すると、

大海原の　豊旗雲に　入日を見たその　今夜の月は　清く明るくあってほしい。*

となるようである。もっともこの新全集版の口訳は、「なるべく原文の表現から離れないように直訳に近い形をとった」*という方針のものであるとするが、それにしても、これで日本語の文章といえよ

うか。第四句の「月夜」に対する第三句「入日見し」の関係をどう考えているのであろう。「入日を見たノダカラ」「入日を見たケレドモ」「入日を見たトシテモ」等の條件句が無くては、一続きの日本語文にはならないのではあるまいか。

大海原に旗のようにたなびく雲に、夕日が入るのを見た。(空は夕焼け、一面に茜色に染まり、まさに天然の美である)ダカラ今夜の月モ清く明るくあってほしい。

となるところ。こう解してこそ、『万葉集』に詠の少ない天然自然の太陽の景が、眼前に彷彿とするのである。

夕日の景

「夕日」詠の一つ。巻七、「譬喩歌」の中の

山高《やまだか》み　夕日《ゆふひ》隠《かく》りぬ　浅茅原《あさぢはら》　後《のち》見むために　標結《しめゆ》はましを（巻七・一三四二）

は譬喩歌とされているが故に一・二句は「余儀ない事情で思いを遂げずに帰って来たことをいうか*」、第三句「浅茅原」には「……未成熟の娘のたとえに用いた*」と注されるけれども、「夕日」そのものが実景として詠まれていると受け止めて少しも差し支えあるまい。譬喩と見たのは『万葉集』の編者であるが、むしろこの歌は、実景の上に〈「夕」日↕「あさ＝朝」茅原〉の対を仕込んだ技巧の冴え

に見所があるのではあるまいか。

三　生活の太陽

万葉人の生活に太陽は何をもたらしたか。

歌を生み出し享受した主体である都の文化人＝律令官人の日常生活に、太陽のかかわりは薄かったであろう。太陽は農耕生活の中で、夏の日照時間の不足は稲作に冷害をもたらし、あるいは灼熱の日をあびて田に草取りする、その農民の間にこそ太陽と密着した生活が営まれ、太陽に対する思いも生じるのであろう。

東国の太陽

巻十四は、東国農村社会の中から農民の息衝きが生み出したといわれる「東歌」をおさめる。そこにこそ照り輝く日輪が詠われてよい。

しかし巻十四の全二三八首の中の大部分、八二％強にあたる一九六首は恋の歌で、恋は太陽を忌む。当時の社会事情からしても、忍ぶ恋はあっても白日の下の恋はない。恋の舞台は、

まかなしみ　さ寝《ね》に我《わ》は行《ゆ》く　鎌倉《かまくら》の　水無瀬川《みなのせがは》に　潮満《しほみ》つなむか（巻十四・三三六六）

足柄《あしがり》の　ままの小菅《こすげ》の　菅枕《すがまくら》　あぜかまかさむ　児《こ》ろせ手枕《たまくら》（巻十四・三三六九）

のように夜であり共寝をすることであった。
その中に、恋の相手の美しさをたたえて一首、

上野《かみつけの》　まぐはしまとに　朝日さし　まきらはしもな　ありつつ見れば（巻十四・三四〇七）

は、珍しく「朝日」を詠むが、遺憾ながら第二句は文意不明、通説はそのままで第一・二・三句は第四句「まきらはし＝まぶしい」を起す序とし、*朝日がさし込んでまぶしいように、おまえを見ているとまぶしいほどに美しいことだ、と美人をほめて言ったという。この太陽は美人を称える道具立てである。

恋を詠う今一首、

金門田《かなとだ》を　あらがきまゆみ　日が照《と》れば　雨を待《ま》とのす　君をと待とも（巻十四・三五六一）

も「日」を詠み込むが、格別「日」そのものに目を向けているのではない。第四句「雨を待とのす」の「のす」は、今更言うまでもない「如す＝…のように、…のような」の意の東国方言で、東歌の中に「波に遭《あ》ふのす　逢《あ》へる君かも」（三四一三）「こ楢《なら》のす　まぐはし児《こ》ろは」（三四二四）など用例は多い。「日」が「照れば」と条件を提示した上で「雨を待つように」と続けたところは、まさに農民の生活、

農耕作業の一階梯として田植前の田に水を入れて泥を掻きならす（あらがき＝粗掻き）作業、いわゆる代掻きが日照りのためにできず、雨を待つ、その状況の中で「雨を待つ」の「待つ」心情を「君ヲゾ待ツモ」の「待つ」に転じて序詞とした、その技巧の中の「日」であり、抽象的・観念的な存在でしかない太陽であった。

「東歌」にも、生活に裏付けられた太陽の姿は見られない。

東国の関係歌にはさらにもう一首。上野国から徴発された防人他《をさ》田《た》部《べの》子《こ》磐前《いはさき》の詠、

日な曇《くも》り　碓氷《うすひ》の坂を　越えしだに　妹《いも》が恋《こ》ひしく　忘らえぬかも（巻二十・四四〇七）

の「日な曇り」の「な」は、連体格助詞ノの古形*という。「日ノ曇り」で「薄日《うすび》」を示し、その同音で地名「碓氷《うすひ》」を言い起こす枕詞とは、見事な工夫である。

集中ただ一例の枕詞とあれば、防人の造語の力を見直したい。

さらにもう一首、

うちひさす　宮の我《わ》が背《せ》は　大和女《やまとめ》の　膝《ひざ》まくごとに　我《あ》を忘らすな（巻十四・三四五七）

初句「うちひさす」は宮の枕詞。燦燦たる太陽に照らされてという宮に対する最高の称辞である。

「仕丁《しちょう》や衛士《えじ》などの任に就いて都に勤務する夫*」が、都の女性の膝枕で寝るのを当然のことと受け入れ、その上で私を忘れないで下さいと願うつつましやかな鄙の女性の気持で、都＝宮に対する素朴な憧憬が、「うち日さす」という太陽の表現で宮を飾ったところに、万葉人が抱く太陽に対する意識の一端を見るのである。

そして、後述するように、天皇を「八隅知し　我が大君　高照らす　日の御子」と称える表現が、持統朝に人麻呂によって高々と詠われているが、同じ範疇に属する讃詞が、すでに遠く東国にも根付いていたことに気付かされる。

生活の匂い

太陽に生活の匂いのない「東歌」にかわって、巻十「夏相聞」に「日《ひ》に寄する」一首が収められている。

六月《みなづき》の　地《つち》さへ裂《さ》けて　照る日にも　我《わ》が袖《そで》乾《ひ》めや　君に逢《あ》はずして（巻十・一九九五）

「照る日にも―この日は、太陽、日光をいう*」の注がなくても歌意は解し易い。「涙に濡れた私の袖は、あなたに逢わなくては　日に乾してもかわく筈がない」と詠う陰に、現代同様、洗濯物を日に乾して乾燥させた古代の実生活の一面、太陽と生活とのかかわりがほの見えてくる。集中「寄レ日」はこれ一首である。

類歌は、巻十二の「寄物陳思」歌中に

菅《すが》の根の　ねもころごろに　照る日にも　乾《ひ》めや我《わ》が袖《そで》　妹に逢はずして（巻十二・二八五七）

の一首。第二句の原文「惻隠」に訓の異同はない。句意は、「丁寧」の意から転じ、ここは「太陽が隅々まで照らすことをいう」＊とされる。まさに類歌である。

洗い物を日に乾す生活といえば、思い出されるのは、巻一の持統天皇の御製

春過ぎて　夏来《きた》るらし　白たへの　衣干《ころもほ》したり　天《あめ》の香具山《かぐやま》（巻一・二八）

で、この香具山が筑波嶺と所を変えると、巻十四「東歌」の常陸国歌

筑波嶺に　雪かも降らる　いなをかも　かなしき児《こ》ろが　布乾《にのほ》さるかも（巻十四・三三五一）

と、筑波山麓にあたり一面雪が降ったかと見紛うほどに白布が乾してある景、両歌共に、太陽の語は隠されているけれども、それぞれの歌の背後に燦々と降りそそぐ日の光を観じて、始めてとらえられ

る歌の景であろう。

四　太陽と暦日

天体の「日」と暦日の「日」との区別の不分明さは、もともと暦日の「日」が明るく照る日中《ひなか》ということで、太陽を基とした意味から成り立ちながら、それを明確にする語を作らなかった日本語の曖昧さにもよるのであろう。が、しかしそれはむしろ、歌に詠まれて深味のある歌意をもたらしている。

沈む夕日

巻三の「柿本朝臣人麻呂《かきのもとのあそみひとまろ》が羇旅《きりよ》の歌八首」中の第六首は

燈火《ともしび》の　明石《あかし》大門《おほと》に　入《い》らむ日や　漕《こ》ぎ別《わか》れなむ　家《いへ》のあたり見ず（巻三・二五四）

であるが、この「入らむ日」を訳して普通は「(留火《ともしび》の)明石の海峡にさしかかる日には*」と、時間的な「日」とだけに解している。初句の「留火」を「明石の枕詞。灯明が明るい意によってかけた*」、「入らむ日や」は「この入ルは海峡にさしかかる意。この日はday*」と注されもするが、この日をdayとのみ極めつけられては、作者の切角の意図が泣くというものであろう。

「灯火はたしかに辺りを明るくしている。しかし、その明るいはずの明石海峡で、太陽が西海に沈んで闇くなってしまったので、家のあたりが見えなくなってしまった」景を下敷きにしているのである。この太陽を押さえて鑑賞しなければなるまい。

春の日

太陽の「日」と暦日の「日」との間で揺れる歌語に「春の日」がある。巻十二の「羇旅発思歌」中の

霞立《かすみた》つ　春の永日《ながひ》を　奥《おく》かなく　知らぬ山道を　恋《こ》ひつつか来《こ》む（巻十二・三一五〇）

は、「霞の立つ　春の長い一日」の意であろう。ところが同趣の詠として巻一の「讃岐国《さぬきのくに》の安益郡《あやのこほり》に幸《いでま》せる時に、軍王《いくさのおほきみ》、山を見て作る歌」の歌い出し

霞《かすみ》立つ　長き春日《はるひ》の　暮れにける　わづきも知らず　むら肝《きも》の　心を痛み　ぬえこ鳥《とり》　うらなけ居《を》れば……（巻一・五）

はどうであろう。これも「霞の立つ　春の長い一日」と解いてもちろん支障はない。下の「暮れにけ

る（原文は晩家流）」は、さらなる下句に「ぬえこ鳥」が詠まれていて、それはヌエであり、夜中に不気味に鳴く鳥であることを重視すれば、「春日の暮れにける」に前述のように「太陽が沈んであたり一面闇くなった」の意味を強調したくなる。「わづき」の意味が今一つ明瞭でないのを恨みとする。

巻九に収められた「水江《みづのえ》の浦島子《うらのしまこ》を詠む一首」はいかがか。歌はあまりにも長大なので、前と同様にその冒頭部分のみ掲げるが、

春の日の　霞《かす》める時に　墨吉《すみのえ》の　岸に出《い》で居《ゐ》て　釣舟《つりぶね》の　とをらふ見れば　古《いにしへ》の　ことそ思ほゆる　水江《みづのえ》の　浦島子《うらのしまこ》が　鰹《かつを》釣り　鯛《たひ》釣り誇《ほこ》り　七日《なぬか》まで　家《いへ》にも来《こ》ずて　海界《うなさか》を　過ぎて漕《こ》ぎ行《ゆ》くに……（巻九・一七四〇）

である。この解も「春の日の　霞んでいる時に＊」で通るが、いったい、霞んでいるのは、「春の或る一日」であろうか「墨吉の岸の景」はたまた「春の太陽」であろうか。

「春のある日、霞の立ち込めた時に」より「春の太陽が霞んで、さらでだに気だるい春のある日」と作者虫麻呂に、遠く海界から古へと思いを馳せさせる舞台装置は、霞の立ち込めた向こうにぼんやりと太陽の光を浮かび上がらせた方が、趣き深いのではなかろうか。

家持の春日

続けて大伴家持絶唱の一首、

うらうらに　照れる春日《はるひ》に　ひばり上《あ》がり　心悲《こころがな》しも　ひとりし思《おも》へば（巻十九・四二九二）

「うららかに　照る春の日に*」の語はまぎらわしいが、明らかに「照る春の太陽に」である。うららかに照る春の太陽に向かって、ひばりは一直線に上がってゆく、それなのに作者の心は何となくうら悲しく、萎えて撓っている。ひばりの「一直線」と「撓った」心の対象、孤愁を強調する技巧表現である。

ただ歌意はとりにくい。「心悲しも　ひとりし思へば」の感慨を成り立たせるには、「うららかに照れる春日に　ひばり上がり」が条件でなければならない。常態であれば、この上句の状景は「心楽しむ」筈ではなかろうか。上三句はどう解すべきなのであろう。

地名「春日（一字一音表記の中にこの二文字のみ慣用表記である）」にかかわる何かを暗示しているのであろうか。「ひばり上がり」の「上がり」は官位の昇進の意でも寓しているのであろうか。引き立ててくれる人、後押ししてくれる人もなく「ひとり」だけの存在で、春日（藤原氏）の人々に見放され、官途の将来に希望を失った家持、妄想はふくらむが閑話休題、――太陽の写実の素直な表現にめぐり逢えた歌である。

五　日暮れの景

前にも述べたように「日」なる言葉は、天象としての「日」、つまり空に照り輝く太陽の意とともに、暦日、すなわち時間的な「日」、あるいは夜に対する昼を表す言葉としても働く。

昼と夜と

その原義に近い語であろうか、「日暮れ」「日の暮れ」は、当然、万物の活動する一日の終わり、昼間の終わりの意であるが、元は「日」つまり太陽が「暗ら」くなることで、「日暮れ」の「日」は一日のことであろうが、太陽を内包した表現とみることができる。巻四の「岡本《をかもとの》天皇の御製《みうた》一首」（巻四・四八五）の「……昼《ひる》は　日の暮るるまで　夜《よる》は　夜《よ》の明くる極み……」は「昼」と「夜《よる》」、「日」と「夜《よ》」の対句を成り立たせている関係上、「日」は朝から夕までの「日中」の意であり、太陽の意識はない。同じように巻四の「大伴坂上郎女《おほとものさかのうへのいらつめ》の怨恨《うらみ》の歌一首」（巻四・六一九）の「……ぬばたまの　夜《よる》はすがらに　赤らひく　日も暮《く》るるまで……」も「夜《よる》」と「日」の対応である。

それが巻十三の「相聞」の長歌

あらたまの　年《とし》は来去《きさ》りて　玉梓《たまづさ》の　使ひの来《こ》ねば　霞立《かすみた》つ　長き春日《はるひ》を　天地《あめつち》に　思ひ足《た》らはし　たらちねの　母が飼《か》ふ蚕《こ》の　繭隠《まよごも》り　息《いき》づき渡り　我《あ》が恋ふる　心の中《うち》を　人に言ふ　もの

にしあらねば　松が根の　待つこと遠《とほ》み　天伝《あまづた》ふ　日の暮れぬれば　白《しろ》たへの　我《わ》が衣手《ころもで》も　通りて濡《ぬ》れぬ（巻十三・三二五八）

になると、少々様相を異にする。

「霞立つ　長き春日を」は先に述べたので、今は問わない。後半、「天伝ふ」は「日の枕詞*」として、単に技巧の表われとみられるが、「天伝」と記されているだけに天空を渡る太陽のイメージが、「日之《ひのくれ》闇者《ぬれば》」の詞句に纏綿としていることを窺わせ、同じ趣向は巻十七の「天平《てんぴやう》二年庚午《かうご》の冬十一月、大《だ》宰帥《ざいのそち》大伴卿《おほともきやう》大納言《だいなごん》に任ぜられ京に上る時に、傔従等《けんじうら》別に海路《うなつぢ》を取りて京に入る。ここに羇旅《きりよ》を悲《ひ》傷《しやう》し、各《おのもおのも》所心《おもひ》を陳《の》べて作る歌十首」中の第六首目

たまはやす　武庫《むこ》の渡《わた》りに　天伝《あまづた》ふ　日の暮れ行《ゆ》けば　家をしそ思《おも》ふ（巻十七・三八九五）

の歌にも見られる。

これらの歌は「天伝ふ」を、単に「日」を言い起こすためだけに用いたものではあるまい。とくに後者三八九五番歌など、武庫の浦にあって遠く離れた家郷を思うのである。大納言に任官して都へ帰る大伴旅人に扈従する某の作であるが、天空を伝う太陽が西に沈み、日が暮れてしまったので、一日も早く家に帰り着きたいと願う気持、もう一歩であるのにとはやる気持をそのままに、武庫の浦に船泊り

しなければならない一日の短さを歎いている。人の気も知らないで落ちてしまった太陽に対する恨み言ともいえようか。

日の暮れ

このような太陽の姿を「日の暮れ」に見てとるとすれば、巻十二の巻末近くの「問答歌」の

豊国《とよくに》の　企救《きく》の長浜《ながはま》　行《ゆ》き暮《く》らし　日の暮れ行けば　妹《いも》をしぞ思《おも》ふ（巻十二・三二一九）

にも太陽が見える。第四句「日之昏去者」の「昏」が『万象名義』に「暗也」、『切韻』逸文に「暮也」と注されはするものの、なお、「昏」が「日が沈んでくらくなる」と解する余地がある限り、「太陽が沈んであたりが暗くなってしまうと、妻のことばかり思うのである」の口訳が有効となるであろう。

こうみると同じ巻十二の「正述心緒」歌中の

あかねさす　日の暮れぬれば　すべをなみ　千度《ちたび》嘆きて　恋ひつつそ居《を》る（巻十二・二九〇一）

の「日の暮れぬれば」も、「あかねさす――日・昼などの枕詞*」とだけにとって、現代風な「日暮れ

になると」と訳すだけでは、歌の真意からは遠いと言わざるを得ない。「空をアカネ色に染めて西に落ちる夕日」という太陽のイメージを受け止め、「夕陽が沈んであたりが暗くなってしまうと」の意味を十分にきかせないと、この歌の解としては成り立たないであろう。

こうなるとさらに今一首、これも巻十二「正述心緒」歌の中、

夕《ゆふ》さらば　君に逢はむと　思へこそ　日の暮るらくも　嬉《うれ》しかりけれ（巻十二・二九二二）

でも、第四・五句は単に「日の暮れるのもうれしく思いました*」は余りにも素気ない。「太陽が西に沈み、あたりが昏くなるから、嬉しい」という作者の、えも言われぬ心情が切々と胸を打つのである。

別に今一首、巻十一の「寄物陳思」歌から、

ひさかたの　天飛《あまと》ぶ雲に　ありてしか　君を相見《あひみ》む　おつる日《ひ》なしに（巻十一・二六七六）

の、「落つる」は「欠落する意*」で、口訳の「一日も欠かすことなく」には何の異論もない。ただ、上一・二句の「久堅之　天飛雲尓」と対応して「落日莫死」をとらえれば、「雲になって、落ちることのない太陽のような君に逢いたい」の意味を重ねたのであろう。筆録者の苦心の表記を読みとりた

い。

六　朝日と夕日

「朝日」の歌は素直である。

朝日さす

巻十の春雑歌の「霞《かすみ》を詠《よ》む」に

冬過ぎて　春来《きた》るらし　朝日さす　春日《かすが》の山に　霞たなびく（巻十・一八四四）

の一首、歌意は明白である。

「朝日さす」はもう一首、巻十二の「寄物陳思」歌の

朝日さす　春日《かすが》の小野《をの》に　置く露の　消《け》ぬべき我《あ》が身　惜《を》しけくもなし（巻十二・三〇四二）

である。前歌の原文は「朝烏指」とあるが、「烏」は太陽の異名の金烏・陽烏などから当てた用法*」で、訓に異論もなく、共に「朝日さす」は「春日」を言い起こしている。ここも太陽は実景のかけら

立山連峰の景

もない。朝日は「東」から昇る。「春」は五行説によればその方角は「東」である。この縁で枕詞が成立したのであろうか。

「朝日さし」は、巻十七、大伴家持の立山の賦に敬して和した弟池主の一首にも見られる。

　朝日さし　そがひに見ゆる　神《かむ》ながら　み
名に帯《お》ばせる　白雲の　千重《ちへ》を押し別《わ》け
天《あま》そそり　高き立山　冬夏《ふゆなつ》と　別《わ》くことも
なく　白たへに　雪は降り置きて　古《いにしへ》ゆ
あり来《き》にければ　こごしかも　岩《いは》の神《かみ》さび
たまきはる　幾代経《いくよへ》にけむ　立ちて居《ゐ》て
見れども異《あや》し　峰高《みねだか》み　谷を深みと　落ち
激《たぎ》つ　清《きよ》き河内《かふち》に　朝去《あさ》らず　霧立ち渡り
夕《ゆふ》されば　雲居《くもゐ》たなびき　雲居なす　心も
しのに　立つ霧の　思《おも》ひ過ぐさず　行《ゆ》く水
の　音《おと》もさやけく　万代《よろづよ》に　言ひ継《つ》ぎ行《ゆ》か

む　川し絶えずは（巻十七・四〇〇三）

この「朝日さし」は、地名「春日」とも、音の繰り返しなどとも関わりはない。まさに池主の眼に映じた実景とみられるのであるが、ただ「そがひ」に見えることと「朝日」のさすこととの関係が定まらない。煎じ詰めれば「この場合、夏至《げし》（五月七日＝太陽暦六月二十三日）に近く、日出方向が最も北寄りのこの時期、作者池主は伏木《ふしき》（富山県高岡市内）から東北東に日の出を見つつ、その方角から西南方向まで約百三十五度にわたって望まれる立山連峰の山並みを広く見渡して言った*」という説明は説得力を持つ。とすれば実景か。

立山を称揚して「神ながら　み名に帯ばせる」といい、とくに「天そそり　高き立山」に赤人の富士讃歌の「高く貴き」を重ね、さらに赤人の「語り継ぎ　言ひ継ぎ行かむ」とこの歌の終末「万代に言い継ぎ行かむ」を重ねてみると、「朝日さし」も、実景による立山讃美の表現として、太陽崇拝の色濃く底流していることが認められる。

朝づく日・夕づく日

巻七の「旋頭歌」中に

朝づく日　向《むか》ひの山に　月立てり見ゆ　遠妻《とほづま》を　持ちたる人は　見つつ偲《しの》はむ（巻七・一二九四）

という歌がある。巻十一の「寄物陳思」歌には

朝づく日《ひ》　向かふ黄楊櫛《つげぐし》　古《ふ》りぬれど　なにしか君が　見れど飽かざらむ（巻十一・二五〇〇）

という歌が見える。「朝づく日」は集中この二例、「Asazucui Asafi に同じ。詩歌語。朝の太陽」（日葡辞書）の説明が引かれるが*、歌の解に何の役にも立たない。この二例共に「向《むか》ひ」を率いているところから見れば、「向カフの枕詞*」の注は首肯せざるを得ない。共に「柿本朝臣人麻呂が歌集に出でたり」という。あるいは人麻呂の造語であろうか。いずれにしても朝の太陽がどうかかわるのだろうか。

「朝づく日」に対して「夕づく日」の語も見られる。巻十六の吟詠された古歌に

夕《ゆふ》づく日　さすや川辺《かはへ》に　作る屋《や》の　形《かた》を宜《よろ》しみ　うべ寄《よ》そりけり（巻十六・三八二〇）

前の「朝づく日」でも見た『日葡辞書』の説明「Yūzucui 詩歌語。日の入る体。太陽が沈むこと」*を持ち出すまでもなく、夕方の太陽の光、現代風に言えば「西日がさす」であろう。『朝づく日」と「夕づく日」とは対*のように見えて、集中では、本当は対語ではないのであろう。「夕づく日」は集中孤例。実景であろう。

出づる日と夕日

巻十二の

なかなかに　死なば安けむ　出《い》づる日の　入《い》るわき知らぬ　我《われ》し苦しも（巻十二・二九四〇）

はさすがに「正述心緒」歌らしく、心情は真直に通っている。朝夜が明けたことも、夕方日が暮れたこともわからず、恋に悩み苦しんで放心状態になっているのである。作歌の契機は、朝日が目を射たということにあったかと想像されもするが、この「出づる日」は、明らかに太陽の写実的表現ではなく、観念的にものの譬えに用いられているのである。

同じ巻十二の、これは「寄物陳思」歌の中に

春日野《かすがの》に　照れる夕日の　外《よそ》のみに　君を相見《あひみ》て　今そ悔《くや》しき（巻十二・三〇〇一）

の一首がある。第一・二句「春日野に　照れる夕日」は実景のイメージが豊かであるが、この二句は勿論「外ニ見ルを起こす序*」と解するのが普通であって、「遠くから君を見るだけで今となっては悔しい」という、この歌意はとりやすい。しかし「遠くに見る」ことと「春日野に照る夕日」とは、どのような意味で重なり合うのであろう。

「夕日」が〈遠い〉というだけならば「朝日」でも「日中の太陽」でも〈遠い〉ことに変りはない。「出づる日」では歌にならないとでもいうのであろうか。太陽の遠さをいうのであったら「春日野」は何の必要で詠出したのか。単なる序というのではなく、「春日野」は作歌の場か。そうとすれば「夕日」も、単に「遠い」の譬喩的表現というだけではなく、作歌の時、太陽が真赤に燃えて今しも西の山の端に姿を隠すところ、という時を詠じて、その夕陽と同様に、我が恋の思いも成就することなく、闇の中に沈んでゆくと、恋の行方を暗示したものであろうか。

ただ「遠い」という点にのみ目を向ければ、前述したように、「春日野」の春の〈東〉、と〈西〉に沈む「夕陽」とをとらえて、東西の両極から「遠い」を表現したものであろうか。作歌の契機は山の端に沈む夕陽を見たことにありそうで、序の中に実景を盛り込んだ表現といえようか。

人麻呂の入日

華やかな「入日」が、西に傾く。そして沈み、落日のイメージを強めると、人生行路と交錯して悲哀の表現に用いられるようになる。

作者「柿本《かきのもと》朝臣《あそみ》人麻呂《ひとまろ》、石見国《いはみのくに》より妻を別れて上《のぼ》り来《く》る時の歌二首」、いわゆる石見相聞歌の第二長歌の後半部、

……　妻隠《つまごも》る　屋上《やかみ》の山の　雲間《くもま》より　渡らふ月の　惜《を》しけども　隠《かく》らひ来れば　天伝《あまづた》ふ　入日《いりひ》

さしぬれ　ますらをと　思へる我《あれ》も　しきたへの　衣《ころも》の袖は　通りて濡《ぬ》れぬ（巻二・一三五）

がそれである。「天伝ふ　入日」については先に述べたので詳説は控える。さらにその趣きが強められると「挽歌」の詠となる。「柿本朝臣人麻呂、妻が死にし後に、泣血哀慟《きふけつあいどう》して作る歌二首」の第二首目の中程、

……　かぎろひの　もゆる荒野《あらの》に　白たへの　天領巾隠《あまひれがく》り　鳥じもの　朝立《あさだ》ちいまして　入日《いりひ》なす　隠《かく》りにしかば　我妹子《わぎもこ》が　形見《かたみ》に置ける　みどり子《こ》の　乞《こ》ひ泣くごとに　取り与《あた》ふる　物しなければ　……（巻二・二一〇）

と、いわゆる「泣血哀慟歌」に「妻が鳥でもないのに鳥のように朝立ちをして、入日のように隠れてしまった（＝死んでしまった）ので」と（「或本の歌に曰《いは》く」の二一三番歌も同趣）、人の死を悼む意味を重ねてくる。もちろん「入日なす」は「隠ルの枕詞」であるが、その前の「春の葉の　繁きがごとく」に「春」を述べ、「かぎろひの　もゆる荒野」に「夏」を見てとると、「入日なす」は釣瓶落としの「秋」の日と重ねられ、枕詞の働きの上に我妹子の急死が暗示されてくる。「入日なす」は万葉集中にあっては人麻呂以前にその例を見ない。あるいは人麻呂の作り出した用語であろうか。

人麻呂から家持へ

そしてこれを学んだのであろうか、家持に、

我《わ》がやどに　花そ咲きたる　そを見れど　心も行《ゆ》かず　はしきやし　妹《いも》がありせば　水鴨《みかも》なす　二人並《ふたりなら》び居《ゐ》　手折《たを》りても　見せましものを　うつせみの　借《か》れる身なれば　露霜《つゆしも》の　消ぬるがごとく　あしひきの　山道《やまぢ》をさして　入日《いりひ》なす　隠りにしかば　そこ思《おも》ふに　胸こそ痛き　言ひも得《え》ず　名付《なづ》けも知らず　跡《あと》もなき　世の中なれば　せむすべもなし（巻三・四六六）

という「また家持が作る歌一首」がある。

「（うつせみの）仮りの身であるから　露霜が消えてしまうように、（あしひきの）山の方をさして、入る日のように、隠れてしまったので」と、家持が亡き妾を悲傷して詠んだ歌である。先行歌の言葉を多く踏襲して作られたと評されている。

七　渡る日の諸相

赤人の太陽

巻三に載る、人によく知られた「山部宿禰赤人《やまべのすくねあかひと》が富士《ふじ》の山を望む歌一首」は、富士の山容を称えて

天地《あめつち》の　分《わか》れし時ゆ　神《かむ》さびて　高く貴《たふと》き　駿河《するが》なる　富士《ふじ》の高嶺《たかね》を　天《あま》の原《はら》　振《ふ》り放《さ》け見れば　渡る日の　影も隠《かく》らひ　照る月の　光も見えず　白雲《しらくも》も　い行《ゆ》きはばかり　時じくそ　雪は降りける　語り継《つ》ぎ　言ひ継ぎ行かむ　富士の高嶺は（巻三・三一七）

と詠ずる。この歌は、富士山の高さを誇張した表現として「渡る日の……」という。理屈を言えば、土地によって、いわば富士山の近く西側の辺では、富士に遮られて日の出が遅くなり、反対に東側では日没が早くなる、というように、朝日・夕日を隠すことはあっても、天空を渡る太陽は、何処から見ても富士山に隠れることはない。つまり、この歌が日＝昼の景と月＝夜の景を同時に詠み込んでいるなどと特に論うまでもなく、これは写生・写実の歌ではない。赤人が、同じ巻三に「葛飾《かつしか》の真間《まま》の娘子《をとめ》が墓に過《よ》る時」に作った歌（巻三・四三二）を残しているところからみると、東海道を往復したことは認められようが、この「詠不尽山歌」をその往来の折に富士山を実見して詠んだ歌ととる必要はない。いやむしろ写実の景とみることは赤人の主張を取り違えることにもなろう。この歌は叙景歌ではない。(注2)もちろん、実際に富士山を見た過去の経験に裏打ちされていようし、そして歌中に「振り放け見れば」と詠まれてもいよう。しかし、それらを脳裏に描きながら恐らく赤人は、他者から富士山の偉容を話として聞かされ、それを契機としてこの歌を作ったのであろう。だから赤人の本旨は、歌の末の「語り継ぎ　言ひ継ぎ行かむ　富士の高嶺は」と、語り継ぎ言い継ぐことにあったのである。とすれば、この富士山歌に詠われた「日」は、赤人の眼底に映じた太陽ではなく、山の高さを極立たせる表現として、観念的に用いられた「日・月」に過ぎなかったのである。

家持の渡る日

万葉集の最後の巻二十の大伴家持の歌に「渡る日の　かげ」(注3)が見られる。

渡る日の　かげに競《きほ》ひて　尋ねてな　清きその道　またも会《あ》はむため（巻二十・四四六九）

の歌がそれであるが、この歌は、日の当たる清らかな道に妹と逢う、というような浮いた話ではない。その第一・二句は先述の赤人歌「渡る日の　影も隠らひ」に学んだのであろうが、赤人歌は日輪の観念的表現であった。だが本歌の「日の　かげ」は日の光＝光陰の意であり、光陰と競って尋ねるというのは、矢の如く過ぎゆく月日に遅れまいと「清き（仏の）道」を「尋ね」ること、つまり昼夜努めて怠らないという意なのである。

これは「病《やまひ》に臥《ふ》して無常《むじやう》を悲しび、道《みち》を修《をさ》めむと欲《おも》ひて作る歌二首」の第二首目で、一首目が、

うつせみは　数なき身なり　山川《やまかは》の　さやけき見つつ　道を尋《たづ》ねな（巻二十・四四六八）

であってみれば、当該歌も「毎日、誦経《ずきやう》して仏道修行に励もうというのであろう＊」と解かれるはず

で、とすればこの「渡る日」は、実景の太陽からは遠く離れ、赤人不尽山歌よりもさらに観念的となり、ただ「光陰」を言うためのものとだけになるのである。

人麻呂の渡る日

人麻呂にも「渡る日」を詠んだ歌がある。前に取り上げた「泣血哀慟歌」一首目の長歌である。その中央近く、

……　玉かぎる　磐垣淵《いはかきふち》の　隠《こも》りのみ　恋ひつつあるに　渡る日の　暮れぬるがごと　照る月の　雲隠《くもがく》るごと　沖《おき》つ藻《も》の　なびきし妹《いも》は　もみち葉《ば》の　過ぎて去《い》にきと　玉梓《たまづさ》の　使ひの言へば　梓弓《あづさゆみ》　音《おと》に聞きて　言はむすべ　せむすべ知らに　……（巻二・二〇七）

この歌の「渡る日の暮れぬるがごと　照る月の雲隠るごと」という対句表現の意味は、とり易く解し易い。だから諸注釈書にも何の説明も注も加えられていない。ただ「日・月」はもちろん観念的な表現であり、格別の問題はなさそうであるが、日・月の「暮れぬる・雲隠る」状を「……ように」と人の死の譬喩に用いたのは集中この歌一首であり、人麻呂の特色を見る思いがする。

日月と共に

日輪は月輪と合して「日月」の語を作る。さらに、「天地」を併せて恒久・長久とか繁栄などの意味を表わすのは漢文的表現といえよう。例えば『懐風藻』には、

皇明光二日月一　帝徳載二天地一（侍宴・大友皇子）
寿共二日月一長　徳與二天地一久（在唐奉二本国皇太子一・釈道慈）

などの詩句が見られるが、『万葉集』にも、「讃岐《さぬき》の狭岑《さみね》の島にして、石《いは》の中の死人《しにひと》を見て、柿本朝《かきのもとのあそ》臣《み》人麻呂《ひとまろ》が作る歌一首」が、

玉藻《たまも》よし　讃岐の国は　国からか　見れども飽《あ》かぬ　神《かむ》からか　ここだ貴《たふと》き　天地《あめつち》　日月《ひつき》と共に
足《た》り行かむ　神の御面《みおも》と　継《つ》ぎ来《きた》る　中《なか》の湊《みなと》ゆ　船浮《う》けて　我《わ》が漕《こ》ぎ来《く》れば……（巻二・二二〇）

と冒頭にうたうのは、「天地・日月」の典型的な用例とみられる。先に挙げた『懐風藻』の用例が、いずれも讃美的表現として用いられており、それゆえに「祝詞」にも

天地日月等共爾安久平久（出雲国造神賀詞）
與天地月日共照志明良志（中臣寿詞）

と用いられてもいる。人麻呂作歌は「挽歌」に用いられながら、句は明らかに讃岐国への讃辞、国讃めの詞章となっており、ここに中国漢詩文からの影響も考えねばなるまい。

「天地」と一緒になって長久を祝う用法は、巻十三、「雑歌」に見られる。

やすみしし　わご大君《おほきみ》　高照《たかて》らす　日《ひ》の皇子《みこ》の　聞《き》こし食《を》す　御食《みけ》つ国　神風《かむかぜ》の　伊勢《いせ》の国は　国見ればしも　山見れば　高く貴《たふと》し　川見れば　さやけく清《きよ》し　湊《みなと》なす　海も広し　見渡す　島も名高《なだか》し　ここをしも　まぐはしみかも　かけまくも　あやに恐《かしこ》き　山辺《やまのへ》の　五十師《いし》の原に　うちひさす　大宮仕《おほみやつか》へ　朝日なす　まぐはしも　夕日なす　うらぐはしも　春山の　しなひ栄《さか》えて　秋山の　色なつかしき　ももしきの　大宮人《おほみやひと》は　天地《あめつち》と　日月《ひつき》と共に　万代《よろづよ》にもが（巻十三・三二三四）

この歌には、当面の「日月」の語以外に、「朝日なす」「夕日なす」の「日」に関する詞句も見られるが、この両句は、「朝日に照り輝くように、まぐはし（真細妙し）」「夕日に映えるように、うらぐはし（心細妙し）」という、いわば「朝日・夕日」の常套的慣用的な讃美表現であり、太陽の写実的表現ではない。

「天地」の語を併用しながら「日月」を長久の意によみ歌ったのは、巻六の「山部宿禰赤人《やまべのすくねあかひと》が作る歌一首」で

天地《あめつち》の　遠《とほ》きがごとく　日月《ひつき》の　長きがごとく　おしてる　難波《なには》の宮に　わご大君《おほきみ》　国知らすらし　御食《みけ》つ国　日の御調《みつき》と　淡路《あはぢ》の　野島《のしま》の海人《あま》の　海《わた》の底　沖《おき》ついくりに　鰒玉《あはびたま》　さはに潜《かづ》き出《で》　舟並《ふねな》めて　仕《つか》へ奉《まつ》るが　貴《たふと》き見れば（巻六・九三三）

と、「天地」「日月」と分けて詠んでいるが、三二三四番歌と共に、讃辞であることは明瞭である。

さらにもう一首、巻十九の大伴家持の「京《みやこ》に向かふ路《みち》の上《へ》にして、興に依《よ》りて予《あらかじ》め作る侍宴応詔《じえんおうせう》の歌一首」は、その後半部を

……手抱《たむだ》きて　事なき御代《みよ》と　天地《あめつち》　日月《ひつき》と共に　万代《よろづよ》に　記《しる》し継がむそ　やすみしし　我《わ》が大君　秋の花　しが色々に　見《め》したまひ　明《あき》らめたまひ　酒《さか》みづき　栄《さか》ゆる今日《けふ》の　あやに貴さ
（巻十九・四二五四）

とうたう「天地　日月と共に」は、今さら記すまでもなく、「天地・日月は永遠に変らぬものの代表

として挙げたもの」*で、まさに称辞以外の何物でもない。

照らす日月

巻二十には、典型的に無限長久の「日月」をうたう一首がある。

天地《あめつち》を　照らす日月《ひつき》の　極《きは》みなく　あるべきものを　何をか思《おも》はむ（巻二十・四四八六）

ひどく解しにくい歌である。だが、「天地を照らす日月」とはっきりした物言いで太陽と月を指し、「極みなく　あるべきもの」は、その「日月」が無限に照り輝くように「皇統は無限に続くべきもの」*だという。題詞は「天平宝字《てんぴやうほうじ》元年十一月十八日に、内裏《うち》にして肆宴《しえん》したまふ歌二首」とあり、その第一首目、左注に「右の一首、皇太子《わうたいし》の御歌《みうた》」とある。その年の七月に発覚した橘奈良麻呂・大伴古慈悲・大伴胡麻呂らの変を未然に防いで、官人の動揺をいましめた皇太子、後の淳仁天皇の歌である。そこに「宝祚《あまつひつぎ》の隆《さか》えまさむこと、当に天壌《あめつち》と窮《きはま》り無《な》けむ」（『書紀』神代巻下）を下敷きにして「照らす日月」と詠じたことが窺われ、この「日月」の意こそ、当然のことながら太陽・月のイメージを重ねて恒久・長久をいうのである。

憶良の日月

ところが、憶良の「日月」になると、面目を一新する。巻五に載る「惑《まと》へる情《こころ》を反《かへ》さしむる歌一首」は、

父母《ちちはは》を　見れば尊《たふと》し　妻子《めこ》見れば　めぐし愛《うつく》し　世の中は　かくぞ理《ことわり》　もち鳥《どり》の　かからはしもよ　行くへ知らねば　うけ沓《ぐつ》を　脱《ぬ》き棄《つ》るごとく　踏《ふ》み脱《ぬ》きて　行くちふ人は　石木《いはき》より　生《な》り出《で》し人か　汝《な》が名告《の》らさね　天《あめ》へ行かば　汝《な》がまにまに　地《つち》ならば　大君《おほきみ》います　この照らす日月《ひつき》の下《した》は　天雲《あまくも》の　向伏《むかぶ》す極《きは》み　たにぐくの　さ渡る極《きは》み　聞《き》こし食《を》す　国のまほらぞ　かにかくに　欲《ほ》しきまにまに　然《しか》にはあらじか（巻五・八〇〇）

と詠じる。この「日月」は、太陽と月との照らすこの社会は、大君の治らす国であると、「長久」よりも、世界を照らすという日・月の如実な働きを詠じている。この歌の作者憶良の心のあり様は不分明ともいえるが、筑前国守として「凡そ国《くに》の守《かみ》は、年毎《としごと》に一《ひと》たび属郡《ぞくぐん》に巡《めぐ》り行《ある》いて、風俗《ふうぞく》を観《み》、百《ひやく》年《ねん》を問《と》ひ、……百姓《ひやくしやう》の患苦《うれへくる》しふ所を知り、敦《あつ》くは五教《ごけう》を喩《さと》し、農功《のうこう》を勧《すす》め務《つと》めしめよ。」（戸令第八）と定められた職責を全うすることも合わせて詠ったものであろう。ここに憶良の特質の一つを見る。

その意味で憶良はもう一首、有名な「貧窮問答《びんぐうもんだふ》の歌」の答えの冒頭を

天地《あめつち》は　広しといへど　我《あ》がためは　狭《さ》くやなりぬる　日月《ひつき》は　明《あか》しといへど　我《あ》がためは　照りや給《たま》はぬ　人皆か　我《あ》のみや然る……（巻五・八九二）

と、「日月は明し」と詠い起こしている。

日月と月日

ただ、以上のように「日月」は日輪と月輪との併称に用い、暦の場合は「月日」と用いるのが一般的ではあるけれども、巻十三の「雑歌」の、

天《あめ》なるや　月日《つきひ》のごとく　我《あ》が思《おも》へる　君が日《ひ》に異《け》に　老《お》ゆらく惜《を》しも（巻十三・三二四六）

の「月日」は、上に「天なるや」と冠せられていることによって、明らかに「月」と「太陽」とを表わしており、むしろ例外的な用法とも言える。だが逆に、巻一の「日並皇子尊《ひなみしのみこのみこと》の殯宮《あらきのみや》の時に、柿本朝臣人麻呂《かきのもとのあそみひとまろ》が作る歌一首」では、後半部のみ掲げると

……いかさまに　思ほしめせか　つれもなき　真弓《まゆみ》の岡《をか》に　宮柱《みやばしら》　太敷《ふとし》きいまし　みあらかを　高知《たかし》りまして　朝言《あさこと》に　御言問《みことと》はさず　日月《ひつき》の　まねくなりぬれ　そこ故《ゆゑ》に　皇子《みこ》の宮人《みやひと》　行《ゆ》く

へ知らずも（巻二・一六七）

と、「日月」が「まねくなりぬれ＝数多くなってしまった」と詠われているところからみると、この「日月」は明らかに暦日である。このような例は今一首、同じ人麻呂の「高市皇子尊《たけちのみこのみこと》の城上《きのへ》の殯宮《あらきのみや》の時に、柿本朝臣人麻呂《かきのもとのあそみひとまろ》が作る歌一首」の「短歌二首」の第一首目

ひさかたの　天《あめ》知らしぬる　君故《きみゆゑ》に　日月《ひつき》も知らず　恋ひ渡るかも（巻二・二〇〇）

も、「日月も知らず」は「悲嘆の余り月日の経過も分らないことをいう」*というので、明らかに暦日の「日月」である。

以上の二首は人麻呂の殯宮挽歌という特異な歌の中の用例ではあるが、これらを通して改めて考えてみると、先に「長久」の讃意としてみた九三番歌・三三四番歌さらには四三五〇番歌も「日輪と月輪」とではなく、暦日の「日月」と解する余地がなお残されていると言えるのではなかろうか。この日月＝時の流れに万葉人は無限を感じとっていたのであろう。

九　皇統意識

皇都が藤原京から平城に遷された頃、『万葉集』では、歌聖柿本人麻呂の盛時が過ぎ、大伴旅人・

山上憶良・山部赤人・高橋虫麻呂ら第三期歌人の出現が目前に迫っていた。

このような時、天皇家の主導による日本の歴史書、現存する最古の史書『古事記』が筆録・完成して、元明天皇（在位七〇七 七一五）に献上された。時に和銅五年（七一二）正月二十八日である。(注4)そしてそこに書き記されたのは、天皇讃美の意図に基づく天皇の国家統合の由来譚であった。

そのよってくるところは、太陽を神格化して天照大御神と称え、(注5)天上の主宰神と位置付け、天皇の国家統治の所以を天照大御神の神勅に基づくものとして、いわゆる王権神授の思想に則ったことである。そして天皇は天照大御神の血統を継いで万世一系であることが、その尊厳性の根拠とされた。

高照らす日の皇子

これは確かに太陽を「天象」から解き放ち、「日神」なる信仰上の存在とし、天皇統治の象徴とした古代国家の意志であり、この思想が『古事記』に結実してゆく動きの中で持統天皇は、治世七年（六九三）九月、意味のとりにくい歌ではあるが、御自ら詠って、「天皇（天武）の崩りましし後の八年九月九日、奉為《おほみため》の御斎会《ごさいゑ》の夜に、夢《いめ》の裏《うち》に習《なら》ひ賜ふ御歌《みうた》一首」に

明日香《あすか》の　清御《きよみ》原の宮に　天《あめ》の下《した》　知らしめしし　やすみしし　我《わ》が大君《おほきみ》　高照《たかて》らす　日《ひ》の皇子《みこ》
いかさまに　思ほしめせか　神風《かむかぜ》の　伊勢《いせ》の国は　沖《おき》つ藻《も》も　なみたる波に　塩気《しほけ》のみ　かをれ
る国に　うまこり　あやにともしき　高照《たかて》らす　日の皇子　（巻二・一六二）

と、夫天武天皇をくり返し「高照らす　日の皇子」と称えた。天皇の神格化の一表現である。

さきに宮廷歌人と呼ばれるほど歌をもって天皇に奉仕した柿本人麻呂も、「軽皇子《かるのみこ》、安騎《あき》の野に宿《やど》らせる時」（巻一・四五）・「長皇子《ながのみこ》、猟路《かりぢ》の池に遊《い》でませる時」（巻三・二三九）に、また「新田部皇子《にひたべのみこ》に献《たてまつ》」（巻三・二六一）って「やすみしし　我《わ》が大君《おほきみ》　高光る　日《ひ》の皇子《みこ》」と詠い、こうして慣用表現化したか置始東人《おきそめのあづまと》も「弓削皇子《ゆげのみこ》の薨ぜし時」（巻二・二〇四）に歌い、無名氏が「藤原宮《ふぢはらのみや》の役民《やくみん》が作る歌」（巻一・五〇）・「藤原宮の御井《みゐ》の歌」（巻一・五二）のそれぞれの歌い出しに用いており、また、先述の巻十三の三二三四番歌にもそれは見られることになる。

さらに、天皇を天照大神＝日神になぞらえれば、天皇を輔佐して執政にあたった皇太子はまた、「日」に並ぶ存在であった。長歌である四五番歌に四首付された「短歌」の第四首目の

日並《ひなみし》の　皇子《みこ》の尊《みこと》の　馬並《な》めて　み狩《かり》立たしし　時は来《き》向かふ（巻一・四九）

の「日並皇子尊」が、天武天皇の皇太子草壁皇子であることは言うまでもない。

挽歌に

六八九年四月、皇太子が薨じて「日並皇子尊《ひなみしのみこのみこと》の殯宮《あらきのみや》の時に、柿本朝臣人麻呂《かきのもとのあそみひとまろ》が作る歌一首」は「高照《たかて》らす　日《ひ》の皇子《みこ》」（巻二・一六七）と詠み、「反歌二首」の二首目には

あかねさす　日は照らせれど　ぬばたまの　夜《よ》渡る月の　隠《かく》らく惜しも（巻二・一六九）

と歌う。この反歌の「日」に持統天皇を、「月」に草壁皇太子を寓していると解されるのは、けだし当然であろう。

この人麻呂の日並挽歌に続いて、「皇子尊の宮の舎人等《とねりども》が慟傷《どうしやう》して作る歌二十三首」が並ぶ。この思想を承けて二十三首の中に、「高光《たかひか》る　我《わ》が日の皇子《みこ》の」（巻二・一七一・一七三）が見られる。また、

朝曇《あさぐも》り　日の入《い》り行《ゆ》けば　み立たしの　島に下《お》り居《ゐ》て　嘆きつるかも（巻二・一八八）

ただし、

の「日の入り行けば」も、草壁皇子の薨去を暗示する語と読みとるのはた易い。

朝日照る　佐田《さだ》の岡辺《をかへ》に（巻二・一七七・一九二）

朝日照る　島の御門に（巻二・一八九）

の三首に見られる「朝日照る」は何を表わすのであろうか。「朝日」の印象は、人の死を悼むには不適切である。むしろ新たなる生命の誕生にこそふさわしい。それゆえに、これを単なる実景とはとり

にくく、それぞれ「佐田」「島」と地名に冠しているところから枕詞ととる。しかし実景はともかく枕詞ととるにしても、挽歌に「朝日」はふさわしくない。やはり詠歌の対象とする草壁皇子に冠して、「かつて朝日のように若々しい日並皇子が居られた、その島の御門」（一八九）、「朝日のごとく光り輝く草壁皇子が永遠に鎮まる、佐田の岡辺」（一七・一九三）の意を充分に重ねるべきであろう。

続く人麻呂の高市挽歌（巻二・一九九）は集中第一の長歌であるが、高市皇子は「日並」と遇されなかったので、歌中に「高照らす　日の御子」の句はない。歌中の「日」の表現は、「天雲を　日の目も見せず　常闇に」「あかねさす　日のことごと」の二句であるが、用法は既に見た通りである。

むしろ、その「或書《ある》の反歌一首」が注目に価する。

泣沢《なきさは》の　神社《もり》に神酒《みわ》据《す》ゑ　祈《いの》れども　我《わ》が大君《おほきみ》は　高日《たかひ》知らしぬ（巻二・二〇二）

この「高日知らしぬ」は、薨じて高く天上に昇り、祖霊の「日」に回帰する意であろうが、集中に珍しい表現である。

天の日継

『万葉集』の掉尾を飾る大伴家持は、人麻呂に三十有余年遅れて歌人として擡頭するが、天皇を神と讃《たた》えた大伴御行の一族として、『記紀』の精神に則り、巻十八以降の三巻中の四〇八九番歌・四〇九四番歌・

四〇九八番歌・四三五四番歌・四四六五番歌に「天の日継」を讃美する詞句を詠み込む。

「天の日継」は集中他者の作に例を見ない家持の造語であろうが、『記紀』の主張は律令の精神と乖離し、家持時代の律令制社会、律令貴族の社会思想とはおよそ相容れぬものになったのであろう。それなのに家持が『記紀』に称揚された神代以来の名族大伴氏の嫡流としての矜持を強く抱いたがために、時代への適合性を失い、やがて大伴氏に衰運をもたらすことになるが、(注6)この家持の思想を集約した「天の日継」の詞句は、『記紀』の受容という点で光彩を放つのである。

ただしこれらは「天象」としての「日」とはその範疇を異にするのである。

十　結びにかえて

以上、本稿では『万葉集』に「天象の日」を求め、俯瞰的に眺めてきたが、春夏秋冬とめぐる季節に、うらうらと照る春の日、秋霜烈日の語を生んだ夏の日、釣瓶落としの秋の日、暖が恋しい冬の日など、実はどれをとり上げても『万葉集』中にその詠は乏しかった。『万葉集』四千五百首の中、「日」に関わる語を求め、広く集めても六十余首、「日」を実景として詠んだ歌は十首を数えられそうにない。「木もれ日」など現代歌人が好んで歌材とするのは、およそ「木もれ日」に縁遠くなった近代人の感性によるものなのであろうか。

本稿は、「日」の歌の解釈・鑑賞に多く筆を割き、「研究論文」には程遠いものとなったが、「天象の日」に関しては戸谷高明氏に優れた業績があるので、論究はそれに譲りたい。

戸谷氏の『万葉集』の「日」に関する考察は、
「万葉の景物――「日」の思想と表現」（早稲田大学『学術研究』第二〇号、昭和四十六年十二月）
「「日の皇子」と「天の日嗣」」（古代文学会『古代文学』11、昭和四十六年十二月）
という二論文であるが、この両論も収めて「天」と「日」の思想に関する論を纏められたのが、著書『古代文学の天と日――その思想と表現』（新典社・平成元年四月）
である。

本稿執筆に際してはこの書を座右に置いて参考にさせて頂いた。その参照部分を注記するには余りにも繁雑になるので、一切注記はしなかった。ここに明記して戸谷氏に非礼を詫び、読者諸子に諒承を願うと共に一読されんことを期待して擱筆する。

注1　『新日本古典文学大系　万葉集』は、佐竹昭広・山田英雄・工藤力男・大谷雅夫・山崎福之の五氏の校注。なお旧版は、高木市之助・五味智英・大野晋の三氏校注。

2　叙景歌とすることを否定する説は、すでに梶川信行『万葉史の論　山部赤人』（翰林書房、平成九年）に詳しい。

3　「かげ」には、「日」を直接表現せず、「春の野に　霞たなびき　うら悲し　この夕影に　うぐひす鳴くも」（巻十九・四二九〇）のような歌がある。本稿では取り上げなかったが「日」に関する注意すべき詠である。

4　七二〇年五月完成奏上の『日本書紀』は、『古事記』とはその編纂意図を大いに異にしているが、

『万葉集』歌の思想背景をとらえるには『記』と同等に『書紀』を参看すべきではある。しかし、論が複雑になることを避けて、本稿では『書紀』にまで言及するのを控えた。

5 「日」に関する『古事記』の主張を記しておくと、その「序」文に「二霊（イザナキ・イザナミの神）群品の祖となりき。所以に、幽顕に出入して日月目を洗ふに彰れ」と記しながら、上巻の該当する物語では「ここに左の御目を洗ひたまふ時に、成れる神の名は、天照大御神。次に右の御目を洗ひたまふ時に、成れる神の名は、月読命」と、既に「神」として語っているのである。そして中巻に到って、神倭伊波礼毘古命すなわち第一代神武天皇を、その東征物語で「この時熊野の高倉下、一ふりの横刀を賷ちて、天つ神の御子の伏したまへる地に到りまして」と、わざわざ「天神御子」と表記して、皇統意識を強調している。本稿に後述する「天の日継」の思想はこれに立脚する。

6 詳しくは、市瀬雅之『大伴家持論——文学と氏族伝統』（おうふう　平成九年）を参照されたい。

（『万葉集』の使用テキストは、小学館版『新編日本文学全集　万葉集』である。）

〔補注〕

本稿の校正中に、「入日さし」でなければならないと主張する伊藤博氏「豊旗雲に入日さし」なる論文が『萬葉』（萬葉学会会誌）第百七十一号（平成十一年十一月）に掲載された。充分に納得できる論文ではあるが、本稿の趣旨を損うものではなく、時間的にも本稿を書き替える余裕がなかったので、補注として明記し、参考に供するに止める。

万葉の月

小野　寛

一　はじめに

万葉集二十巻にわたって照る月は、歌に詠まれたもの全部で一八八例である。

①┌月　　一〇四例（ツキ一〇〇、東歌・防人歌にツク四）
　└月夜　　四四例（「卯の花月夜」一例はここに算入）

②月の船　　三例
　┌月人　　一
　└月人をとこ　　五
　┌月読　　六
　└月読をとこ　　二
　ささらえをとこ　　一

③
暁月　一
暁月夜　一
朝月夜　二
夕月　一
夕月夜　九
④
三日月　三
望月　四
居待月　一

以上である。「月草（鴨頭草）」（つゆくさ）九例は「月」の例には数えない。
万葉集における「月」の初出は額田王である。

熟田津に船乗りせむと月待てば潮もかなひぬ今は漕ぎ出でな（巻一・八）

続いて「月夜」の初出は中大兄皇子である。

わたつみの豊旗雲に入日見し今夜《こよひ》の月夜さやに照りこそ（巻一・一五）

右の中大兄一五歌が斉明天皇七年（六六一）正月の百済救援のための西征の途上、播磨国印南野の津で、明日はいよいよ瀬戸内海に入るという、その時の感慨を歌われたとすると、この歌こそが万葉集中「月」を詠んだ最初の作となる。額田王の熟田津の月の歌は、その同じ航海の途上であるが、瀬戸内海をほぼ過ぎて伊予国の石湯（道後温泉）の行宮に途中滞在して、いよいよ筑紫へ向かって出航する時の作で、確かな日付は諸説があって分らないが、これが万葉集中「月」を詠む第二作である。満月を待つとする説もあるが、遅い月の出を待つのである。

「月」を主題とした中大兄皇子（天智天皇）と額田王の歌が、万葉集の「月」の初出であることは、まことに記念すべき事実である。

古事記には、上巻・神代の巻に、伊耶那伎命《いざなきのみこと》の御身のみそぎによって生まれた神々の最後に「三貴子」を得た、その中に「月読命」がある。「月」の最初の登場である。これは「月」そのものの神格化というより、「月を読む（数える）」ことの神格化だと言われている。[注1] しかし伊耶那伎命は月読命に詔して、「汝が命は、夜の食《を》す国を知らせ」と命じたとあるから、夜空に輝く、夜の世界を支配する「月」のイメージを持って登場するものに違いはない。古事記にはこれ以外に「月」は登場しない。

日本書紀にも、伊奘諾尊《いざなきのみこと》と伊奘冉尊《いざなみのみこと》と共に議して、「天下の主者」を生まんとして「日神」を生み、「次に月神を生む」とある。一書に「月弓尊、月読見尊、月読尊といふ」とある。その光うるわしきこと「日に亜《つ》げり」とあり、「日に配《なら》べて治《しら》すべし」と、天へ送りまつったという。日本書紀にはこのあと、舒明・皇極・天武の三代に、星が月に入ったことと月蝕のことが三度ずつ記録されているばかりで、「月」にまつわる物語は何もない。

風土記では、常陸国風土記に香島郡の浜の里、寒田《さむた》の沼の南の童子松原に伝える嬥歌会《うたがきのつどい》の物語があり、その風景を叙して、

時に、玉の露おく杪候《あきのくれ》、金《あき》の風風《ふ》く節《とき》、皎皎《かうかう》たる桂月《つき》の照らす処《ところ》は、唳《な》く鶴《たづ》の西《かへ》る洲《す》なり。颯《さつ》颯《さつ》たる松颸《まつかぜ》の吟《うた》ふ処は、度《わた》る雁の東《ゆ》く岵《やま》なり。

とある。ここは四六駢儷体の対句を重ねた見事な美文で、月を叙した唯一の文章である。「皎皎」は『文選』巻二十九、「古詩十九首」の第十九首に、

明月何ぞ皎皎たる、我が羅《うすもの》の牀幃《しやうゐ》を照らす。

とある。「桂月」は月の中には桂の木が生えているという中国古代の伝説によって、月の異名である。古詩十九首は作者不明で、一人一時の作でないことは明らかで、漢末の作が大部分を占めていると推定される。

また、『文選』巻二十三に、潘安仁（二四七?〜三〇〇）の「悼亡詩三首」の第二首は、

皎皎たる窓中の月、我が室の南端を照らす。

に始まり、同巻に謝恵連（三九七〜四三三）の「秋懐詩」には、

皎皎として天月は明らかなり、奕奕《えきえき》として河宿は爛《かがや》く。

とある。「皎皎」は白く明るいさまをいう。

風土記もこの一例のみで、「月」はやはり万葉集である。

二　月待つ

万葉集の「月」の初出の、額田王の歌、

熟田津に船乗りせむと月待てば潮もかなひぬ今は漕ぎ出でな（巻一・八）

の「月待てば」について、契沖『万葉代匠記』はこの歌を斉明天皇の御製としているが、

昔ヲ思召出テ名残モアカズオボサルレバ、月待出ルホドダニト思召セドモ、潮時ニモヨホサレ給

テ、今ハ漕出テ、行宮へ帰ラセ給ントナリ。（初稿本も殆ど同文）

とある。月を待って月が出る頃までここに居たいと思われたが、潮時がよくなったので、月の出るのを待たず、漕ぎ出して「行宮」へ帰られたとは、斉明天皇が「石湯行宮」からどこか昔の思い出の場所へ外出されて、恐らく夕刻月の出までに帰られた時の歌だというのである。この解釈が誤りであることは言うまでもない。

荷田春満『万葉集僻案抄』は、「月待てば」をうけて、

月も願ひにかなひて、出潮もおもひにかなふて満たるなるべし。潮は月の盈虚にしたがへばさも有べし。

とあり、賀茂真淵『万葉考』も「月も出、汐も満」と解し、「そこよりつくしへ向ます御船出の暁月を待給ひしなるべし」と記している。以来、加藤千蔭『万葉集略解』も岸本由豆流『万葉集攷証』も橘守部『万葉集檜嬬手』も、「月も出、潮もみち云々」と同じである。

中でも富士谷成章の子御杖の『万葉集燈《ともしび》』は、『攷証』の成る六年前、文政五年（一八二二）に刊行されているが、

○月待者　海路くらくては、たづきなければ、月いでゝとて、御舟とゞめさせ給ふ間を云。これまことは、潮まちし給ひしなるべきを、月を主として、潮はかへりてかたはらのやうにいふ。これ、古人倒語のつねなり。実は潮待し給ひしならむ。と思はせむの詞づくりぞかし。○潮毛可奈比沼　月いづる時は、潮みつる物なれば也。この毛《モ》もじ、わざと潮をかたはらとし給へる也。上にいへる心思ふべし。かなふとは、御舟漕むにかなふを云。しかもいはで、たゞかなふとばかりあるは上の句々のうちに、明らかなれば也。古人詞に力ある事をみつべし。

とある。これに遅れること二十年、天保十三年（一八四二）に全編成ったという、近世万葉研究の集大成と言える近世最後の全注、鹿持雅澄『万葉集古義』は、『燈』の説にほとんどよって、

○月待者《ツキマテバ》は、海路くらくてはたづきなければ、月出てとて、御舟とゞめさせ賜ひ待賜ふを云、これ実には、潮待為賜ひしなるべきを、月を主としてのたまへるがをかしきなり、○潮毛可奈比沼《シホモカナヒヌ》といふに、潮も満て月出ぬといふ意あり、……月いづるときは、潮みつるものなればぞかし、この毛《モ》の詞にてわざと月を主とし、潮をかたはらとし賜へること、上に云へるがごとし、可奈比沼《カナヒヌ》とは御船出さむに叶ひたるを云、この詞に心を着て聞べし、

と記している。

近代最初の注釈、木村正辞『万葉集美夫君志《みぶくし》』は、『燈』の記事をあげて、「此説の如し」という。続いて井上通泰『万葉集新考』は、「月待てば」を『燈』と『古義』に「これ実には潮待し給ひしなるべきを、月を主として」言ったのが面白いというのは「わろし」として、「シホモカナヒヌといへるにて月出でぬとはきこゆるなり」といい、「モの言の用方いと巧なり」という。折口信夫『口訳万葉集』も「月の出を待つてゐる中に、月も昇り、潮もいゝ加減になつて来た」と口訳してある。

「月待つ」は近世以来、疑いもなく月の出るのを待つのであった。これに異議を申し立てたのは、昭和三年、山田孝雄『万葉集講義』であった。

○月待者　「ツキマテバ」とよむ。船に乗らむとて月を待てばといふなり。月を待つとは月の満つるを待つことなり。月と潮とは関係深きものにして満月と新月との時に満潮となり、上弦下弦に干潮となるものなれば、満月を待つは即ち満潮を待つことなるなり。これをば海路暗くして便なき故なりといふ説（古義）あるは古の船路につきてよく考へぬ失なり。

とある。「月待つ」とは満月を待つ、満月になる日を待つ意だという。この山田満月説に賛成したのが武田祐吉『万葉集全註釈』であった。更に詳しく説いている。

月待者　ツキマテバ。潮は、満月と新月のころに大潮となるので、船出をしようとして、大潮となるころを待つておればである。満月と新月のいずれでもよいが、月待テバとある以上、満月のころを待つとすべきである。日本書紀によるに、熟田津の石湯の行宮に泊せられたのは、正月十四日であるから、多分翌月の満月のころの作であろう。これを月の出を待つ意とする解のあるのは誤りである。当時、事情に依つて夜間に船を進めることはあるが、普通に月の出を待つて夜間船を漕ぎ出すことは無い。

とある。月の出るのを待って船出するとは、月光による夜の航海になるわけで、これが大船団であるだけに疑問があるのである。

これに対して細かに反駁したのが澤瀉久孝の論（昭和十三年十一月九日稿とある）で、『万葉古徑』にある。この論文が詳しいが、澤瀉久孝『万葉集注釈』によって、その要点を記しておこう。

月待てば――月の出を待つてゐると、の意。講義に「月を待つとは月の満つるを待つことなり。月と潮とは関係深きものにして満月と新月との時に満潮となり、上弦下弦に干潮となるものなれば、満月を待つは即ち満潮を待つこととなるなり。」と述べられ、それに従はれてゐる学者もあるが、その説によると、㈠月も潮も眼前の景ではなくて、たゞ暦の上の月になつてしまつて、この歌の持つ潑剌たる生彩は消されてしまひ、㈡月や潮を待つとは、

夕闇は道たづたづし月待ちていませ吾が背子その間《ま》にも見む（四・七〇九）

みさごゐる渚《す》に居る船の夕汐を待つらむよりは吾こそまされ（十一・二八三二）

などの如く、眼前に見る月であり潮であるのが例であり、㈢大潮と云つてもその潮高の差は僅かに一メートル内外に達する事も稀で、一日のうちの満干の差のやうに目に立つものでなく、暦日の大潮を待つて船を出すといふのでは船は月に二度しか出ないといふ事になり、㈣夜間に出帆する事はないといふ説もあるが、

月よみの光を清み神島のいそまの裏ゆ船出すわれは（十五・三五九九）

の作もあり、特に今の場合は次の項で述べるやうに宵月でなく、有明の月で、暁に近い時刻であるから一層不都合がない。

そして澤瀉『注釈』は、「潮も」の「も」の助詞によって月ものぼった意がこめられているといい、「月待てば」も事実においては潮を待つ心であるといい、それを「月を主としてのたまへるがをかしきなり」という『古義』のいう通りだと述べている。

万葉集中に「月待つ」と歌う歌は、八番歌の他に十三例ある。「待ちがてにわがする月」一例を加えると十四例である。

1夕闇は道たづたづし月待ちていませ我が背子その間にも見む（巻四・七〇九、豊前国娘子大宅女）

2待ちがてに我がする月は妹が着る三笠の山に隠《こも》りてありけり（巻六・九八七、藤原八束）

3山の端《は》にいさよふ月を出でむかと待ちつつ居るに夜そ更《ふ》けにける（巻七・一〇七一）
4山の端にいさよふ月をいつとかも我が待ち居らむ夜は更けにっつ（巻七・一〇八四）
5春日山山高からし岩の上の菅の根見むに月待ち難し（巻七・一三七三）
6闇の夜は苦しきものをいつしかと我が待つ月も早も照らぬか（巻七・一三七四）
7倉椅《くらはし》の山を高みか夜隠《よごも》りに出で来る月の片待ち難き（巻九・一七六三、沙弥女王）
8朝霞春日の暮れば木の間より移ろふ月をいつとか待たむ（巻十・一八七六）
9妹が目の見まく欲しけく夕闇の木の葉隠れる月待つごとし（巻十一・二六六六）
10あしひきの山より出づる月待つと人には言ひて君待つ我を（巻十二・三〇〇二）
11能登の海に釣する海人《あま》のいざり火の光にいませ月待ちがてり（巻十二・三一六九）
12…さ丹《に》つらふ　君が名言はば　色に出でて　人知りぬべみ　あしひきの　山より出づる　月待つと　人には言ひて　君待つ我を（巻十三・三二七六）
13月待ちて家には行かむ我が挿せる赤ら橘影に見えつつ（巻十八・四〇六〇、粟田女王肆宴歌）
14秋草に置く白露の飽かずのみ相見るものを月をし待たむ（巻二十・四三一二、大伴家持七夕歌）

第1と第13の二例は「家に帰る」ために月の出るのを待つのである。第5例は「岩のほとりの菅」を見るために月の出を待ちきれないというが、女に早く逢いたい気持を「菅の根」にたとえて言ったものである。第9例は妻に逢いたい思いを月にたとえて、「夕闇の木の葉隠れる月」を待つようだという。第10と第12の二例は同じ句を用いたもので、愛人の来るのを待つのを「月待つ」と嘘をついているのである。第11例は妻問うための「月待つ」で、月が出るまで待っていないで「能登の海に釣する海人のいざり火の光」でいらっしゃいという。

第2・3・4と6・7・8例はいずれも月の出るのを待ちかねる思いを歌っている。第14例は大伴家持の天平勝宝六年（七五四）七月作の「七夕歌八首」の中の一首で、「月待つ」歌の作歌年時の最も新しいものである。また逢う来年の七月の来るのを待とうというので、これは暦の月の例であった。

この他に「月を待つ」ことを「君を待つ」の序として歌うのが二例ある。これは唯一例である。

15山の端《は》にいさよふ月の出でむかと我が待つ君が夜は更《ふ》けにつつ（巻六・一〇〇八、忌部黒麻呂友を待つ歌）

16あしひきの山を木高《こだか》み夕月をいつかと君を待つが苦しさ（巻十二・三〇〇八）

これも月の出の待ち遠しさを歌うものである。

「月待つ」、類歌も含めて全十六例、暦の月が家持歌一例あった。これは七月という「七夕」の月を待つというのであって、「満月」の時を待つというのとは意味の異なる例である。額田王の八番歌が「月待つ」歌の初出例であるが、以後の諸用例によっても、月の出るのを待つのであったに違いない。

三　いさよふ月

「月待つ」歌の中に「山の端《は》にいさよふ月」が三例ある。

(1)山の端にいさよふ月を出でむかと待ちつつ居るに夜そ更《ふ》けにける（巻七・一〇七一）
(2)山の端にいさよふ月をいつとかも我が待ち居らむ夜は更けにつつ（巻七・一〇八四）
(3)山の端にいさよふ月の出でむかと我が待つ君が夜は更けにつつ（巻六、一〇〇八、忌部黒麻呂）

三首は類歌で、互いに関わりがありそうである。(1)と(2)は「月を詠む」の題の下にまとめられた十八首の中にあり、共にひたすら月の出るのを待ち続けて、その遅いのを嘆き、一体いつまで待てばいいのかと恨むのである。(1)は純粋に月の出の遅いのを嘆き、(2)はそれを疑問に歌い、惑うのである。(1)をうけて(2)があると考えていいだろう。そしてこの(1)と(2)をふまえて(3)が作られただろう。(3)は作歌年時は記されていないが、巻六の配列によれば天平八年（七三六）の作である。「山の端にいさよふ月」を今か今かと待つように「我が待つ君」がまだ見えないうちに、夜はふけてしまったという。

「山の端にいさよふ月」はもう一例ある。

満誓沙弥《まんぜいさみ》の月の歌一首

(4)見えずとも誰《たれ》恋ひざらめ山の端にいさよふ月を外《よそ》に見てしか（巻三・三九三）

たとえ見えなくても、誰が恋しく思わない——月を見たいと思わないことがあろうか、「山の端にいさよふ月」を外ながらにも見たいものだという。月に女をたとえている。

「山の端にいさよふ月」とはどのような月だろうか。(1)(2)(3)はまだ出ない月である。今か今かと待っているうちに夜がふけてゆくという。全く見えないのである。(4)も「見えずとも」という。見えないのである。

「山の端に」は、(1)(2)の原文は「山末尓」とあり、(3)は「山之葉尓」とあって、「山末」を「やまのは」と訓むことは間違いない。(4)は「山之末尓」とある。「やまのは」の例は、

山羽尓味群《あぢむら》騒き行くなれど吾はさぶしゑ君にしあらねば（巻四・四八六）

山乃波尓月かたぶけばいざりする海人《あま》のともし火沖になづさふ（巻十五・三六二三）

がある。「山のは」に味《あじ》鴨の群が鳴き騒いで行き、「山のは」に月が傾いて行くという。「山のは」は山の末、山の端《はし》、山のふちである。山の稜線である。そこに月が「いさよふ」とはどのようにあることか。「いさよふ」の例は次のようにある。

月　山の端にいさよふ月を出でむかと待ちつつ居るに夜そ更けにける（巻七・一〇七一）

山の端にいさよふ月をいつとかも我が待ち居らむ夜は更けにつつ（同・一〇八四）

山の端にいさよふ月の出でむかと我が待つ君が夜は更けにつつ（巻六・一〇〇八）

見えずとも誰恋ひざらめ山の端にいさよふ月を外に見てしか（巻三・三九三）

波　もののふの八十《やそ》宇治川の網代木にいさよふ波の行く方知らずも（巻三・二六四、柿本人麻呂）

雲　隠《こも》りくの泊瀬《はつせ》の山の山の際《ま》にいさよふ雲は妹《いも》にかもあらむ（巻三・四二八、人麻呂）

青嶺《あをね》ろにたなびく雲のいさよひに物をそ思ふ年のこのころ（巻十四・三五一一、東歌）

一嶺《ひとね》ろに言はるものから青嶺ろにいさよふ雲の寄そり妻はも（同・三五一二、東歌）

心　春日《はるひ》を　春日《かすが》の山の　高座《たかくら》の　三笠の山に　朝去らず　雲居たなびき　容鳥《かほとり》の　間なくしば
鳴く　雲居なす　心いさよひ　その鳥の　片恋のみに…（巻三・三七二、山部赤人）

…立ちて居て　たどきを知らに　むら肝《きも》の　心いさよひ　解《と》き衣《きぬ》の　思ひ乱れて　いつしか
と　我が待つ今夜《こよひ》　この川の　流れの長く　ありこせぬかも（巻十・二〇九二）

古事記歌謡に一例ある。古事記中巻、倭建命《やまとたけるのみこと》が崩《な》くなって、大和から后たち・御子たちが下って来て御陵を作ってまつった時、倭建命は大きな白い千鳥の姿になって天翔《あまがけ》り、浜へ向かって飛んで行くのをその后たち・御子たちが海まで追いかけて歌った歌である。

海処《うみが》行けば　腰なづむ　大河原の　植ゑ草　海処は　伊佐用布

海に入って腰まで水につかってなかなか進めない。大河に生えている浮草のように、海の中では「いさよふ」というのである。浮き草のようにゆらゆらとただよって、思うように前へ進めない。それが「いさよふ」である。

万葉集の「いさよふ」は、「月」四例、「雲」三例、「心」二例、「波」一例である（合計十例）。「波」は人麻呂である。人麻呂の「宇治川の網代木にいさよふ波」は流れてゆく「行く方」がわからない。宇治川の水が網代木にぶつかって、流れが遮られて停滞しているのである。流れきれずそこに留まっているのである。それが「いさよふ」である。

「雲」も人麻呂に始まる。泊瀬の山の山あいに雲が「いさよふ」とは、山あいに雲が流れきれず、行きやらずたゆとうているのである。東歌の「青嶺ろにたなびく雲」も、その青々と樹木の生い繁った山に「いさよふ」ている。その「いさよひに物をそ思ふ」（三五一二）とは、とどこおって、ぐずぐずと、あれやこれや思い悩むのであろう。心がきちんと定まらないのだろう。「青嶺ろにいさよふ雲」も行きやらずたゆとうているのである。

「心いさよひ」は、赤人歌は原文「心射左欲比《いさよひ》」(三七二)とあり、「雲居なす心いさよひ」で、その雲は「三笠の山に　朝去らず雲居たなびき」をうけていて、三笠山に毎朝いつもたなびく雲のように心が「いさよひ」で、「いさよふ雲」に同じく、行きやらずたゆとうているのであろう。とすれば東歌の三五一一歌の「青嶺ろにたなびく雲のいさよひに物をそ思ふ」に同じく、心がきちんと定まらず、ぐずぐずと、あれこれと思い迷うのであろう。心が落ち着かないのである。

「心いさよひ」の第二例三〇九三歌は、原文が「心不欲」で、本文異同は、「欲」字を紀州本が「歌」としているだけで、これは誤写に違いない。「心不欲」に元暦校本は訓がないが、赭で片仮名の訓を書き入れてあり、「コ、ロモアセス」とあるが、他の訓のある諸本すべて「コ、ロオホエス(オホヘス・オホヱス)」とある。近世諸家も例えば真淵『考』に「コ、ロオボエズ　不欲は義訓也、欲《ホル》はおぼえ、不欲《ホラザル》は心におぼえぬゆへにかれるなり」とある。『略解』に「心おぼえずの詞穏ならず」として、「宣長は欲は歡の誤にて、心不歡はこゝろさぶしくと訓べしといへり」と記している。そして『古義』が「不欲は、不知欲比とありしが、知・比の字を落せる事しるし、さらば、イサヨヒと訓べし」と初めて「いさよひ」の訓を当てた。折口信夫『口訳万葉集』、『万葉集全釈』、『万葉集総釈』は旧訓「おぼえず」を採ったが、岩波文庫『新訓万葉集』は「不欲」のまま「たゆたひ」と訓んだ(昭和二年初版から昭和十四年改定再版まで。昭和二十九年新訂版は「いさよひ」と改訓し、脚注に「いさよひ或たゆたひ」とある)。一方、井上通泰『新考』は『古義』の説に従って脱字説により「いさよひ」と訓んでいる。しかし、昭和十七年十二月刊の佐佐木信綱・武田祐吉共編『定本万葉集三』が

巻十を含むが、ここには本文は「心不欲」のまま「心いさよひ」と訓み下し、別記はない。それはのちの武田『全註釈』に、

不欲は、心の活動しない義によつて書いてゐるのだらう。よつて、そのままで、イサヨヒと読む。心が躊躇して働かない意である。

とあるのと同じ理由によるのだろう。佐佐木『評釈』も「心いさよひ」と訓み、「諸訓があり誤字説もあるが、義を以て、イサヨヒまたは夕ユタヒと訓むがよいとおもふ」とある。土屋文明『万葉集私注』も、「『不欲』は進まぬ意で、イサヨフを表はしたと見える。心のためらふ意である」とある。以来現在まで「心不欲」はそのままで「心いさよひ」である。

二〇九二歌は七夕の歌で、彦星の立場で待ちに待った七月七日の夜が天の川の流れのように長くあってほしいと願う歌である。その待つ心を、立つにつけ坐るにつけどうしていいかわからず「心いさよひ」、思い乱れて待つと歌う。「心いさよひ」と「思ひ乱れて」とが対句である。岩波大系本頭注に「欲はオモフ・ネガフ・ムサホル・セムトスなどの訓がある」とある。「不欲」は心の欲するままにならないことを表わす。心が前へ進まず、迷い、ためらい、『全註釈』の言うように、心が働かないのである。

「山の端にいさよふ月」はまだ出ない月、見えない月だと私は言った。山の端に、山の稜線に見えていないのである。見えない月が山の端に「いさよふ」ていると言う。それを「いさよふ」と言う。「いさよふ」とは川の波が流れきれず、そこに留まっていることであり、雲が行きやらず、たゆとう

ていることであり、心が進まず、迷い、ためらい、働かないことである。「いさよふ月」は山の端でぶらぶらしているのではない。山の稜線の向こうで動きを止めて、行きまどい、ぐずぐず、たゆとうているのらしい。

「いさよふ月」は、今か今かと出るのを待っているうちに夜がふけたというから、もう二十日過ぎの月だろう。遅い月の出を待つ人の心が、月が山の稜線の向こうで停滞逡巡していると見たのである。十六日の月など「いさよふ月」では毛頭ない。

四　月西渡る

月は東の山の端に「いさよふ」うちにその姿を現わし、夜空を渡って、やがて西の空に傾いてゆく。柿本人麻呂の次の歌がある。

東《ひむがし》の野に炎の立つ見えて反《かへ》り見すれば月西渡（巻一・四八）

結句「月西渡」の本文については、紀州本が「渡」字を「陵」と誤っているのみで、他に異同はない。この一首は訓み難く、この歌を伝える最も古い写本である元暦校本には通常の平仮名の訓が施されてなく、本文の漢字の右に朱の片仮名の訓が付されている。その結句「月西渡」は「ツキ」が書かれてなく、「カタフキヌ」とある。この歌、類聚古集には残っていないが、古葉略類聚鈔にあって、

「ツキニシワタリ」と訓じている。巻一のみを残す伝冷泉為頼筆本は訓を付していない。定家本と目される廣瀬本は、この一首と次の四八番歌の本文を一続きに書き、正規の別行片仮名の訓は付さず、本文の漢字の右に片仮名で訓を書き入れているが、それは「ツキカタフキヌ」とある。「ツキカタフキヌ」の訓は紀州本・西本願寺本・神宮文庫本以下寛永版本まで異同はない。
「つきかたぶきぬ」は万葉集中に、

ぬばたまの夜は更けぬらし玉くしげ二上山に月加多夫伎奴
(巻十七・三九五五、越中国司史生土師道良)

秋風に今か今かと紐解きてうら待ち居るに月可多夫伎奴(巻二十・四三一一、大伴家持七夕歌)

とあり、

君に恋ひしなえうらぶれ我が居れば秋風吹きて月斜焉(巻十・二二九八)
ま袖もち床うち払ひ君待つと居りし間に月傾(巻十一・二六六七)

とある「月斜焉」「月傾」も「つきかたぶきぬ」と訓んでいる。また「月かたぶく」の例は、

山の端に月可多夫気婆いざりする海人《あま》のともし火沖になづさふ（巻十五・三六二三、遣新羅使人）

かくだにも妹《いも》を待ちなむさ夜更けて出で来《こ》し月の傾二手荷（巻十一・二八二〇）

がある。前者は「月かたぶけば」と訓み、後者は「かたぶくまでに」と訓んでいる。「二手」を「万《ま》手《で》」と書く本もあるが、助詞「まで」を「二手」「左右手」と書くのは集中例が多い。

月が夜空を渡り、西の山に下りてゆくことを「かたぶく」と言い、それは「傾」「斜」で書記される。しかし人麻呂歌の「月西渡」と表記する例は他にない。私はこれを「月かたぶきぬ」と訓むことを疑う。

契沖『代匠記』に、

西渡ト書テ傾クトヨムハ義訓ナリ。また案スルニ東野ト書、西渡トカケルハ相対スル詞ナレハ、ヒムカシノ、トヨミ、ニシワタルト字ノマヽ、ニヨムヘキニヤ。（中略）東ト云ハ月ノ西ニワタリテ、夜ノ深タルヨシヲイハムタメ也。又東ニ向テ煙ノ立方ヲ見テ頭ヲ回ラセハ、月ハ西ニワタリヌト、日並尊ノ御世ノ須臾ナリシ事ヲタトフルヤウニヨマレタルカ。

とある。「西渡」と書いて「かたぶく」と訓むのは義訓であるとした上で、契沖は「にしわたる」と文字の通りに訓むべきかと、試案を述べ、この歌の「東・西」の対照の意味を考えようとしている。

ところが契沖のこの試案は長くかえり見られることがなかった。わずかに土屋文明『私注』に、
西渡をカタブクとよむのは、それを所謂義訓と解してであるが、ツキニシワタルと言ふ訓も、一度は考へ見るべきかも知れぬ。
とあるばかりであった。しかしこの結句「月かたぶきぬ」は、「東の野に炎の立つ見えて」と事実を受けて「反り見すれば」の条件句に対して語法的におかしいのである。
真鍋次郎「四八番の歌私按」(『萬葉』五八号、昭和41年1月)は結句「月かたぶきぬ」の訓みの問題を取り上げ、第四句「反り見すれば」との承接の面から検討すべく、「かへりみすれば」の例は他にないので「見れば」について用例をしらべ、

①リ・タリで結ばれるもの《ママ》
…わたつみの　沖辺を見れば　いざりする　海人のをとめは　小船乗り　つららに宇家里(浮けり)…(巻十五・三六二七)
天の原ふり放り見れば白真弓張りて懸有(かけたり)夜道は吉けむ(巻三・二八九)
②ケリで結ばれたもの
家に来て我家を見れば玉床の外に向来(むきけり)妹が木枕《こまくら》(巻二・二一六)

野辺見ればなでしこの花咲家里（咲きにけり）我が待つ秋は近付くらしも（巻十・一九七二）

③形容詞で結ばれたもの

…山見れば　山も見貞石（見が欲し）　里見れば　里も住吉（住みよし）…（巻六・一〇四七）

…出で立ちて　ふり放け見れば　神柄や　そこば多敷刀伎（貴き）　山柄や　見我保之（見が欲し）からむ…（巻十七・三九八五）

を上げて（小野が各二例に絞った）、「見れば」に呼応する下文の述語は形状性のものであることを述べ、更に、

④礒に立ち沖辺を見れば海藻《め》刈《かり》舟海人《あま》漕ぎ出《づ》らし鴨翔《かけ》る所レ見（見ゆ）（巻十・一二二七）

を上げ、「見ゆ」は見えてくる作用ではなく、見えるという状態であることを述べ、このことはいよいよ明らかだという。そしてそこからこの四八番歌の結句は「月かたぶけり」と改訓するのが妥当だと述べた。

更に「かたぶけり」の「り」がラ変動詞「あり」を根幹としたことばであれば、第二句の「見えて」（見ゆ）と形状性・状態的の点において一致することから、一首の中で上句と下句とが全体として対句を構成していると見る。

東の野には　かぎろひ（炎）　立つ　見えて
反り見すれば　月　かたぶけ　り

しかし「反り見すれば月かたぶきぬ」と訓む可能性もあることを、「見れば」に応ずる文の述語で「ぬ」で結ばれているものも絶無ではないと述べ、その例として次の歌を上げる。

…筑波嶺に　登りて見れば、尾花散る　志筑《しづく》の田井に　雁がねも　寒く来鳴きぬ。
新治《にひばり》の　鳥羽の淡海《あふみ》も　秋風に　白波立ちぬ。……（巻九・一七五七、高橋虫麻呂歌集）

この歌は過去の回想ではなく、現在筑波山の上に身をおいての詠であることは疑う余地がない。とすれば、これは作者の眼前の景であり、雁が鳴いた、白波が立ったと解するより、雁が鳴いている、白波が立っていると解すべきところで、中西宇一「発生と完了―『ぬ』と『つ』」（『国語・国文』二六巻八号）に、「ヌは状態の発生」「ツは動作の完了」を意味するとして「ヌによって示される状態発生とはある動作の結果として現はれる持続状態が発生したといふことである」とあるのを適用し、「月かたぶきぬ」も、月が西空に傾いていると解することができると述べる。

冬こもり　春さり来れば　鳴かざりし　鳥も来鳴きぬ　咲かざりし　花も咲けれど…

（巻一・一六、額田王）

…大宮は　ここと聞けども　大殿は　ここと言へども　春草の　繁く生ひたる　霞立ち　春日の霧れる　或は云ふ、霞立ち春日か霧れる、夏草か繁くなりぬる、…（巻一・二九）

右は「ぬ」と「り」が同質同義であることを証する例であるという。結局、「月かたぶきぬ」と「月かたぶけり」のいずれもありうるということになった。

昭和五十年六月、吉永登「阿騎野の歌二題」（『萬葉』八八号）に「『傾きぬ』と読むことへの疑い』を問題に取り上げて論じ、真鍋氏と同じく「見れば」に応じる結びのあり方を調べ、「見れば」に応じる動詞もしくは時に関する助動詞による結びは、それが因果関係にある場合は別として、動詞の終止形か、「あり」を含む時の助動詞しかないとして、「月傾きぬ」はありえないと言い、「月傾けり」か「月は傾く」だとした。それでもなお諸注釈は「月かたぶきぬ」の訓みを採っている。

小学館全集本は、「『かへり見すれば』という条件法に対しては傾キヌというよりも「月傾けり」というほうが語法的に正しいと思われるが、しばらくこのままにしておく」と言い、同新編全集本は「かへり見すれば」などの見レバ形式の条件に対しては、「リ・タリで結んだ文末はあっても、傾キヌのような完了使用例がないなどなお疑問点が多い」と言う。

講談社文庫本（中西進）は「月かたぶきぬ」と訓んでいるが、旧訓「月西渡る」も『捨て難い」と言い、伊藤博『釈注』（平成7年11月）は原文「月西渡」の文字そのままに則して「つきにしわたる」と訓ずる方が適切だろうとして訓を改めている。しかし、和歌文学大系本（稲岡耕二、平成9年6

月）は、「西渡」は月が西空に移動することを漢字で表わしたもので、「日本語のカタブクに当たる」のだと明確に述べた。また岩波新大系本（平成11年5月）は、この一首（四八番歌）の全体の訓みを通説によりながら、「賀茂真淵の訓み方があまりにも見事なために、疑問を残しながら下手に手が出せないというのが正直なところである」と断わっている。先の稲岡氏の訓みもそうだろう。しかしそれではいけないのではないか。[注2]

岩波新大系本も続けて、「訓詁学の立場からは『未解読歌』に属する」とはっきり述べ、その留意すべき事項を九項目あげるが、その一つに「原文『西渡』を『かたぶきぬ』と訓み得るか否か」と記している。

日や月が空を行くことを「渡る」という。日の渡るのは、

渡る日の晩《くれ》れぬるが如（巻二・二〇七、柿本人麻呂泣血哀慟歌）
渡る日の影も隠《かく》らひ（巻三・三一七、山部赤人不尽山歌）
渡る日の影に競《きほ》ひて尋ねてな（巻二十・四四六九、大伴家持）

の三例ほどで、月の渡るのは十四例を数える。月は夜空を「渡る」と見られるのである。「ぬばたまの夜渡る月」と歌うものは八例もある。「西渡」の例は他にないが、それが西へ渡って行くととらえたものは、

奈良県宇陀郡大宇陀町迫間　長山の丘　人麻呂「比むかし野」歌碑

ぬばたまの夜渡る月を留めむに西の山辺に
塞《せき》もあらぬかも（巻七・一〇七七）

がある。「夜渡る月」が「西」の山辺に近付くのを、人麻呂は「月西渡」と書記したのだろう。夙に契沖『代匠記』精撰本に言う通り、この一首は上句に「東野炎立」と書いたのに相対して結句を「月西渡」と書記したのだろう。契沖は「相対する詞」だから「ひむかしの野」と訓み、「にしわたる」と字のままに訓むべしと言ったが、訓みまで文字通りにするつもりは人麻呂にあっただろうか。これはあくまで文字の上の「相対照」である。「つき・にし・わたる」は歌詞としていかにも拙い。稲岡氏の言う通り、月が西空へ渡って行くことを「月傾く」というのである。

東方の野に炎の立つのを見て、ふり反って西方を見ると月が見えた。月を見つけた。月があった。月が西に傾いている。もうすぐ夜が明ける。夜が明けたら狩に立つ。その時を迎えるのはもう間近かだという感動である。ああ、月が西空に傾いて見える。それは「月傾きぬ」ではない。「月傾けり」だろう。

先に真鍋次郎氏が「月かたぶけり」の訓みを提案した。同じ意味で「月かたぶけり」か「月かたぶきぬ」もありうると言ったが、吉永登氏が「かたぶきぬ」はありえないとして「月かたぶけり」か「月はかたぶく」だと論じた。小学館全集本は「反《かへ》り見すれば」の条件句に対しては「月かたぶきぬ」より「月かたぶけり」の方が語法的に正しいと言い、同新全集本も「月かたぶきぬ」は疑問点が多いと言いながら採用しなかった、その「月かたぶけり」こそ正解ではないだろうか。

四八番歌の表記はいかにも〝略体〟で、柿本人麻呂歌集の表記に酷似している。それは略体表記であるから一々訓み添えねばならないが、次のような例がある。

行く川の過ぎにし人の手折らねば　裏触立《うらぶれたてり》　三輪の檜原は（巻七・一一一九）

妹が門入り泉川の常滑《とこなめ》に　三雪　遺《みゆきのこれり》　いまだ冬かも（巻九・一六九五）

五　三日月

西の空に細い鎌のようにかかる三日月はいかにも幻想的である。三日月の歌は、

同坂上郎女の初月歌一首

月立ちて直三日月之眉根掻き日《け》長く恋ひし君に逢へるかも（巻六・九九三）

とある。題詞の「同坂上郎女」はその前の歌の題詞にある「大伴坂上郎女」と「同」ということである。そして題詞の「初月」を歌には「月立ちてただ三日月」と歌っている。「月立つ」は、

あらたまの月立つまでに来まさねば夢にし見つつ思ひそ我がせし（巻八・一六二〇、大伴坂上郎女）

あしひきの山も近きをほととぎす月立つまでに何か来鳴かぬ（巻十七・三九八三、大伴家持）

とある。どちらも月改まる日をさし、その日を待っているのである。また、

月立ちし日より招《を》きつつうち偲《じの》ひ待てど来鳴かぬほととぎすかも（巻十九・四一九六、同家持）

とある。「月立ちし日」は新しい月がスタートした日で、その日が「月立ち」―「ついたち」である。その日から三日目の月が「月立ちてただ三日月」である。

「三日月」は万葉集に他に例を見ない。唯一例である。古事記にも日本書紀にもない。播磨国風土記に、讃容《さよ》郡「弥加都岐《みかづき》原」があり、その遺称地を兵庫県佐用《さよ》郡三日月町三日月とするが、物語は水

に漬ける拷問をした話で、そこを水に「溺《かづ》けし処」で「みかづき原」と名付けたという。「三日月原」ではない。

「三日月」という月の呼称は、坂上郎女の創意であったのだろうか。

題詞の「初月」は、漢籍では『文選』には見られない。『文選』には巻二十九「雑詩上」に、傅休《ふきゅう》奕《えき》（晋の人、二一七〜二七八）の雑詩の一節に、

清風何飄颻　微月出㆓西方㆒
繁星依㆓青天㆒　列宿自成㆑行
清風は何ぞ飄颻たる、微月は西方に出づ。
繁星は青天に依り、列宿は自ら行を成す。

と「微月」がある。夜の星・月の空の下で感ずるところを述べた詩である。清らかな風は何とまあそよそよと吹くことよ、西の空には微かな光の月が出ている。たくさんの星が青い空に懸かり、星座になってつらなっているという。かすかに光って西方の空に出ているという「微月」は、「初月」に近い月であろうか。「初月」は唐の書家孫過庭（六四八〜七〇三）の著『書譜』に、

纖纖乎似㆔初月之出㆓天涯㆒。

纎々たる、初月の天涯に出づるに似たり。

とあり、唐詩に例が多い。初唐の詩人、盧照鄰の詩「長安古意」に、

片片行雲著二蟬鬢一、纎纎初月上二鴉黄一。
片々たる行雲は蟬鬢に著き、纎々たる初月は鴉黄に上る。

とある。「初月」は月初めの月の義で、はじめて見えた月、新月である。

坂上郎女はその「初月」を「月立ちてただ三日」、陰暦三日の月とし、「三日月」と歌った。そしてその細い三日月を自分の眉になぞらえて、「三日月の眉根掻き日長《け》く恋ひし君に逢へるかも」と歌った。眉の痒くなるのは待ち人の来る前兆という俗信があった。眉を掻くのは眉が痒いから。もう何日も何日も眉を掻き続けた——そんな痒いふりをし続けて恋い焦れていたあなたに今逢えたことよと、恋人に逢ったよろこびの歌とした。題は「初月歌」である。三日月を題に歌ったものである。この歌に続いて大伴家持の歌がある。

大伴宿禰家持の初月歌一首
振り仰《さ》けて若月見れば一目見し人の眉引《まよびき》思ほゆるかも　（巻六・九九四）

夜空をふり仰いで「若月」を見ると、一目見ただけの人の美しい眉が思い出されることよという。その人は女人に違いない。「初月」を女人の眉と見る趣向は坂上郎女に同じで、この叔母と甥は共に宵の空に「初月」を仰ぎ見ながら、同じ題で歌ったものだろう。家持の歌は「初月」を、まだうら若い月として「若月」と記している。「若月」は漢籍には未だ例が見つかっていないが、万葉集にはもう一例ある。柿本人麻呂歌集略体の歌である。

若月の清《さや》にも見えず雲隠り見まくそ欲しきうたてこのころ（巻十一・二四六四）

若い月がはっきりと見えずに雲に隠れて、見たいと思うように、あなたが姿を見せないので、逢いたくてたまらない、妙な、何だか不思議なこのごろだという。人麻呂のまだ若い頃、天武朝前期の作だろう。「若月」は人麻呂が漢籍に学んだのか、人麻呂の独創の表記なのか。これを家持はまねたのである。家持、十六歳であった。

「初月（若月）」を女人の眉に見立てる趣向は集中この二首のみである。佐佐木信綱『評釈』に「眉を月に譬へることは、漢土でも文選以下非常に多く、本集中にも少なくない」とあるが、本万葉集中にはこの二首しかない。本邦には珍しい趣向なのである。しかしこれは漢詩文には少なくない。

契沖『代匠記』に、『文選』（巻三十「雑詩下」）の鮑明遠の詩をあげる。「月を城の西門の解中に翫ぶ」と題する詩の一節である。

始見二西南楼一　繊繊如二玉鈎一
末映二東北墀一　娟娟似二蛾眉一
始《はじめ》には西南の楼に見え、繊々として玉鈎の如し。
末《のち》には東北の墀に映じ、娟々として蛾眉に似たり。

始め西南の高殿に現われた月は三日月でなければならない。それは美しい鈎のように見えたという。やがて東北の土縁にその影を映すころには美しい眉のように見えたという。作者鮑明遠は鮑照といい、南朝宋の詩人、謝霊運・顔延之と並べて、謝・顔・鮑と称せられた（四二一ころ～四六五）。この詩は『玉台新詠』にも載せられている。

また幕末の岸本由豆流『攷証』に、右の鮑照の詩に続けて、初唐の詩人駱賓王の詩をあげる。

蛾眉山上月如レ眉
蛾眉山上、月、眉の如し。

その『攷証』の頭書に、陳後主「有所思曲」の、

初月似二蛾眉一

初月は蛾眉に似たり。

を記している。

『玉台新詠』には巻四に鮑照の詩に続いて、巻五に何子朗の「和二繆郎視一レ月（繆郎《びゅうろう》の月を視るに和す）」がある。

冷冷玉潭水　映見蛾眉月

冷々たり玉潭の水、映見す蛾眉の月。

庭に玉のような淵の水が冷たそうに流れ、蛾眉のような三日月を映し出しているという。同じく巻十に范靖の妻の作「映二水面一」がある。

軽鬢学二浮雲一　雙蛾擬二初月一
水澄正二落釵一　萍開理二垂髪一

軽鬢浮雲を学び、雙蛾初月に擬す。
水澄みて落釵を正し、萍《へい》開きて垂髪を理《おさ》む。

軽やかな鬢は空飛ぶ浮き雲をまね、二つの眉は三日月かとまがうという。

「初月歌」は万葉集にもう一例ある。前掲の大伴坂上郎女の歌（巻六・九九三）と大伴家持の歌（同・九九四）と、全三例である。

間人《はしひと》宿禰大浦の初月歌二首

天の原ふりさけ見れば白真弓張りて懸けたり夜路《よみち》は吉《よ》けむ（巻三・二八九）

倉橋の山を高みか夜隠《よごも》りに出で来る月の光り乏《とも》しき（同・二九〇）

間人宿禰大浦は他に歌もなく、履歴も分らない。巻九に「間人宿禰の作る歌」があるが、その名は記されていない。第一首は、大空をふり仰いで見ると、白木の真弓が弦を張って懸けてある。この分だと夜道は良いだろうという。弦を張った白い弓は「初月」に違いない。弓張月である。契沖『代匠記』精撰本に、

白真弓ヲ張テ天ニ懸ツレハ、山賊ナトノ恐ナクシテ、今行夜道ハアシカラシトナルヘシ。

とある。三日月の月明かりでは夜道を行きよしとは言えない。契沖の言う意味があるのだろう。鹿持雅澄『古義』も、

歌ノ意は、天ノ原に、白真弓を張て懸たれば、いかなる夜路をゆくとも、賊徒妖物などのおそれはあらじ、いざ夜路は行むと云るなり

とある。『古義』は結句を「夜路者将レ去」と、京都大学本に本文の左に赭で「去ィ」とあるのによって本文「吉」を「去」に改めているので、「夜路は行かむ」と訓んでいる。その本文を改めたのはよくないが、「白真弓を張りて懸けたり」の解釈は正しいだろう。「白真弓張りて懸けたり」は三日月をイメージしているのに違いない。「白真弓」は集中他に五例あるが、弓の歌と「張る」や「射る」からの枕詞として歌われるもので、三日月を歌うのものはない。「夜路はよけむ」は夜道が安全だろうというのである。

第二首は、飛鳥地方の西にそびえる倉橋山、今音羽山——が高いせいで、夜更けに出て来る月の光りが乏しいという。東の山から夜更けて上る月は下弦の月、陰暦二十日以後の月で、題詞の「初月」ではありえない。題詞の「初月の歌」とは第一首にだけは当てはめてよいだろう。

「三日月」と記す歌は一首、それを「初月歌」と題しているので「初月」を「みかづき」と訓んでいいだろう。「初月の歌」として「若月」と書記したのも「みかづき」と訓む。

天平五年（七三三）の家持の「初月歌」以後歌われたことのなかった「みかづき」が、『古今和歌集』巻十九、雑体の部に、「題しらず　よみ人しらず」として一首収められている。

よひのまに出でて入りぬるみか月のわれて物思ふころにもあるかな（古今一〇五九）

「みか月」に「甕《みか》・坏《つき》」をかけて、それが欠ける（『類聚名義抄』に「缺・破《ワル》」とある）のと破《わ》れるのとかけて、千々に思い乱れてあれこれと物思うと歌うのである。

以下八代集に「みかづき」の歌はわずか、次の通りである。

拾遺和歌集　巻十三　恋三

題しらず　　人麿

三日月のさやかに見えず雲隠れ見まくぞほしきうたてこの頃（拾遺七八三）

金葉和歌集　巻八　恋部下

蔵人にて侍ける頃、内裏《うち》をわりなく出でて　　藤原永実

女のもとにまかりてよめる

三日月のおぼろげならぬ恋しさにわれてぞ出づる雲の上より（金葉四八四）

同　補遺歌

寄《スル》二三日月《ニ》一恋をよめる　　藤原為忠

宵のまにほのかに人を三日月の飽かで入りにし影ぞ恋しき（金葉六九二）

詞花和歌集　巻十　雑下

新院六条殿におはしましける時、月の明く侍ける夜、御舟にたてまつりて、月前《ニ》言《ブ》レ志《ヲ》 といふことをよませ給けるによみ侍ける　右近中将教長

三日月のまた有明になりぬるやうきよにめぐるためしなるらん（詞花三五一）

新古今和歌集　巻二　春下

紀貫之、曲水宴し侍りける時、月入《リテ》二花《ノ》瀬《ニ》一暗《シ》といふことをよみ侍りける　坂上是則

花流すせをも見るべきみか月のわれて入りぬる山のをちかた（新古今一五二）

わが古典文学に「三日月」はついに文雅の対象にはならなかったようである。

注1　西宮一民氏の新潮古典集成本『古事記』に「月読命」の名義は「月齢を数えること」とあり、「月読」の文字はきわめて人文神的だという。神野志隆光・山口佳紀両氏による小学館新編古典全集本『古事記』に「月を読む（数える）ことの神格化。月そのものを神格化した自然神という説もあるが、月を読むことは航海の技術であり、元来は祭る者の職能神だという説が妥当か」とある。

2　小野寛「『東の野に炎の立つ見えて』存疑」（『国語と国文学』昭和62年12月、『万葉集歌人摘草』に再録）に詳しく述べた。人麻呂の歌はその表記に従って訓むしかない。「東の野に炎の立つ見えて」かあるいは「東の野には炎の立つ見えて」とある。それ以外にはない。山ではない野に立つ「炎」は何

か。日の出前に野に「かぎろひ（陽炎）」は立たないし、日の出前に東の空にかがやく炎のような光があったとしても、それは何と呼ぶものか、またその光が野に立つことはないだろう。この歌は真淵の歌ではない、人麻呂の歌なのだ。人麻呂の書記したであろう、その表記に従って訓むのである。

星と星に関する物語

浅見 徹

一 1 上代文献中の星

『古事記』の中には「星」という文字は「星川臣」という氏族名を表す一例が見えるのみである。夜空を彩る星の姿はまったく見ることが出来ない。

『日本書紀』の場合、巻十四・十五に「星川皇子」の名が頻出する。そのほか、巻九神功摂政前紀に新羅王の言葉として、

東《ひむがし》に出づる日の更《さら》に西に出づるに非《あら》ずは、且《また》、阿利那礼《ありなれ》河の返りて逆《さかしま》に流れ、河の石の昇りて星辰と為《な》るに及《いた》るを除《お》きて、殊に春秋の朝《ゐや》を闕《か》き、怠《おこた》りて梳《くし》と鞭との貢《みつぎ》を廃《や》めば、天神地祇、共に討《つみな》へたまへ

とあるのと、巻十一仁徳四年の記事に

風雨隙《すき》に入りて衣《おほみそ》被《おほみふすま》を沾《うるほ》す、星辰壊《やれま》より漏りて床《みゆか》蓐《みましき》を露《あらは》にす

という、やや抽象的・象徴的な漢文脈中の二例の次には、巻廿三舒明紀になって星の記事が現れてくるようになる。

六年秋八月、長星南方に見ゆ、時の人彗星と曰《い》ふ、七年春三月、彗星廻《めぐ》りて東に見ゆ
九年春二月の丙辰の朔戊寅、大きなる星東より西に流る、便《すなは》ち音有りて雷《いかづち》に似たり、時の人の曰《い》はく、流星の音なりといふ、亦《また》は曰はく、地《つち》の雷なりといふ、是に、僧旻僧《そうみんほふし》が曰はく、流星に非《あら》ず、是天狗《あまつきつね》なり
十一年春正月の乙巳の朔……己巳、長星西北に見ゆ、時に旻師が曰はく、彗星なり、見れば飢《いひうゑ》すといふ
十二年春二月の戊辰の朔甲戌、星月に入れり

「彗星」は『和名類聚抄』にハハキボシの訓があり、「ほうき星」の形で後世まで日本語として引き継がれる。「ながれ星」も日本語に定着する。むろん、彗星・長星・流星、そして雷声のごとき音がす

ることなど、『漢書天文志』をはじめ、中国の文献に記載は多い。
さて、書紀では引き続いて、巻廿四皇極紀、巻廿七天智紀に記事が見える。

元年……秋七月の甲寅の朔壬戌、客星月に入る

三年…三月…星有りて京《みやこ》の北に殞《お》つ

そして、巻廿九天武四年正月に至って

庚戌、始めて占星台を興《た》つ

という記事が現れる。暦の策定には日月星辰の観測が欠かせないし、吉凶の判定にも天文の知識が必要になってきたことは、既にここに見られるとおりである。中国的文化の政策面への導入に熱心であった天武朝の政策の一環である。
引き続いて、天武紀には、

五年…七月…星有りて東に出でたり、長さ七八尺、九月に至りて天に竟《わた》れり

十年…九月…壬子、彗星見ゆ、癸丑、熒惑《けいごく》（火星）月に入れり

十一年…八月…是の夕《ゆふべ》の昏時《いぬのとき》に、大星東より西に度《わた》る
十三年…七月壬申、彗星西北に出づ、長さ丈余
十一月…戊辰の昏時に、七星倶《とも》に東北に流れて殞《お》ちたり、庚午の日没時《とりのとき》に、星、東の方に殞ちたり、大きさ瓫《ほとき》の如し、戌に逮《いた》りて、天文悉《ことごとく》に乱れて、星殞つること雨の如し、是の月に、星有りて中央《なか》に孛《ひころ》へり、昴星《もうしやう》（すばる）と雙《なら》びて行く、月尽《つごもり》に及《いた》りて失せぬ

そして巻卅持統六年七月の

是夜、熒惑《けいごく》と歳星《さいしやう》と、一歩《ひとあし》の内にして、乍《あるとき》は光り乍は没《かく》れつつ、相近づき相避《さ》ること四遍《たび》

という記事で星に関する記述が終わる。

『万葉集』は開巻第一の歌として雄略御製と伝える歌を載せ、第二に舒明御製という歌を据える。これで古今対照の姿を示したものとすれば、古代を代表する天皇が雄略天皇で、舒明天皇の時代から が近代に入るのである。『日本書紀』ではその舒明時代から星に関する記述が集中的に現れてくるようになる。それ以前の神功・仁徳の時代の表現は、まさに中国語的修飾の文体の中に抽象的なものとして現れるだけなのである。舒明以後は、実際に観測された星の様子を記述し、ここになんらかの予兆的意味を感じていたかのごとき記録となっている。その舒明の直前で巻を閉じた『古事記』に星の

話が無いのも、当然といえば当然である。

　古事記には星が現れない。日本書紀でも、その中に含まれる古代的伝承の中には、後に触れる一、二の例を除けば、まったく星の姿を見ることは出来ないのである。

　万葉集では、憶良の作の中に、「明星《あかほし》の開《あ》くる朝《あした》」「夕星《ゆふつつ》の夕へになれば」と対句風に使われている（巻三・九〇四）。「明星」は『倭名類聚抄』に「歳星、一名明星此間云阿加保之」とあって、いわゆる「明けの明星」の金星である。「夕星」は人麻呂の歌にも使われていて、ここでは「夕星のか行きかく行き」とあり（巻二・一九六、他に巻十・二〇一〇にも用例がある）、同じように倭名類聚抄には「太白星、一名長庚此間云由布都々暮見二於西方一為二長庚一耳」とあるように、「宵の明星」である。あと、巻二の天智挽歌に持統御製という「北山にたなびく雲の青雲の星離れ行き月を離れて」（巻二・一六一）という歌、巻七雑歌冒頭に「天を詠む」と題された「天の海に雲の波立ち月の舟星の林に漕ぎ隠る見ゆ」（巻七・一〇六八）という歌が人麻呂歌集から引かれている以外は、七夕《たなばた》伝説に絡むうたばかりである。

　『逸文丹後風土記《いつぶんたんごふどき》』の浦島子伝説の中には、女娘《をとめ》に導かれて海中博大の島を訪れ、その門前で待たされている島子のところに、七人づれ、八人づれの竪子《わらは》たちが姿を見せる。彼らのことを、女娘は、昴星（すばる）畢星（あめふり）と説明するが、むろん、この話は中国風な華麗な文飾を施した中のものである。日本で口承されていた浦島伝説に星が登場する余地はない。

　万葉集の七夕伝説も中国伝来の話が中心に置かれていることは確かである。むろん、その話が受け入れられてかくも人々に愛好されたというのには、日本にもこれを受け入れるべき素地があったということが考えられる。その問題は後に触れるとして、二星逢会の話自体は中国からの伝来といわねばならない。星を眺める話が日本古来のものにさっぱり見えないからである。

一 2 なぜ星が見えないか

高松塚古墳やキトラ古墳の石室の天井には精密な星図が描かれているにもかかわらず、なぜ星に関する記述がかくも少ないか。それは星に関心を向けていないからであり、星を見ていないからである、と考えたほうがよい。古墳の壁画は、あの図柄でも判明するように、所詮は異国風に飾った、流行最先端のものであり、中枢部の最高貴族の許に将来された輸入知識であったのであろう。それは民衆一般のものとはなりきっていなかった。

後世「星明かり」ということばはあるが、星の明るさは月とは較べものにならない。星自体は発光体ではあるが、距離があまりにも遠いので、地上の情景を浮かび上がらせるまでには至らない。古代においては、月も

珠洲《すす》の海に朝開きして漕ぎ来れば長浜の浦に月照りにけり　（巻十七・四〇二九）

思はぬに時雨《しぐれ》の雨は降りたれど天雲《あまくも》晴れて月夜さやけし　（巻十・二二二七）

などがありはするが、多くは夜の闇を照らす灯火の役割しか割り振られていない。あとは、満ち欠け

するものとして、また、東から西へ渡るものとして、時間や歳月、時に事態の推移を象徴的に表すものとして受け止められているのであって、仲秋の名月を賞するような態度は見られない。「月」という語自体も、かつて調べたところでは、勅撰集秋の部における使用率の高さからいえば、古今集では二十一位、後撰集が十四位、拾遺集が十二位であって、後拾遺集で三位に上がり、金葉集一位、詞花集・千載集二位、新古今集三位であるから（拙稿「八代集における季節」『国語語彙史の研究』七和泉書院　一九八六年）、月の美しさを鑑賞する態度は、平安中期になってやっと定着してきたと言えるであろう。

明かりとしての役割に実際的な効果が無いとすれば、星の実用的な意味は、方角の定位と時刻の推移の推定の基準となることが考えられる。だが、古代日本の日常の生活において、星の位置で方角を見定める必要性はまず無かったと考えてよかろう。大海を航海するのでもなければ、人陸の奥地の砂漠を何日も掛かって踏破するのでもない。日本の国土は狭く、地形は複雑で、陸路を行くにしても沿岸を航行するにしても、遠くの山容・近くの木立の様子で自分の置かれた位置を見定めることができる。湿気の多い日本では、星が常時見えるとは限らず、自分の現在地を定位するために星に頼る必要性はほとんど無かったであろう。時刻の推定についても、季節ごとに星の位置の移動は大きい。現代とは違って、満天の星を眺めえた古代にあって、星の数の多さは、却って星を観察する必要性を生み出さなかったのではなかろうか。日常の星の定位置を見覚えていなければ、方角や時刻の指標としての星の存在に高い実用性があったとは思われない。星の位置を必要とした人々は、星座を確定し、これを記憶するためにも星に関する物語を作りだしていた。個々の星を識別し、これに命名し、星座として一括把握して記憶する煩雑さは、これらに関する物語を生み出さなければ維持が困難であったのであろう。それらの労を厭うてはおられぬ実際的な効用も、星座のロマンスを語り継ぐ幻想的余裕も、この時代の日本では、縁の遠い存在であっただろう。

さて、先ほどは触れずにおいたところだが、日本書紀には、巻二神代下、天孫降臨の条の本文に割り注の形で

一に云はく、二神遂に邪神《あしき》及び草木石の類《たぐひ》を誅《つみな》ひて、皆已《すで》に平《む》けぬ、其の不服《まつろ》はぬ者は、唯《ただ》星の神香香背男《かかせを》のみ

とあり、第二の一書にも、

天に悪《あ》しき神有り、名を天津甕星《あまつみかほし》と曰《い》ふ、亦の名は天《あまの》香香背男、請ふ、先づ此の神を誅《つみな》ひて、然《しか》して後《のち》に下《くだ》りて芦原中国《あしはらのなかつくに》を撥《はら》はむ

とある。この神がいかなる所業をなしたか、そしてこの要請がどう処理されたかなどについての記述は一切残らない。だが、星の神が悪神と位置づけられ、天孫降臨の妨げになるものとして追討すべき

対象と見なされていること、それが星に関する唯一の物語めいたものであることは注目に値しよう。とはいえ、この悪神がいかなる悪行をなしたか、これに対してどのような処置が採られたかの話は記載されていないのである。

周知のように、竹取物語では、月を見て悲しむ気配を見せるかぐや姫に対して、周囲の人は、

月の顔見るは忌《い》むこと

月な見給ひそ、これを見給へば物思《おぼ》す気色《けしき》はあるぞ

といさめる。これに関して岩波『日本古典文学大系』補注が既に指摘するように、後撰集巻十に「よみ人しらず」の歌として

月をあはれといふはいむなりといふ人の有ければ

という題詞を有する

ひとりねの侘《わ》びしきまゝにおきゐつゝ月をあはれといみぞかねつる　（巻十・六八五）

があり、また源氏物語にも

今は入らせ給ひね、月見るは忌み侍るものを（源氏・宿木）

と老女房の言葉として述べる。これらを白詩などの影響と見る説もあるが（大系本源氏物語補注）、やはり、星・月と並べて見れば、夜空を仰ぐことをむしろ忌み嫌った習性を、当時の日本の状況と考えてよさそうである。古今集でも、

月夜よし夜よしと人に告げやらばこてふに似たり待たずしもあらず（巻十四・六九二）

遅く出づる月にもあるかなあしひきの山のあなたも惜しむべらなり（巻十七・八七七）

などの歌があり、「きよし・さやかなり・あかず」などの語句と共存するが、一方では、

月見ればちぢにものこそ悲しけれ我が身一つの秋にはあらねど（巻四・一九三）

我が心なぐさめかねつ更級や姨捨山に照る月を見て（巻十七・八七八）

などのほか、「うとし・めでじ」などとも併存して、必ずしも月はすべてが鑑賞の対象ではないので

ある。もっとも、それが固く信じられていて人々の生活を縛っていたものならば、そもそも月の都の人かぐや姫は構想されえなかったであろうから、そのような俗信が一部に残っておったという程度であろう。そのことは、これらの作品でどのような人物にこのことばを述べさせているか、それにはどのように反応しているか、の描写態度からも窺うことが出来よう。が、より古く遡れば、夜空を見上げることを避けようとした習俗があったであろうことは考えてもよい。記紀には「月読命」という神の名が現れはするが、その神の生まれの尊貴さにもかかわらず、ほとんど活動の記録の見られない、名のみの存在であることも、月を巡る神話・伝説の乏しかったことの証左となろう。

天皇の呼称とも関連して、天空・北辰などに関する信仰や説話が中央から忌避されたのではないかという説もあるが、それだけで神話や伝説が抹殺しきれるものではない。やはり、そもそも星に関する物語はなかったのだ、と認めておこう。

二 1 七夕伝説

ということで、この稿の主点は、七夕歌の問題に集約される。七月七日の夜、牽牛・織女の二星が天の川を渡って年に一度の逢会をするという話は、むろん中国伝来のものであるが、万葉集中に百三十首以上もの七夕歌が収められているのである。

中国では七夕の話はかなり古くから伝えられていたようである。『詩経』小雅・大東篇に維《こ》れ天に漢《あまのがは》あり、監《み》れば亦に光《まこと》あり、跂たる彼の織女は終日《ひねもす》七襄す、則ち七襄すと雖《いへど》も報《かへ》りて章《あや》を成すことなし、睆たる彼の牽牛は、以て箱《くるま》に服《の》せず

とあり、牽牛星と織女星が並んで歌われるが、「七襄」の意味も必ずしも明確ではなく、その背景にどのような物語が伝えられていたかは明らかでない。どうも古代中国には、この伝承を正面から取り上げて詳細に記述してみようという態度が見られない。

梁の宗懍《そうりん》の『荊楚歳時記《けいそさいじき》』（守屋美都雄校注、東洋文庫本　一九九八年）では、『夏小正』、『春秋都運枢』、『石氏星経』、『佐助期』、『史記』などを引くが、いずれも断片的な記述でしかない。荊楚歳時記自体も傅玄の『擬天問』の「七月七日、牽牛織女天河に会す」を引用することでほぼ済ませてしまって、厳君平の伝説や、乞巧の風俗に興味を移している。

『芸文類聚』に伝える後漢の崔寔《さいしょく》の『四民月令』には

酒昌・時果を設け、香粉を筵《むしろ》の上に散じ、河鼓・織女に祈請す、此れ二星神の会ふに当たると言ふ、夜を守る者、咸《み》な私願を懐《いだ》く

『文選』には、巻廿九「古詩十九首」の中に

迢々たり牽牛の星、皎々たり河漢《あまのがは》の女《むすめ》、繊繊たる素《しろ》き手を擢《あらは》して、札々と機杼《ひ》を弄《もてあそ》ぶ、終日章《あや》を織り成さず、涕泣《なみだお》零ちて雨の如し、河漢は清く且《か》つ浅し、相ひ去ることまた幾許《いくばく》ぞ、盈々として一水間《へだ》つ、脈脈として語らふを得ず

があり、巻一の後漢の班固の「西都賦」に

大路鑾《すず》を鳴らし、容与として徘徊す、預章の宇《いへ》に集ひ、昆明の池に臨む、牽牛を左にし、織女を右にして、雲漢の涯《はて》なきに似たり

などあるが、いずれにせよ、七夕伝説を熟知されているものとしてその主人公の名や一情景を描いているにすぎない。

これは万葉集の歌の場合も同様で、「浦島子」や「真間の手児名」のようには、その伝説の内容を歌い上げたものはない。従って、当時の七夕伝説がいかようなものであったかを、我々は十分に知ることができないのである。当時日本で作られた漢詩の場合も同様である。だが、これらの断片を繋ぎ合わせると、およその姿は浮かび上がってくるし、中国でもてはやされていた七夕伝説と、日本で受け入れられたそれとは、微妙な差があるようで、そのあたりの事情をうかがってみることにしよう。

現在、我々の知っている七夕の話では、牽牛と織女の二星が結婚したが、天帝の怒りに触れて天の

川を挟んで対岸に別居させられ、一年に一度、七月七日の夜だけ会うことが許される、ということになる。天帝の怒りは織女が結婚後その仕事を怠けるようになったからだという。

二　2　織女

まず、この伝説の主人公の名である。

女主人公は、時に「河漢女」と呼ばれることがある（文選所引・古詩十九首）が、ほぼ一貫して「織女」と呼ばれる。その名の通り、機織りを仕事としていることが多い。先に挙げた「詩経」「古詩十九首」のほか、次のような例を挙げておこう。

梁庾肩吾　七夕詩

玉匣は県衣を巻き、高楼は夜の扉を開く、姮娥は月に随ひて落ち、織女は星を逐《お》ひて移る、離前の忿は夜を促し、別れて後空《むな》しき機《はた》に対《むか》ふ、倩《つらつ》ら雕陵の鵲を語り、河を塡《うづ》みて未だ飛ぶ可からず

北斉邢子才　七夕詩

盈盈たる河水の側《ほとり》、朝朝として長く嘆息す、不悋漸く苦衰へ、波流詎《いづく》んぞ測る可き、秋期忽ちに至ると云ふ、梭《ひ》を停《と》めて容色を理《おさ》め、束衿未だ帯を解かず、鑾《すず》を迴《めぐ》らして已に軾を霑《うるほ》し、眼中に人を見ず、誰か機上の織に堪《た》へむ、願くは青鳥を逐《お》ひて去り、蹔く希羽の翼に因らむ

隋江總　七夕詩

漢曲天楡冷え、河辺の月桂秋さぶ、婉孌として今夜を期す、飄颻として浅流を渡り、輪は月に随ひて宿転す、路逐綵雲浮び、横波翻りて涙を瀉《は》く、束素反りて愁を緘す、此時機杼を息《や》め、独り紅粧に向ひて羞《は》づ

中には、多少異なる仕事の例も無いわけではない。

石氏星経　巻下　広漢魏叢書本
織女三星、天の市の東端に在り、天女瓜果・糸帛・珍宝の収蔵と女の変を主《つかさど》る
太平御覧　巻三一　時序
日緯書に曰く、牽牛星、荊州には呼びて河鼓と為《な》す、関・梁を主る、織女は瓜果を主る

そして、小南一郎氏の著『西王母と七夕伝説』（平凡社　一九九一年）に挙げられた、中国各地から出土した石棺などに描かれた画像でも、多くは機織りに従事する姿、または機織りの道具を所持する姿として描かれている。（次ページ参照）

これは日本でも同様であって、万葉集では「織女」と表記される例が圧倒的であり、ほかに「棚機」「棚幡」の例とタナハタと仮名書きされる例がある。この「織女」は、倭名類聚抄に「和名太奈八多豆女」とあるように、そして、万葉集の他の表記が示唆するように、タナバタもしくはタナバタ

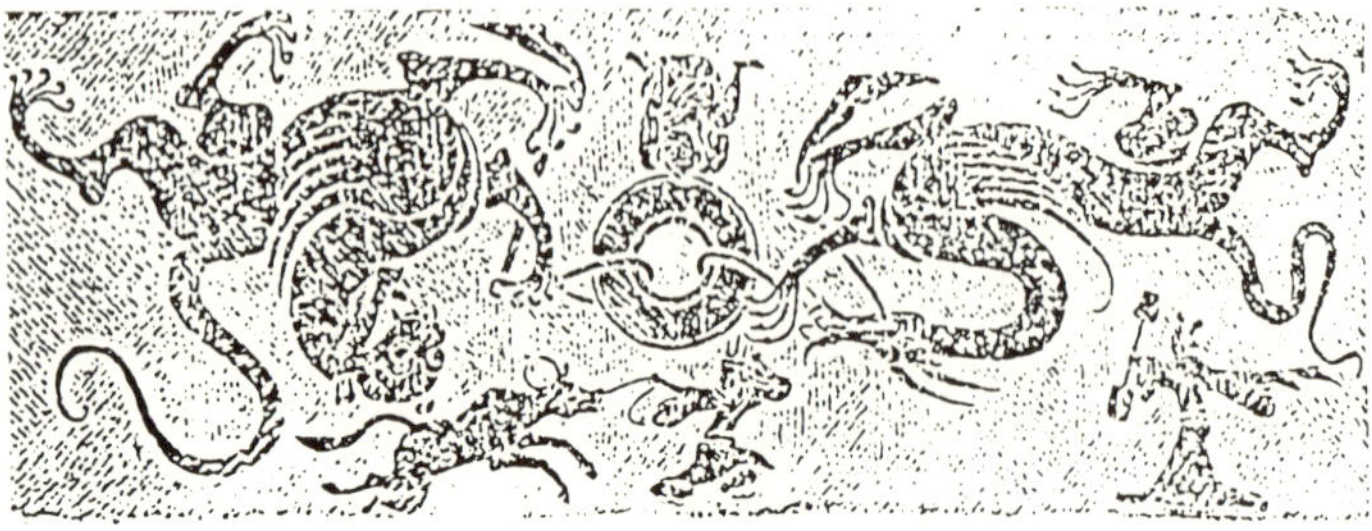

牽牛織女（鄲県石棺画像）

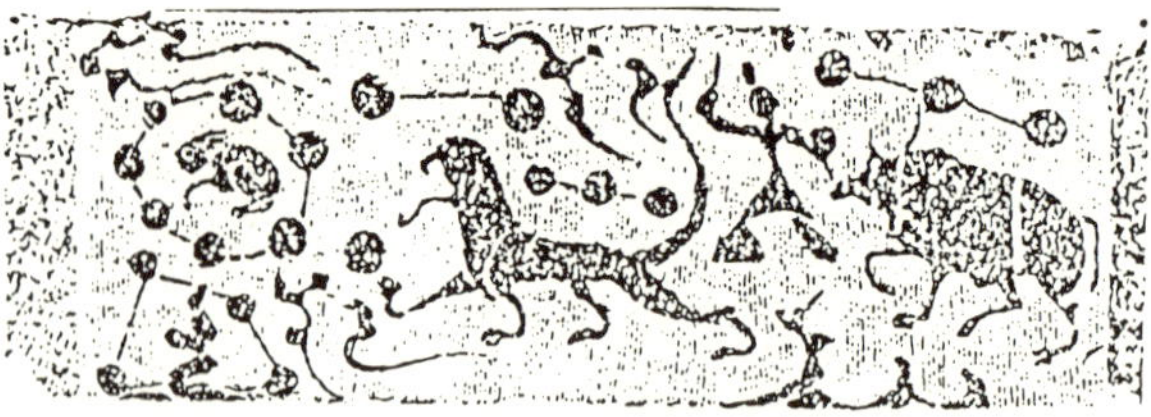

牽牛織女（南陽画像石）

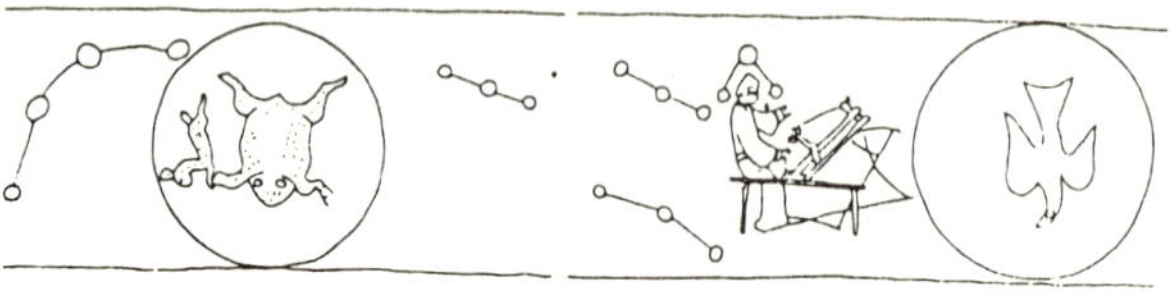

織女星座（孝堂山祠堂画像石）

牽牛織女（徳興里壁画墓）

小南一郎『西王母と七夕伝承』（平凡社）より引用

ツメと訓むべきところである。この名は、以後の諸辞書にもまったく同じように引き継がれ、和歌の世界でも、例えば『国歌大観』の索引によれば、二千三百例以上の使用例がある。この星の異名としては、同じ国歌大観では「おりひめ」という呼称が、『玄玄集』、『新明題和歌集』、『衆妙集』に一例ずつ見えるに過ぎない。タナハタとは、本来、織機の構造をいう語であった。それは大陸伝来の立体的、複雑な構造を持つ新鋭の機械で、当然、より高級な織物を作製しうる機械である。これを操作する高級技術者としての女性がタナハタツメであって、この名およびその略称としてのタナバタという名が、女主人公の名として、七夕伝説渡来の初めから固定していたといえる。

その仕事の方も、

古ゆ上げてし服《はた》も顧みず天の川津に年ぞ経にける　（巻十・二〇一九　人麻呂集）
我がためと織女のそのやどに織る白たへは織りてけむかも　（巻十・二〇二七　人麻呂集）
君に逢はず久しき時ゆ織る服の白たへ衣垢《あか》付くまでに　（巻十・二〇二八　人麻呂集）
棚機の五百機《いほはた》立てて織る布の秋さり衣誰か取り見む　（巻十・二〇三四）
足玉も手玉もゆらに織る服を君が御衣《みけし》に縫ひもあへむかも　（巻十・二〇六五）
古に織りてし服をこの夕衣に縫ひて君待つ我を　（巻十・二〇六四）

など、機織りで統一されている。これは日本漢詩の世界でも同様であって、

懐風藻
雲衣両《ふたたび》観る夕、月鏡一たび逢ふ秋、機《はた》を下《くだ》るは曾が故に非《あら》ず、梭《ひ》を息《や》むるは是れ威憫、鳳蓋風に随ひて転《うご》き、鵲影波を逐《お》ひて浮ぶ、面前短楽開けども、別後長愁を悲しぶ　藤原不比等
仙期織室に呈《あらは》れ、神駕河辺を逐ふ、笑瞼飛花に映《は》え、愁心燭処に煎る、昔は河の越え難きを惜しみ、今は漢の旋《めぐ》り易きを傷《いた》む、誰か能く玉機の上に、怨を留めて明年を待たむ　百済和麻呂

など、いずれもこの星が機織りに従事していることを表している。

養蚕あるいは糸紡ぎから機織り・裁縫まで、衣服の生産は古代から世界いずれの地でも女性の受け持つ主要な仕事であった。従って、これらにちなむ神話・伝説・昔話の類は数知れない。日本でも、記紀の中に、天照大御神の岩戸籠もりの直接原因になった忌服屋での機織り（記には、天照大御神、忌服屋に坐して神御衣織らしめたまひし時、（須佐之男命が）其の服屋の頂を穿ち天の斑馬を逆剝ぎに剝ぎて堕し入るる時に、天の服織女見驚きて梭に陰上を衝きて死にき、とある）、女鳥王《めとりのおほきみ》の悲劇（仁徳天皇が庶妹女鳥王に求婚し、その住まいを訪れた時、女鳥王は服を織っていた、天皇が歌で、誰の服かと尋ねると、女王は仁徳の弟速総別王のものと歌で答える、結局この二人は反逆者として殺される）の端緒となった機織りなどが記載される。現在でも、伊勢神宮では、特別な機織り小屋、材料、織り手が用意されて神の御衣が製作される。神の、あるいは神に仕える者の為に機を織る女性、それは巫女、または神の女のイメージで迎えられる。そのような伝承があったからこそ、七夕伝説も

日本に容易に受け入れられ、引き継がれていったのだ、という意見も一応は尤もである。ただし、これを過大評価してはならないと思う。少なくとも日本の織女は、先に挙げた万葉歌にも伺われるように、その夫の為の服は織っても、神の御衣などは織ってはいないのである。つまり、天照大御神であるよりは、女鳥王の姿なのである。

二 3 牽牛

一方の牽牛星。これも中国で、牽牛と呼ばれることが多い。他に牛郎、また、河鼓。あるいは、黄姑、三武、天関などの名も見える。ただし、伝説の主人公としてよりは、星の名としてである。その仕事としては、

石氏星経　巻下　広漢魏叢書本
牽牛六星、関・梁を主《つかさど》る、上星は道路を主り、中は牛を主る、木星は春夏には木を、秋冬には火をつかさどり、中央の火星は政治を為す、日月五星は此に行起す
史記　二十七　天官書
牽牛は犠牲為り、其の北に河鼓あり、河鼓の大星は上将、左右は左右の将なり
太平御覧　巻三一　時序
日緯書に曰く、牽牛星、荆州には呼びて河鼓と為す、関・梁を主る

などと見えるが、これも七夕伝説とは直接の関わりはなさそうである。これも小南氏の著書にある石などに描かれた画像（前掲）によれば、牛に縄を付けて牽く姿が多く描かれている。文字通り牽牛なのである。しかし、記載された七夕伝説の中で、この主人公が牛飼い乃至牛牽きとしての仕事に触れたものは見当たらないようである。

日本でもこの主人公を示す表記は、上代、「牽牛」が多い。だが、万葉集では他に「男星」「彦星」「孫星」と表記され、仮名書きはヒコホシである。そして辞書類でも、

倭名類聚抄
　牽牛　爾雅註云、牽牛一名河鼓、和名比古保之《ひこほし》、又以奴加比保之《いぬかひほし》
類聚名義抄
　牽牛　ヒコボシ　河鼓　ヒコボシ一云イヌカヒボシ
伊呂波字類抄
　牽牛　イヌカヒホシ　ケンキウ　ヒコホシ　河鼓
和爾雅
　牽牛　ヒコホシ　イヌカヒホシ　河鼓星同、歳時記謂㆓之黄姑㆒

とある。国歌大観で検索しても、三百例ほど、すべてヒコホシまたはヒコボシの形である。僅かに

『逍遊集』『中院通勝集』『新明題和歌集』に「牛ひく星」の形が一例ずつあるだけである。つまり、「牽牛」という文字は使っても、その呼び名としては、「ひこほし」のみが当初から定着していたと見られる。「ひこ」は男性を表す伝統的な言葉として、この時代、かなり普遍的な用語である。対義語は「ひめ」。さりながら織女星を「ひめほし」と呼んだ例は見られない。辞書類の引くイヌカヒホシについては、柳田国男が天人女房型の話の結末として、飼い犬の手引きによって天に辿り着く男の物語の存在を示唆する(「年中行事覚書」の中の「犬飼七夕譚」『定本柳田国男集』第十二巻　筑摩書房一九九七年、初出は「俳句研究」一九三六年)が、宮廷文学となった、もしくは大陸伝来の話から引き継がれる七夕の物語の中には、その影を伺い知ることは出来ない。

ともあれ、織女星がその日常の仕事を機織りとしていることとともに、その名もタナハタツメというふさわしいものを受け継いだ(それがなぜ「織り姫」ではなかったかは別として)のに対して、牽牛星の方は、特に日本においては、その文字遣いを残しながらも、その「牽牛」にふさわしい名をまるで残さず、なんら特徴のない「男星」的な名で当初から呼ばれているのである。当然、と言って良かろうが、彼の日常の仕事ぶりを示唆するものは、まったくない。ヒコホシは牛とは全然関わっていないのである。

二　4　彦星

つまりは、ヒコホシは牽牛星ではなくなっているのである。確かにもともと(すなわち、中国でも）この星と牛との関わりは、織女星に較べれば稀薄であった。だが、日本の場合は徹底している。

これはどういうことであろう。そもそも牽牛とは何者であろう。

牛という家畜は、栽培農業とともに特にアジア地域では広がっていったと見られる。このため、牽牛とは農業（ということは、少なくとも漢民族や日本の地では主たる第一次産業である）の主管者たることを示す、という解釈がある。また、「犠牲」という語があるように、中国では牛は神への捧げ物の代表でもあった。そのため、牽牛は犠牲としての牛そのもの、あるいは、神への奉仕者であるという解釈もある。いずれにせよ、巫女的な、または生産主催者としての織女と好対照の職掌を想定したものである。しかし、七夕伝説が宮廷、あるいは高級文人たちの文化の中に採り入れられたとみられる後漢時代頃、あるいは日本の奈良朝の貴族たちの脳裏に、その太古の司祭者的な姿がそのまま浮かんできていただろうか。

野生の馬や牛は日本列島にも古くから生息していたらしいが、家畜化された馬や牛の証拠が確実になるのは古墳時代頃からといわれる（この間の事情については、鋳方貞亮『日本古代家畜史』河出書房　一九四五年、改訂版　有明書房　一九九三年の大著、また最近では、「考古学と自然科学」2『考古学と動物学』第一〇章「家畜その二―ウマ・ウシ」久保和士・松井章　同成社　一九九九年などが参考になる）。牛は当然農耕用であるが、食用にもしたし、皮や骨も有効に使った。犠牲として使われた徴候もある。平安期以降はこれに車を牽かせて貴族たちの乗り物とした。馬も農耕に用いるほか、牛と同じく、背に荷物を載せて運搬用に使用したが、馬には車を牽かせず、鞍を置いて直接騎乗した。牛の背に人が乗ることは通常は行わない。関東およびそれ以北では馬を主として用い、西国では牛の方が多いという傾向もかなり古くから定着していたようだが、その使用方法は変わらない。牛は貴族から農民に至るまで、常に親しく接していた家畜であるはずだが、和歌の世界にこの動物が姿を見せることは少ない。馬の方は、万葉で七十五例ほどの用例を見、「こま」の形で三十例あまりがある。中古以降は和歌ではこの「こま」が歌語となり、八代集で六十例あまりが使われるのに「うま」は十例に満たない。散文では、伊勢物語十三例、蜻蛉日記二十例余、枕草子三十例ほど、源氏物語七十例余が「うま」である。そして牛の方は万葉で三例、八代集で二例、蜻蛉も二例で源氏が六例、ただ枕は二十例とこの期の作品の中では異常に多い。一般に、文学作品の中では、馬ばかりがもてはやされて（獣類の中では、鹿に次ぐ用例数である）、牛の方は、同じように慣れ親しんでいた、いや、王朝貴族にとってはより身近な存在であったはずなのに、そして車のことはよく現れるのに、その動力としての牛は描かれることが少ないのである。

その牛や馬の世話をする役、これを牛飼・馬飼と呼ぶのがふつうであろう。万葉集中にも、大伴牛《うし》養《かひ》、上毛野牛甘《うしかひ》、藤原宇合《うまかひ》、文馬養《うまかひ》の名が見える。一流貴族でも、これを名として持っていた。しかし、これが普通名詞となると、

牛飼

古事記・下　故《かれ》、玖須婆《くすば》の河を逃げ渡りて、針間《はりまの》国に至りまし、其の国人、名は志自牟《しじむ》が家に入

りまして、身を隠して馬甘・牛甘に役《つか》はえたまひき。

宇津保・忠こそ　このおとどにつかまつらんかみしものくさかり、うしかひまであきみたせてあらせむ

九暦・九条殿記・大臣家大饗・天暦一一年正月五日　雑色十人、舎人四人、車副、牛飼一人、此外不レ随ニ他人一

枕・五五・牛飼は　うしかひは、おほきにて、髪あららかなるが、顔あかみて、かどかどしげなる

源氏・東屋　睦しくおぼす下らふさふらひひとり、かほしらぬうしかひつくりいでてつかはす

康富記・嘉吉四年正月一〇日　烏丸右中弁資任朝臣被レ参ニ御車一、御供番頭御牛飼以下済々参レ之、近習御供十余騎有レ之云々

牛飼童

枕・二〇三・ことにきらきらしからぬ男の、…すこし乗り馴らしたる車のいとつややかなるに、
　うしかひわらは、なりいとつきづきしうて

栄花・浦々の別　年ごろ使はせ給ひけるうしかひわらはに

能因本枕・六一・よろづよりはうしかひわらはべの　よろづよりはうしかひわらはべのなりあしくてもたるこそあれ

十訓抄・七・藤原高遠貸牛飼于女房事　牛飼童部ののろひごとをしけるを聞て、彼車をとどめて

尋ね聞きければ

牛健児

平家・八・猫間　あっぱれ支度や、是は牛こでいがはからいか、殿のやうか、とぞ問うたりける

城方本平家・八・猫間　やれ、牛こんでいめよ。牛こんでいめよと宣へども、耳にも聞入れず

牛童

吾妻鏡・建久元年一一月九日　二品令レ参ニ院内一給、…次御車、車副二人牛童

太平記・二三・土岐頼遠参合御幸致狼藉事　牛の鞅切られて首木も折れ、牛童共も散々に成り行き、供奉の卿相雲客も皆打落されて

牛付

大鏡・二・実頼　おとどの御わらはなをば牛飼と申き。されば、その御ぞうは牛飼を牛つきとのたまふ也

牛使

仮名草子・東海道名所記・一　船頭馬かた牛遣などは、口がましくこと葉いやしう

浮世草子・本朝桜陰比事・五・四　後には黒木売牛つかひ立とどまりて

牛方

雑俳・柳多留・二　牛かたのあきらめて行くにわか雨

などのように、身分低き者の代表的な扱いを受けている。

これは中国でも同様で、

牛郎

神仙伝・九・蘇仙公　先生家貧、常自牧レ牛、与二里中小児一、不レ駆自帰、餘小児牧レ牛、牛則四散、跨レ岡越レ険、

牛童

劉兼・寓望詩　背琴鶴客帰二松徑一、横笛牛童臥二蓼灘一、

牛豎

六韜・龍韜・将威　賞及二牛豎洗厩之徒一、

王安石・有レ感詩　牛豎歌二我旁一、聴レ之為久留、

牛飼

陸游・歳晩幽興詩　眼暗観レ書如二棘澀一、歯疎澀レ飯似二牛飼一、

牽牛

孟子・梁恵王上　王坐二於堂上一、有下牽レ牛而過二堂下一者上、

史記・陳杞世家　牽レ牛徑二入田一、田主奪二之牛一、徑則有レ罪矣、

などが見られる。

二　5　別離と逢会

ところで、牽牛と織女はなぜ一年に一度の逢う瀬しか許されなかったのか。これに関して、『佩文韻府』に引く『荊楚歳時記』には、

天河の東に織女あり、天帝の子なり、年年織杼して労役し、織りて雲錦天衣を成す、天帝其の独処を憐れみ、許して河西の牽牛郎に嫁せしむ、嫁いりて後遂に織紝を廃《や》む、天帝怒り責め、河東に帰らしむ、但し其一年に一度相会せしむ

とあり、また、『太平御覧』巻三十一の時序には『道書』を引いて、

牽牛織女を娶るとき、天帝銭二万を取りて礼を備ふ、久しくして還さず、駆せられて栄室に在り

と別の説を云う。

織女については、この荊楚歳時記に「天帝の子」とあり、史記二十七天官書にも「織女は天の女孫なり」と伝える。とすれば、天帝の怒りを買ったのは、仕事を怠けたり、借金を返さなかったりしたことではなく、むしろ身分違いの恋ということではなかったのだろうか。荊楚歳時記において、天帝

が牽牛に嫁することを許したというのは、この話が長いこと培養されて古い姿を失った結果であろう。

中国では、かなり古くから、父系社会の長子相続制が建前としてあったようである。当然、その社会では嫁入り婚となる。女性は、男によって受け継がれる家の嫁として、一人、生家を離れて迎え入れられる。夫と結婚するというよりは、その家の嫁である。従って、家の嫁としての資格は事前に慎重に検討され、媒を立てて交渉して、条件が合致すれば婚姻が成立する。この際、「玉の輿」的に身分低い女性を迎え入れることはままあっても、「逆玉」的女性上位はふつうではない。だからこそ蛮族の酋に公主を嫁がせることに重要な政治的意味が生ずる。

当時の日本の社会は、むしろ母系制の末子相続的傾向が強かった。結婚は基本的には当人同士の好悪の感情で決められ、親でさえも介入しない建前すらあった。だから、男は目指す女性を自ら説得しなければならない。媒は不必要で、「よばひ」（呼び続けること）の努力が不可欠である。つい百年ほど前まで、「自媒」（媒酌人なしの結婚）を恥と心得ていた中国社会とは、おおいに異なっていた。いわゆる身分違いの結婚（特に女性高位の場合）というものについて、中国と日本では、社会的評価が頗る異なるはずである。逆説的に言えば、日本では他人の結婚話について、男女の身分差がそれほど関心を引かない。むしろ、その差をまったく消去して、牽牛は単なる彦星としてしまっても話の興味はそがれるものではなかったのであろう。神婚説話が広く行われている社会には、女性が神であるケースも多いのである。女性上位の身分差ゆえに仲が裂かれるという構成を強調する必要がまったく無かったのである。

そして、嫁入り婚とは違って、当時の日本では結婚が同時に同居ではなく、当分夫は妻の所に通わねばならなかった。

この社会通念は、七夕伝説の受け入れにも大きな関わりを持つ。中国の織女は、『歳華紀麗』が引用する『風俗通』に

織女七夕に当り河を渡る、鵲《かささぎ》をして橋を為さしむ

とあり、また、『草堂詩箋』に引く『淮南子』に

烏鵲河を塡して橋を成し以て織女を渡す

とあるように、自ら川を渡って牽牛に会いに行く。その川を渡るさまは、『玉台新詠』に載る王鑒の詩によれば、

隠隠として千乗を駆り、碎碇として星河を渡る、六龍は瑤轡を奮ひ、文蝶は瓊車を負ふ、火丹は瑰燭を秉《と》り、素女は瑤華を執《と》る、絳旗は電を吐くがごとく、朱蓋は霞を振ふがごとし、雲韶何ぞ

凄皦たる、霊鼓鳴りて相和す

とあるように、美しい燭や花を捧げる多くの侍女を従え、飾り立てた車に乗って、楽の音も賑やかに、まさに王者の貫禄を示しながら、天の川を渡って行くのである。

日本人の手によって作られた漢詩は、中国詩の模倣であるから、「仙車鵲の橋を渡り、神駕清き流れを越ゆ」（懐風藻、吉智首）のようにそのままの形態を受け入れるが、万葉集の歌の世界では、彦星が舟を操って織女の許へ通う。鵲は元来大陸から朝鮮半島にまでは生息しても日本に渡来することは稀であるから、上代の漢詩や平安時代以降の歌にはその名が見えても、万葉集には姿を現さない。それは、唐土の詩文に十分通じていたはずの山上憶良の作品でも同様である。

ひさかたの天の川瀬に舟浮《う》けて今夜《こよひ》か君が我がり来まさむ　（巻八・一五一九　山上憶良）

この夕《ゆふべ》降り来る雨は男星《ひこほし》のはや漕ぐ舟の櫂《かい》の散りかも　（巻十・二〇五二）

渡り守舟はや渡せ一年に二度通ふ君にあらなくに　（巻十・二〇七七）

牽牛《ひこほし》し妻迎へ舟漕ぎ出《づ》らし天の川原に霧の立てるは　（巻八・一五二七　山上憶良）

機《はたもの》の踏み木持ち行きて天の川打橋渡す君が来むため　（巻十・二〇六二）

天の川なづさひ渡り君が手もいまだまかねば夜の更けぬらく　（巻十・二〇七一）

天の川棚橋渡せ織女のい渡らさむに棚橋渡せ　（巻十・二〇八一）

このあたりの事情については、古来詳しく論じられているから、くどくは繰り返さない。織女は、ただ、彦星の来訪を待ち侘びる女性として描かれる。

二 6 月人男

次に気になるのは、万葉集の七夕歌において、「月人男」なるものが登場することである。一例を挙げてみよう。

夕星《ゆふづつ》も通ふ天道《あまぢ》を何時までか仰ぎて待たむ月人壮《をとこ》　（巻十・二〇一〇　人麻呂集）
秋風の清き夕《ゆふべ》に天の川舟漕ぎ渡る月人壮士《をとこ》　（巻十・二〇四三）
天の原行きて射てむと白真弓《しらまゆみ》引きて隠れる月人壮士　（巻十・二〇五一）
大舟にま梶しじ貫《ぬ》き海原を漕ぎ出て渡る月人をとこ　（巻十五・三六一一　人麻呂）

「月人男」は月を人と見立てた呼称である。この「つきひとをとこ」という名称が現れずとも、月人男は万葉集の七夕歌の中にしばしば姿を見せる。この男の七夕歌における位置については、渡瀬昌忠氏が精力的に分析を試みている（最近の業績としては、「人麻呂歌集七夕歌群の構造」「萬葉」百六十九号　一九九九年参照）。特に人麻呂歌集においては、牽牛、織女とこの月人男との三者の歌のやりとりをもって構成されているという。

この月人男の役割は、牽牛と織女の間の使いである。二十八宿を一宿ずつ一ヶ月かかって天の黄道を巡る月が、離れ住む牽牛と織女の間の使いをするという発想があっても不思議はない。その構想に基づいて人麻呂歌集の七夕歌が構成されていると見る渡瀬説は十分な説得力がある。ただ、「月は天の使なり」（淮南子）という表現があっても、実際に二星の使いをするという七夕詠は、漢土にも、日本での漢詩にも認められない。もちろん、月は姿を見せる。しかし、それは二星逢会の夜の情景としての月の姿と光である。月は擬人化されていない。中国の詩の一部の章句を『玉台新詠』から一つ二つ挙げてみると、

落日は曈曨に隠れ、升月は房碎を照らす、團團たり葉に満つる露、析析たり條《えだ》を振ふ風　謝恵連

仙車七襄に駐まり、鳳駕天漢を出づ、月は九微の火に映じ、風は百和の香を吹く　何遜

日本においても、『懐風藻』の詩

雲衣両《ふた》たび観る夕、月鏡一たび逢ふ秋　藤原不比等

金漢星楡冷《すず》しく、銀河月桂秋さぶ　山田三方

に見られるように、同じ趣をうたう。

牽牛と織女は既に夫婦であった。従って、中国風な媒はもはや必要ではない。それは結婚を成立に導くためのものであって、結婚が成立すれば夫婦は同居が原則であるからである。別居をしているとならば、それはむしろ異常の事態のためであって、通信さえ侭ならぬことが多かったであろう。日本の通い婿的別居の夫婦生活でこそ、使いは必要であり、かつ、常態のこととなる。

常止まず通ひし君が使来ず今は逢はじとたゆたひぬらし　（巻四・五四二）
梅の花それとも見えず降る雪のいちしろけむな間使やらば　（巻十・二三四四）

などに見られる「使・間使」など、万葉集の歌の中にも使いを通わせ合っている様子は数多く見られる。牽牛と織女、この二人の別居は、中国的には別離に近い異常な事態として受け止められるであろうし、日本でなら、若夫婦の常態的な姿であって、ただ、逢う折が一年に一度と厳しく限定されていることだけが異常なのである。従って、当時の日本では両者の間に使いが往復するのも当然であり、もし一年間消息も交わさずに済むのであれば、もはや夫婦とは認められなくなるであろう。すなわち、常に二人の間に「相聞往来」があるということ、この際、星たちとは異質な存在であり、その動きも星の間を巡るように見られる月がその使いの役割を果たすと考えついたのも、必然の成り行きであっただろう。月人男の七夕伝説への導入も、まさに七夕伝説日本化の一環であった。

（万葉集底本は桜楓社版。ただし、適当に翻字したものもある。）

雲のイメージ
——神話的な発想

犬飼公之

古代日本人はどのようなイメージをもって雲をとらえたのか。別にこと新しい指摘ができるわけではないが、ここでは神話的な発想を重視して探っておきたい。

一　浮遊する雲

1

日本神話には宇宙生成の壮大なドラマにからんで雲が登場する。まず『日本書紀』（本文）が伝える神話をとりあげよう。

書紀は冒頭に次のように語る。「昔、天地はまだ分かれていなかった。天地を構成する陰陽《いんよう》の「気」も渾沌《こんとん》としていて鶏の卵のような状態であった。そのほのぐらくぐもったなかにもののきざしが含まれていた。そのきざしには澄んで明るい気（清陽《せいやう》なる者）と重く濁った気（重濁《ぢゆうだく》なる者）が混在していた。澄んで明るい気はたなびいて天となり、重く濁った気は凝り固まって地となる。しかし、清く明るい気は精妙で集まりやすく、重く濁った気は固まりにくい。そのためにまず天ができあがり、それから後に地が定まった。こうしてその後、神が誕生した」と。

これをその展開にしたがって分かち書きして示すと次のようになる。

①古《いにしへ》に天地《あめつち》未《いま》だ剖《わか》れず、陰陽分れず、渾《こん》沌《とん》にして鶏子《とりのこ》の如く、溟涬《めいけい》にして牙《きざし》を含《ふふ》めり。

②其の清陽なる者は、薄靡《たなび》きて天《あめ》に為《な》り、重濁なる者は、淹滞《とどこほ》りて地《つち》に為《な》るに及《いた》りて、精妙《せいめう》の合摶《がふせん》すること易《たやす》く、重濁の凝竭《ぎょうけつ》すること難《かた》し。

故《かれ》、天《あめ》先《ま》ず成りて地後《つちのち》に定《さだ》まる。

③然して後に神聖其の中に生れり。

黄金山神社（提供　涌谷町）

書紀はこのあとに「故曰《かれいは》く」（そこで言われていることは）とつづける。古代日本の神話を伝えようというのである。その神話は「天地の開きはじめ、洲壌（くにつち）の浮び漂う状態はちょうど泳いでいる魚が水の上に浮いているようであった。その時に天地のあいだに一つの『物』が生まれた。形は萌えあがる葦の芽のようで、それが神と化《な》った。まず国常立尊《くにのとこたちのみこと》が生成し、次に国狭槌尊《くにのさつちのみこと》、次に豊斟渟尊《とよくむののみこと》が生成した」という。

これも分かち書きして示すと次のようになる。

④故曰く、開闢《ひらく》る初《はじ》めに、洲壌の浮漂《うかびただよ》へること、譬《たと》へば游魚《あそぶうを》の水上《みづのうへ》に浮べるが猶《ごと》し。
⑤時に天地の中に一物《ひとつのもの》生《な》れり。状《かたち》葦牙《あしかび》の如く、便《すなは》ち神に化為《な》る。
⑥国常立尊と号す。次に国狭槌尊。次に豊斟渟尊。

山田孝雄万葉歌碑（黄金山神社境内・提供　涌谷町）

冒頭部を第一部とよび、それにつづく部分を第二部とよぶこととして、みくらべてみよう。

第一部は「中国の神話伝説を借りて、天地の始まりはこういうものだと一般論として述べ」ているといわれている（新編　日本古典文学全集　日本書紀①頭注）。そのとおりであろう。もちろん中国の神話伝説を借りたというものの、書紀が編纂《へんさん》される以前に古代日本において語られ伝えられていた神話を踏まえていることは当然であり、また、日本神話の発想に見合うように中国の神話伝説に若干の改変を加えてもいる（日本古典文学大系　日本書紀　上　補注）。

第一部は天地がまだ未分化の状態にあったことから語りはじめる（天地未剖）。それに対して第二部は天地が分化する状態から語る（開闢之初）。そこに違いがあるとともに、第一部と第二部には対応と展開が認められる。

①に「渾沌にして、鶏子の如く」とあり④に「譬へば游魚の水上に浮べるが猶し」とあって、類似の比喩をもって語りはじめるのも、対応と展開が意図されているからであろう。①に「牙（きざし）を含めり」とあるのに対して④が「天地の中に一物生れり。状葦牙の如く」とあることも類似の対応を示しているといえよう。

また、第一部は第二部に対する論理的な根拠を説明するという位置づけをになってもいる。第一部の論理は「気」の混在と分化と凝集にある。天地が未分化であった状態は「渾沌」と表現される。古訓はこれをマロカレタルコトと訓んでいる。「混合してまるく一体になっているさま」の意である（新編　日本古典文学全集　頭注）。天地陰陽の「気」が一つに混在した状態にあるというのである。「鶏子の如く」という比喩も未分化の状態であるとともに、それなりに凝集した状態がイメージされている。そこから天と地が分化していく。分化は混在《こんざい》から凝集《ぎょうしゅう》へという過程をたどる。「合搏」という「凝竭」というように天の「気」と地の「気」がそれぞれ凝集するというのである。

第二部は①において語られる「渾沌」の状態を脱して、天地が分化していく状態ないしは分化した状態から語りはじめる。語り手の目は地（国）の側に向いている。それは日本神話がそのような状態から語っていたということでもあろう。もう少しくわしくいうと、②において天地の分化の状態を「気」の分化と凝集によって論理的に説明し「そのためにまず天ができあがった。それから後に地が定まった」と語ることに重なりあって、第二部の④がはじまるという関係になる。「洲壌」はまだ凝《ぎょう》竭《けつ》し終えず浮遊している状態にあったというのである。

書紀はこの本文以外にも異伝を所収している。その異伝も天地の分化した状態（天地初判）から語り始め（第一、第四、第六の一書）、地（国）が生成したてで（国稚《くにわか》く地《つち》稚かりし時）、浮遊している状態にあった（譬《たと》へば浮《うか》べる膏《あぶら》の猶《ごと》くして漂蕩《ただよ》へり）と語られている（第二の一書）。

このことは『古事記』においても等しい。『古事記』は「天地初《あめつちはじ》めて発《あらは》れし時」（天地初発之時）と語り、タカマノハラ（高天原）に生成した神の名をあげる（上巻）。すでに天が分化し定着しタカマノハラが形成された状態を前提にして、次いで地（国）が浮遊して「国稚《くにわか》く浮《う》ける脂《あぶら》の如くして、くらげなすただよへる」状態にあったと語る。

そのように日本神話は総じて地（国）が混沌として浮遊している状態にあったと語る。その状態が游ぶ魚や「浮べる脂（膏）」などによって比喩されている。これまた①の「鶏子の如く」ある状態と対応しつつ、文脈としてはそこに潜在している浮遊の状態がいっそう顕著《けんちょ》に表現されて展開するといえる。

雲はこのような天地未発の状態において登場する。書紀の異伝は次のように伝える。

天地未《あめつちいま》だ生《な》らざる時に、譬《たと》へば海上《うみのうへ》に浮《うか》べる雲の根係《ねかか》れる無《な》きが猶《ごと》し。其《そ》の中に一物《ひとつのもの》生《な》れり。

（第五の一書）

雲が海上に浮いているようなものだというのである。「雲の根係れる無き」というように、①の「鶏子の如く」と類似しつつ浮遊の状態を強調しているとみられよう。

それは「天地未だ生らざる時」（天地未生）のことであったという。これが天地の未分化の状態をいうのか、分化しはじめながらなお天地が定まっていない状態をいうのか明確ではない。これが書紀本文の「天地未だ剖れず」（天地未剖）と対応する状態を語ったのだとすると、未分化の始源が雲の浮遊によって表現されたことになる。

日本神話において雲は浮遊するイメージでとらえられた。雲が浮遊することなど誰でも知っていることで、ことごとしく言いたてるまでもないが、要はそれが混沌とした始源の比喩として表現されることにある。浮遊することがになう混沌としたエネルギー、無限の生成力を、人々は雲に対してもうけとめられていたのではないかと思われる。

二　未発の混沌

1

書紀は⑤にみるように「洲壌」が浮かび漂う状態にある時「天地の中に一物」が生成したと語る。「物」の「状」(=形)は「葦牙の如く」であって、そこから神々が生成したという。

ここには「物」から「成る」という発想(論理)がある。「物」が存在や生成の原質であって、そこから神々(のみならずすべての存在)が生成するというのである。それは記紀ともに認めうることで、日本神話の定型的な発想であった。『古事記』も「葦牙《あしかび》の如く萌《も》え騰《あが》る物」によって神々が生成したという。書紀の異伝も「物有り。葦牙の若《ごと》くして空の中に生《な》れり」(第六の一書)と語っている。

「物」は「天地の中に」現れたといい(書紀本文)、「国の中に」現れたとも伝えて(第二の一書)一定していないが、葦の芽(牙)のような形であったことははやくに一つの定着をみていたらしい。しかし、書紀の異伝には「一物虚中《そらのなか》に在り。状貌《かたち》言《い》ふこと難《かた》し」(第一の一書)とある。「物」の形状は定め難いというのである。このことは「物」の形状は必ずしも一定していたのではないことを示唆している。葦の芽に定着していくのも、存在や生成の原質にもっともふさわしいものとして選びとられた結果であったといえよう。

書紀本文は「渾沌」とした状態のなかに「牙」(きざし)を含んでいたという。そこから天地が分かれ、神が生成する。したがって「牙」もまた存在や生成の原質をになっている。先に触れておいたように、文脈の対応と展開からみても、これは「物」と類似してとらえられたといえよう。否、日本神話が存在と生成の原質として語っていた「物」を、古代中国の神話伝説を倣いつつ「牙」と言い換えたというほうがいっそう実態にかなっていると思われる。

そのことを大系本（補注）が明確に指摘する。「太平御覧（天部）引用の三五歴紀の原文には『溟涬始牙、濛鴻滋萌』とあって、溟涬（自然の気）が始めて芽（きざ）したの意と解される。しかし書紀では『溟涬而含牙』とそれを改め、溟涬（自然の気）がただよって牙（きざし）を含むようになった。つまり、何らかモノザネ（物の種）が生じた意としている。それは、日本の古伝承に、アシカビが萌え出てモノザネとなったとあるので、それに合わせるように、原文を少し変えたものと思われる」と。

書紀本文によると「牙」は天地の未分化の状態に現れたといい、「物」は天地が分化した状態ないしは分化しはじめた状態に現れたという。したがって「牙」は天地が未分化の状態に現れた生成の根元であり、「物」は天地が分化した状態に現れた生成の根元であるというほどの違いがあるということもできるが、書紀の異伝などをみるとそうきめつけることもできない。先にいったように本文の「天地未だ剖れず」が第五の一書の「天地未だ生らざる時」と対応するとみれば、「牙を含めり」は「一物生れり」と重なってもいるからである。

「物」は存在と生成の原質であった。それはいのちの力でもあった。それを葦の芽と比喩するのは、書紀が「状」というとおり形状を形容したことになるが、しかし、重要なことは『古事記』が「萌《も》え騰《あが》れる」と表現しているように、そしてすでに言い尽くされているようにその生命力にあった。人々は「物」に生命の根源的なはたらきをうけとめ、それを葦の芽の生命力によって象徴的比喩的に示していたのである。「状」という表記も単に形状をいうだけではなく、その萌えあがる状態を表現しているのであろう。

記紀の神話が語るように「物」は混沌とした浮遊の状態のなかから生成する。その混沌たる浮遊の状態が水に浮く脂（膏）やくらげや雲によって比喩された。この浮遊することが重要であって、中西進氏は「この浮遊する観相は先の渾沌と一連の見方である」という（『天つ神の世界　古事記を読む1』37ｐ）。そして脂やくらげなど「それら生活上の動植物の形象をもって表現しようとしたものは、浮遊というそのことであった」という（同）。まさに古代日本人は混沌とした始源の状態を浮遊することに認めたとともに、そこに潜む生命力、生成力を感じとっていたといえよう。

雲が浮遊することもそれで、中西氏は「雲もまた漂い、浮遊するものである」「豊かに浮遊してやまないもの、それがまずものへと移行していった最初の存在」であったともいう（同38ｐ）。雲が浮遊することに人々は混沌とした始源の、かぎりない生成のエネルギーを感じとっていたといえよう。記紀歌謡にうたわれた雲がことごとく動きあるものとしてとらえられているのも、この神話的なイメージとつながりあっているに違いない。

2

書紀は「物」から国常立尊、国狭槌尊、豊斟渟尊が生成したと語る。国常立尊は国土の恒久なる存立の表象、国狭槌尊は国土の若々しい表象であると言われている。おそらくそれで問題はないであろう。問題は豊斟渟尊（とよくむぬ）である。『古事記』には豊雲野神（とよくもの）とある。この神には異名が多い。豊国主尊（とよくにぬし）、豊組野尊（とよくむの）、豊香節野尊（とよかぶの）、浮経野豊買尊（うかぶののとよかひ）、豊国野尊（とよくにの）、豊齧野尊（とよくふの）、葉木国野尊（はこくにの）、見野尊（みの）ともよばれている（書紀第一の一書）。

豊斟渟尊（とよくむののみこと）は「豊かに汲む水のある沼の表象」といわれる（新編　日本古典文学全集　日本書紀①頭注）。文字表記を重視するとすると確かにそうとらえることができる。しかし、このように異名が多いことからみても、この神名は人々の口頭を長くめぐった歴史を持っていたと思われるのであり、その歴史のなかでたくわえられた意味は多様であったとみることができる。

この神名に雲を重視してとらえるのは大系本である。大系本はこの多様な神名を整理して「口承による転訛と、一度文字化されたものを読む場合の変化を仲介にして生じた転訛との二種がある」といい、「まず、ｋｕｍｕｎｕ（斟渟）はｋｕｍｏｎｏ（雲野）という古事記の形の交替形であり、ｋｕｍｕｎｏ（組野）もまたｋｕｍｏｎｏの交替形である。この語は、混沌浮漂の状態を示す語と見られ、古事記の『豊雲野』という表記が、最もよくその中心的な意味を示すものと考えられる」という（日本書紀上　補注）。また、「ｕｋａｂｕｎｏ（浮経野）はｋｕｍｕｎｏ↓ｋａｂｕｎｏという、

u－a、m－bという交替形とも見られるが、別に『浮かぶ』という『雲』からの意味的な連想も伴って生じた別形であろう」という。

西郷信綱氏も「像としても一義的にはきめがたいが、多分、ずっと雲のごときものがとろとろと浮動しているさまを暗示するのであろう」という（『古事記注釈』第一巻87p）。トヨクモノという神名には雲のイメージがついてまわるといえよう。

中西氏もこの神名に雲のイメージを探りとるが、氏はこの異名の多様さ、特に豊国主尊とあることに触れ「この豊国主尊が『古事記』の豊雲野神に相当する。とするとクモはクニで、国の神だとする考えも成り立つし、豊香節、浮経、豊買、豊齧という『ウカブ』『カブ』（カフ）は、浮遊する国土の観相を示しているともいえよう。それを雲の形としてみる時、豊雲野神が誕生する」という（先掲書38p）。また「本来はクムの神であった」ともいい「クムとはメグム（芽ぐむ）とかツノグム（角ぐむ）とかのクムである。後に角杙神・活杙神という名の神が誕生する。そのグイとクムとは同じことばであろう。メグムとは芽が萌すこと、ツノグムは角のような芽をふくこと、そういう状態がクムで、未発の物を含む状態を神格化したものが、豊雲野神であったと考える」という（同43p）。

この神名からもうかがわれるように、人々は雲に対して定めなく浮遊するイメージを感じとっていた。それは雲の属性でもあるが、人々はそこに始源的な混沌がはらむ生成力や生命力をうけとめ、神威の豊かな発現をみとめたととらえることができる。

『古事記伝』は豊雲野神を論じて、クモはクミ、クヒ、コリと通じ「物の集（あつま）り凝（こ）

る意と、初芽（はじめてきざ）す意とを兼たる言」であるといい「此（の）二（つの）意又おのづから通へり、物集（あつま）り凝（こり）て、物の形は成（る）ものなればなり」という（三之巻）。また、『冠辞考』を引きながら「信（まこと）に許母理（こもり）も久麻（くま）も、集（あつま）り凝（こ）る意あり、雲もその意にて、本同じ言なるべし、又角久牟（つのぐむ）芽久牟（めぐむ）涙久牟（なみだぐむ）などの久牟（くむ）も、初（はじめ）て芽（きざ）す意にて、凝（こ）る意を帯（おび）たれば、同言なり」という（同）。

宣長はすでに万物は「物」から成るという日本神話の典型的な発想を意識し、それをクモということばに敷衍してとらえようとしていた。宣長にとって雲は存在と生成の原質としてうけとめられた「物」でもあると意識されていたといえよう。それは中西氏が豊雲野神を「未発の物を含む状態を神格化したもの」ととらえる視座とも連続している。思うにクモがコリとそのまま通じるという論証過程の瑕疵《かひ》を問わなければ、宣長の見解は卓見であったといえるだろう。

三　いのちと魂の現れ

1

書紀の冒頭（第一部）は「気」の論理を踏まえて混在と分化と凝集を語った。「気」は黒田源次氏がいうように古代中国思想の中核的な概念であった。「氣なる概念も他の多くの哲学的概念と同じく、漢初に至るまでに一通り展開と分化とを見たといってよい。即ち陰陽五行説との結合によって宇宙論にまで発展するとともに、その時代思潮たる讖緯説の影響を受けて運氣説にまで進展している。即ち前者は儒者道家においてもこれを認め得るが、後者は天文家、陰陽家、兵家、神僊家等と呼ばるる方士の発明にかかるもので、その思想は先秦から漢代を通じて広く世に行われた」（『氣の研究』4p）。「気」の論理をうけいれたのは書紀だけではない。太安万侶も『古事記』序文の冒頭で「そもそも宇宙の初め、混沌とした天地万物の根源がとうとう凝り固まったが、万物の生命のきざし（気）とかたち（象）はまだはっきりと現れてはいなかった」（夫、混元既に凝りて、気《けはひ》・象《かたち》未《いま》だ効《あらは》れず）という。

だからといって日本神話がおもてだって「気」を語ったというわけではない。「気」が抽象的観念的な哲学的概念として昇華した次元においてみくらべる限り、「気」の論理をそのまま神話発想として持ちあわせているとも思えない。

むしろここでとり上げたいことは、抽象的、観念的な概念に昇華する以前の、つまり、「気」の前蹤をになう意識にある。そこに古代日本と中国における発想の類比性を読みとることができる。日本神話はそのような発想の類比性を持ちあわせて展開し、その上に「気」の論理が重ねあわされたと思われる。

『説文解字』は「氣」を「客に芻米を饋る」（饋客芻米也）と説明し、また、「气」を「雲気なり」（雲气也）、「雲」を「山川の気なり」（山川气也）と説明する。

黒田氏は古代中国における「気」を詳細に検討し、その体系的な枠組みをみごとに論じている。氏は「氣」について「人間の原始的生活機能の一たる食に縁故深い文字」であり（先掲書17p）「氣なる文字の原義には身体の営養によって支持せらるる一種の生氣が含まれており、後世まで最もよく此原義を伝へていると考えられるのは血氣の概念である」という（同4p）。簡単にいうと、「氣」の原義は「米」とかかわっており、人々はそこにいのちの力を感じとっていたというのである。

また、『説文』に雲气とあることをひき「氣」と「气」の関係についても論じている。「これは食と結びついた氣概念の成立とともに、そこと云（雲）との間に何等かの類同を発見することからきた混同であるにちがいない」「思うに自然物、殊に生物に対してある把握し難い霊的存在を認めんとする原始信仰が漢民族においても悠久なる歴史をもつことは疑いない。しかしてその存在は機能的に食生活によって消長するものであろうという経験的解釈が下さるるに至ったことも疑いないと思う」「それがある時期において一種雲霧に似たるものと考えらるるに至り、同時に自然現象たる雲霧そのものもまた天地山川の氣であろうという想像から雲氣なる概念が成り立ち、更にそれは「氣」とするよりはそれから「米」を除いた气の方がよりよくその幽玄性を表現するにふさわしいと考うるに至ったものであろうと思う」という（同18p－19p）。「氣」と「气」は「霊的存在」として結びつき、人々は霊的な機能をそこに認めていたというのである。

古代中国において「気」（「氣」「气」）は霊的な力や性をもちあわせるものととらえられ、雲や魂としてとらえられていくとともに、宇宙の存在と生成の原質をになうととらえられることになっていったといえよう。

2

加藤常賢氏によると「气」は「人の呼吸の気、または蒸気の象形字」であって「冬期における呼吸の気および湯気などを考えれば明白である」という（『漢字の起源』）。

「気」が呼吸や雲霧ととらえられたことは『五運歴年紀』が伝える盤古《ばんこ》神話に明らかである。

首《はじ》め盤古生ず。死なんとするに身は化す。気は風雲と成る。

多賀城碑の拓本（提供　多賀城市）

首生盤古。垂死化身。
気成風雲。（『繹史』第一
太古第一　開闢原始所収）

盤古の息（気）が風雲となったという。人々はそこにいのちの力を感じとっていた。そのことは古代中国のみならず、古代世界にひろく認めうることであって、それが風や雲と結びついてとらえられたことも明らかであった（拙著『埋もれた神話』）。つまり、目に見えないいのちの力は「風」としてうけとめられもし、風とともに運ばれるととらえられた。また、「雲」はその目に見えざるいのちの現れとしてとらえられた。

『説文』は雲を山川の気であると説明した。これも山川の吐く息が雲としてたちのぼるとうけとめられたからであろう。もとよりそこには山川を生命体としてとらえる発想がある。大地もまた生命体としてとらえられていた。『荘子』は大地の吐く息（大塊《だいくわい》の噫気《あいき》）を風といっている（内篇斉物論第二）。生命体としての自然が吐く息は風となって吹き、雲となってたちのぼるとうけとめられていたのである。

さらにそれは魂としてもとらえられた。雲が霊的にうけとめられたからであるが、そこにも息がかかわっていた。黒田氏は「雲」や「魂」に共通する「云」について「云もおそらく同様で、魂を云で現わしたのは魂が云、即ち雲气の一種であると考えたからではあるまいか」「云を白と同じように『言う』または『曰く』の義に用いるのも、言語を発する際の氣息を雲氣と同一視したからのことであろう」という（同11p）。

日本神話はイザナキが吹き出す息が風神となったと語る。シナトベという女神であったとも、シナツヒコという男神であったともいう。古代中国と等しく息と風はむすびついてとらえられた。

吹き撥《はら》ふ気《いき》、神と化為《な》る。号《なづ》けて級長戸辺命《しなとべのみこと》と曰《まを》す。亦《また》は級長津彦命《しなつひこのみこと》と曰す。是《これ》風神《かぜのかみ》なり
（神代）

古代日本人にとって息することは生きることにほかならなかった。そのことは日本語のイキが息とともに生を意味することに示唆されよう。また、死を「息絶える」と表現することによっても知ることができる。

記紀神話は生の領域と死の領域のはざまにヨモツヒラサカがあると語る。それは空間的にとらえられ『古事記』は出雲のイフヤサカのことであるという（其《そ》の所謂《いはゆ》る黄泉比良坂《よもつひらさか》は、今、出雲《いづも》の伊賦夜《いふや》坂《さか》と謂《い》ふ）。しかし、書紀はそれが特別の場所にあるのではなく息が絶える際をいうかといってもいる（所謂泉津平坂《いはゆるよもつひらさか》は復別《またこと》に処所《ところ》有らず、但死《ただみまか》るに臨みて気絶《いきた》ゆる際《きは》、是《これ》が謂《いひ》かといふ）。息が絶えることで死をうけとめていたのである。

日本神話はしばしば「吹き生（な）す」という表現によって神々の生成を語っている。それは息が神々を生成する力を持ちあわせているととらえたからに違いない。また、その息が霧となり神々が生成するとも語っている。それは記紀の誓約神話に「吹き棄《う》つる気息《いぶき》の狭霧《さぎり》に成れる神」（『古事記』）「吹き棄つる気噴の狭霧に生まるる神」（書紀）とくり返されているとおりである。霧も生成力を持つととらえたのである。風に対しても人々はいのちの力を感じとっていた（拙論「連動する自然——生育を促す力」および「霧と雨の風景　覚書——自然と人間の連関」）。

こうした一連の意識のなかに雲がある。もちろんすでに言われているとおり、雲は霧や霞や煙と類同してとらえられてもいた。万葉歌には、

秋の田の穂の上《うへ》に霧《き》らふ朝霞《あさがすみ》いつへの方《かた》に我《あ》が恋やまむ（巻二・八八）

うちなびく春さり来ればしかすがに天雲《あまくも》霧《き》らひ雪は降りつつ（巻十・一八三二）

などとあって霧と霞、霧と雲の類同関係を示唆する。また、

こもりくの泊瀬《はつせ》の山に霞《かすみ》たちたなびく雲は妹《いも》にかもあらむ（巻七・一四〇七）

とうたわれている。霞と雲が類同してうけとめられているのである。しかもこの霞や雲は火葬の煙のことでもあった。

雲はまた魂の現れとしてとらえられていた。土橋寛氏はくり返しこの問題に触れ、たとえば「霊魂と雲、煙、霧などとの間に成立している融即的関係は、おそらく気息霊の観念に媒介されたもの」であったという（『古代歌謡と儀礼の研究』287p）。万葉歌の、特に挽歌にみられる雲などがその好例であって、先の「雲は妹にかもあらむ」とうたうのもそれであり、また、

昨日《きのふ》こそ君はありしか思《おも》はぬに浜松の上に雲とたなびく（巻三・四四四）

秋津《あきつ》野《の》に朝ゐる雲の失せゆけば昨日も今日《けふ》も亡《な》き人思ほゆ（巻七・一四〇六）

というふうにみえる。「亡き魂」が雲となってたなびくというのである。あるいは、

こもりくの泊瀬の山の山のまにいさよふ雲は妹《いも》にかもあらむ（巻三・四二八）

ともうたわれる。火葬の煙（＝雲）が山のまに漂っているという。魂が死の領域に往きためらっているとうけとめているらしい。もとよりこうした発想は霧においても霞においても認められる。

そのように古代中国と日本において雲は類比的な発想をもってとらえられた。人々はそこにいのちの力を感じとり、魂の現れとしてうけとめていたのである。

それは吐く息とかかわり、息が含み持ついのちの力を引き継いでいた。古代中国においてはそれが「気」の論理として展開し、古代中国思想の中核的な概念にまで昇華した。

四　コスモロジーと雲

1

『日本書紀』は高皇産霊尊（たかみむすひ）が皇孫瓊瓊杵尊（ににぎ）を降臨させる話を伝えて、天の磐座を離れ天の八重雲をおしわけて日向の高千穂峰に天降ったという。

　皇孫《すめみま》乃《すなは》ち天磐座《あまのいはくら》を離《おしはな》ち、且《また》天八重雲《あまのやへくも》を排分《おしわ》け、稜威《いつ》の道別《ちわき》に道別《ちわ》きて、日向《ひむか》の高千穂峰《たかちほのたけ》に天降《あまくだ》ります。（神代下）

この類話が異伝においてもほとんど同じ表現によってくり返されているし（第一、第四、第六の一書）、「日向国風土記」の逸文にもみることができる。

万葉歌にも、

　……葦原《あしはら》の　瑞穂《みづほ》の国を　天地《あめつち》の　寄《よ》り合《あ》ひの極《きは》み　知らしめす　神の命《みこと》と　天雲《あまくも》の　八重《やへ》かき分けて　神下《かむくだ》し　座《いま》せまつりし　高照らす　日の皇子《みこ》は……（巻二・一六七）

とみえる。

人々は天地のあいだに、天地を画して厚い雲の層があるととらえていたといえよう。それは空間的に画するというだけではない。天上は神々の領域（＝クニ）であり、地上は人間の領域であった。雲は縦軸に区切られた二つの領域を画しているととらえられたのである。天孫降臨はまさしくその意識を前提にした神話であった。
万葉歌は「白雲《しらくも》の　たなびく国の　青雲《あをくも》の　向伏《むかぶ》す国の　天雲の　下《した》なる人は」（巻十三・三三二九）とうたっている。「天雲の下なる人」というのは、天雲の下に生きている人間という意味である。人々は雲によって画された地上が人間の領域であるととらえていたのである。

雲は宇宙を縦軸に二分したというだけではなかった。万葉歌は次のようにうたう。

……天雲の　そくへの極み　天地の　至れるまでに　杖《つゑ》つきも　つかずも行きて　夕占問《ゆふけと》ひ　石《いし》占《うら》もちて……（巻三・四二〇）

……この照らす　日月《ひつき》の下は　天雲の　向伏す極み　たにぐくの　さ渡る極み　聞こしをす　国のまほらぞ……（巻五・八〇〇）

天雲によって遮られた遠い地の果ては天地が寄りあう地上の極地であるといい、また、地上は天雲が垂れ伏す果てまで天皇が支配する国だという。
ここでは水平軸に広がった宇宙が意識されている。雲はその宇宙を画して、地上の果てを表示するのであり（天雲のそくへの極み）、天皇の支配領域の極地を表示するというのである（天雲の向伏す極み）。

先の歌の「白雲の　たなびく国の　青雲の　向伏す国の」という表現も（巻十三・三三二九）同じように地上の果てを「白雲」「青雲」によって表示していると思われる。「祝詞」にも、皇神《すめがみ》が天上世界から眺める四方の国について次のように表現されている。

皇神の見霽《みはる》かします四方《よも》の国は、天《あめ》の壁《かき》立つ極み、国の退《そ》き立つ限り、青雲の靄《たなび》く極み、白雲の堕《お》り坐向伏《ゐむかぶ》す限り……（祈年祭）

「天の壁立つ極み」は先の万葉歌の「天地の寄り合ひの極み」（巻二・一六七）と等しく、「青雲の靄く極み」「白雲の堕り坐向伏す限り」も万葉歌に等しく地上の領域の果てを意味していよう。

そのように宇宙を縦軸に二分してとらえるにせよ、水平軸に二分するにせよ、いずれにしても雲は宇宙を画し、その境界を表示するものとして意識されていた。そこにはまた、ウチの領域（＝此界）とソトの領域（＝異界）を分かつ意識がはたらいている。

万葉歌は次のようにうたってもいる。

秋津島《あきつしま》　大和《やまと》の国を　天雲に　磐船《いはふね》浮かべ　艫《とも》に舳《へ》に　ま櫂《かい》しじ貫《ぬ》き　い漕ぎつつ　国見《くにみ》しせして……（巻十九・四二五四）

天雲に船を浮かべて国見をするという。もとより天雲が天上の領域と地上の領域の境界にあるととらえることを踏まえた発想であり、先の「祝詞」にみられるような異界から地上を眺める発想に等しい。

また、雲が天上と地上の領域を画し、その境界を表示するという意識を踏まえることで、人々のイメージはさらなる転解を持ちあわせると思われる。おそらく天雲から聞こえる雷の音や鳥の声などが、異界からの発信、異界のものの声として聞きとめられることになったであろう。

雲はそのように宇宙の果てを表示し、二分される宇宙の境界として特殊な意味を持ちあわせた。極地を表示しないまでも、人々にとって果てしなく遠いイメージをもってうけとめ、遠隔の地を表示することにもなった。万葉歌には「天雲のむかぶす国の」（巻三・四四三）「天雲のそくへの極み」（巻四・五五三）「天雲のそくへの限り」（巻九・一八〇一）「天雲の寄り合ひ遠み」（巻十一・二四五一）などとうたわれている。

2

古代日本人の宇宙観はウチ（＝此界）とソト（＝異界）によってとらえられただけではない。明（光、昼）と暗（闇、夜）に分かってとらえられてもいた。人々にとって光の領域は目に見える領域であり現（うつつ）の領域であり、また、秩序ある領域でもあった。闇の領域は目に見えない領域であり、現ならざる領域であり、混沌とした無秩序の領域であった。

そこにも雲はかかわっている。一言でいうと雲は光を遮り、視界をさまたげるからである。霧や霞も同様であった。

『日本書紀』は次のような神話を伝えている（神代上）。イザナキ（伊弉諾尊）とイザナミ（伊弉冉尊）が国土（大八洲国）を生んだ。しかし、国土は霧に閉ざされていた。そこで「我《わ》が生《う》める国、唯《ただ》朝霧《あさぎり》のみ有りて、薫《かを》り満《み》てるかも」といい、霧を吹きはらったという（第六の一書）。霧がたちこめていたのでは、光の領域（目に見える領域・秩序ある領域）になり得ないからであり、人間の生きる現（うつつ）の領域となり得なかったからである（拙著『影の領界』）。

万葉歌にも類似の発想を見ることができる。人麻呂は高市皇子挽歌において壬申の乱の交戦の場面を次のようにうたっている。

……渡会《わたらひ》の　斎《いつき》の宮ゆ　神風《かむかぜ》に　い吹《ふ》き惑《まと》はし　天雲を　日の目も見せず　常闇《とこやみ》に　覆《おほ》ひ給《たま》ひて
定《さだ》めてし　瑞穂《みづほ》の国を……（巻二・一九九）

神風とは神の力が託された風のことである。その力で賊を吹きまどわしたという。また、天雲を覆い尽くすことで賊をたいらげたという。何故か。太陽の光を隠し永遠の闇に覆うことで、賊は混沌たる無秩序のなかに追い込まれたからである。

古代日本人の宇宙観は、心的な宇宙と重なりあう。万葉歌をみてみよう。

天雲のそきへの極みわが思へる君に別れむ日近くなりぬ（巻十九・四二四七）

題詞によると「阿倍朝臣老人の、唐に遣はさえし時に、母に奉りて別を悲しびたる歌」である。「天雲のそきへの極み」は、もとより遣唐使として赴くことにかかわって、地の果てを暗示してもいようが、なによりも母に対する敬慕を表現している。天上にまでおよぶほど高く、地の果てにおよぶほど広い敬慕の思いである。

つまりウチ（＝此界）とソト（＝異界）の果てを画した雲は、心に広がる宇宙の果てを表示してもいるのである。

闇の領域は目に見えない領域であり、混沌とした無秩序の領域であったが、これもまた心的な状態に重なりあう。

防人歌は次のようにいう。

闇の夜の行《ゆ》く先知らず行くわれを何時来《いつき》まさむと問ひし児らはも（巻二十・四四三六）

「闇の夜の行く先知らず」という表現は、任地がわからないということを表現してもいるが、また、心の迷いや不安を表現してもいる。「闇夜《やみよ》なす思ひ迷《まと》はひ」（巻九・一八〇四）などという表現も同様であろう。

万葉歌碑（提供　多賀城市）

それは曇ることにおいても認められる。これまた秩序を失い迷うという心の状態を表現するのである。万葉歌には「曇り夜のたどきも知らぬ」（巻十二・三一八六）とか「たへのほの麻衣《あさぎぬ》着《け》れば　夢かも　現《うつつ》かもと　曇り夜の　迷へる間に」（巻十三・三三二四）などと表現されている。

霧や霞も同様であって、

春山の霧に迷へるうぐひすも我にまさりて物思はめやも（巻十・一八九二）

……霞立ち　春日の霧れる　ももしきの　大宮処　見れば悲しも（巻一・二九）

などとある。

こうして雲は古代日本人のコスモロジーにかかわって、宇宙を二分し、その境界に位置づけられたとともに、地の果てまでもおよぶ慕わしさや、くもり・くもらふ心的な状態を表示してもいたのである。

すでにいったように、古代中国において風や雲は山川や大地の息としてとらえられていた。それは自然を生命体としてとらえ山川や大地が息しているととらえたからであった。風が吹くことや雲がたち現れるのはそのためであるというのである。さらにそれは神と結びついてとらえられ、神の息の現れであり、神の意思の表示としてうけとめられ、風雲の気を見ることは季節を知ることであり、吉凶を占うことにもなった。

土橋氏が論じたように、この発想を古代日本人も持ちあわせていた。たとえば、『古事記』の次の歌謡はそれを示している。

狭井《さゐ》川よ雲たち渡り畝火《うねび》山木《こ》の葉さやぎぬ風吹かむとす（21）
畝火山昼は雲とゐ夕されば風吹かむとそ木の葉さやげる（22）

「雲」がたち渡り、動き（＝とゐ）、また、風が吹き、木の葉がさわぐことは、土橋氏が説くように「風や雲の到来を警告する」ことであり「内乱を諷する歌」であって（先掲書291ｐ――292ｐ）、古代日本人にとって自然（神）の意思の表示にほかならなかった。氏はまた「雲たち渡り」は「悪霊の活動を意味し」、「雲とゐ」は「恐ろしい威霊が活動している光景にほかならない」という（『古代歌謡全注釈』99ｐ――102ｐ）。そのとおりであろう。

雲に神の意思をうけとめるという発想は、すでにいったとおり、雲に人間の意思を認める発想と類比してもいる。それは魂の発現であり、遠く離れた恋人の嘆息の現れであった。

言いきたったことをおよそまとめておくと次のようになろう。

①日本神話において雲は浮遊するイメージをもってとらえられた。人々はそこに未分の混沌たる状態がはらむ無限の生命力、生成力を重ねてうけとめた。その意識が神に昇華して豊斟渟（豊雲野）という神名となっているといえよう。

②雲や風はいのちの力を持つものととらえられたが、その根底に息に対する古代的な生命感がはたらいていた。さらには魂の現れとしてとらえられてもいた。古代日本人が「亡き魂」の発現として雲をとらえたのはそれであった。

これは古代中国における「気」の意識と類比する。古代中国においてはそれが観念的、思想的な概念に昇華して思想の中核的な位置づけとなった。

③雲は宇宙観にかかわって、ウチ（此界）とソト（異界）の境界を画するものとしてとらえられたし、光の領域と闇の領域にかかわってもいた。雲にかかわるこの発想は、人々の心的な宇宙を表示するものでもあった。

また、自然を生命体としてとらえ、雲が神の意思を表示するととらえる意識は、一方、雲が魂の現れであり、魂の意思の表示であるとする意識と類比している。

姿なき使者
——風——

浅野則子

はじめに

空を行く雲。渡る月。日の光。気象現象は、はっきりと目に映り、人々の心に刻まれる。それは、季節の訪れを告げ、季節毎の美を彩るものとして、細やかに、いつも意識されるものである。そしてまた、雲に身近にはいない愛しい人の面影を重ね、月の動きに心を乱し、霞は晴れない心の景となり、雨は流れる涙としてとらえられるように、気象現象は、季節の変化、心の動きとなって歌に表現されていく。このように考えてきた時、それ自体のはっきりとした姿はないものの、人々の心に深く関わる自然現象がある。大気を動かして過ぎゆく風である。

古今集では「秋きぬと目にはさやかに見えねども風の音にぞおどろかれぬる」(注1)と、風は秋の到来を告げる物として歌われる。その時、風は音によって、秋の使者となるのである。人間の鋭敏な感覚を刺激して風は、その存在を知らせている。実際の気象現象を超えて、とらえる側の意識が大きく関わるものが歌の世界の風というものであろう。歌の世界における風のあり方を考えてみる場合、動きそのものである風が表現の中にどのように定着していくのだろうか。表現の背後にある意識を万葉集の風からさぐっていき、歌における風の表現の基層となるものとその変化を考えていきたい。

一　万葉集の風

古事記の中で神武天皇が亡くなった後、皇后のイスケヨリヒメと婚姻関係を結んだ神武の異母兄タギシミミが神武との間の子供の命を狙った時、イスケヨリヒメが歌った歌がある。

狭井川よ　雲立ち渡り
畝火山　木の葉さやぎぬ
風吹かむとす
神武記　二十

畝火山　昼は雲とゐ
夕されば　風吹かむとそ
木の葉さやげる
神武記　二十一

イスケヨリヒメは風が木の葉を動かすことを歌って、反乱を知らせようとしたのであり、ここには神意としての自然の力がとらえられている。こうした人間の力を超えた自然現象に神意をとらえるということを歌の表現は背後に持っていくのであるが、その中で、雨、雪などのように風は、その姿そのものをとらえることはむずかしく、何かを動かすということで、存在を明らかにしている。けれども、だからこそ、動的なものとしてはっきりと目に映る自然の力として強く理解され、この歌のような効力を発揮するといえるのだろう。吹き渡っていく風は自然の動きそのものであったが、こうした風の姿は万葉集の中では、どのように歌われているのだろうか。

万葉集中、風は、時代的にも第一期から四期までにわたり、自然現象としてその表現は少なくない数を持つ。時代の早いものとしては次のような歌がある。

①霞立つ　長き春日の　暮れにける　わづきも知らず　村肝の　心を痛み　鵼子鳥　うら泣き居れば　玉襷　懸けのよろしく　遠つ神　わご大君の　行幸の　山越す風の　独り居る　わが衣手に　朝夕に　返らひぬれば　大夫と　思へるわれも　草枕　旅にしあれば　思ひ遣る　たづきを知らに　網の浦の　海人処女らが　焼く塩の　思ひそ焼くる　わが下こころ

②山越しの風を時じみ寝る夜おちず家なる妹を懸けて偲ひつ（巻一・五～六）

歌は軍王のもので「讃岐国安益郡に幸しし時」の作という長歌の反歌であり、左注で舒明十一年（六三九）と推定しているものである。(注2)長歌での風は「山越す風の　独り居る　わが衣手に　朝夕に　返らひぬれば」と歌われているように、妻と別れてやって来た旅先で嘆いている時に山を越えて吹く風である。それは山を越え「かえる」ということばに掛けて、家に帰ることを促すために心を焦がしてしまうというものであるが、ここでの風が「山越し」の風であることは、伊藤博氏が「故郷の方から吹いてくる神秘な風(注3)」とされるように、ただ掛詞のみでなく、風の吹く方向に神の力をとらえているものと思われる。だからこそ、②の反歌で「山越しの風を時じみ」と歌う時、山の神がその向こうの故郷から吹かせる風に翻った袖に、家の妹を思うということになるのである。このように、風は自然現象の中で強く意識されるものとなっているが、それが動的であるということは、また、吹いた結果の方へと意識が向くということにもなってくる。

歌の内容によって分類されている巻七において(注4)、雑歌では、天候に関わるものとしては「月、雨、雲」、譬喩歌ではそれに「雷」が加わるものの、風の項をみることができない。巻七において、他の分類の中に入れられている風は次のように歌われている。

③島廻すと磯に見し花風吹きて波は寄すとも取らずは止まじ　(巻七・一一一七)
④海の底沖漕ぐ舟を辺に寄せむ風も吹かぬか波立てずして　(巻七・一二二三)
⑤志賀の白水郎の塩焼く煙風をいたみ立ちは上らず山に棚引く　(巻七・一二四六)
⑥朝凪に来寄る白波見まく欲りわれはすれども風こそ寄せね　(巻七・一三九一)

③は「花を詠める」に分類されるもの。ここでの風は波を寄せるものとして歌われる。島をめぐる時に見た花は、たとえ、風が波をおこしても手にいれたいというのである。④は「羈旅にして作れる歌」のなかにあるが、ここでも風は波に関わり、舟を寄せるために障害となる波を立てないでほしいと歌われる。また、⑤も④と同様に「羈旅作」の中のものであるが、ここでは風は煙の方向を位置づける役割をする。歌の作者が注目する「志賀の白水郎」の塩を焼く煙はまっすぐにはあがらず山に棚引く。そしてまっすぐにあがらない原因としての風の存在をここでは見てとることができる。③から⑤までは雑歌であったが、⑥の歌は譬喩歌の「海に寄せたる」に入れられている。この歌では「朝凪」という人目のない状態が歌われるが、人目がないばかりでなく、そこではたとえられている自分の思う相手も又、寄ってこない、だからこそ風が吹いて寄ってきて欲しいというのである。見てきたように、天候に関わる分類のある巻において、風は吹くことで、何かを起こす物として歌われている。言い換えれば、風そのものが歌の中心になることがなくとも、風によって生み出される結果が問題となるために表現が求められることとなろう。風は視覚的なものとして歌われているのである。記紀の歌では、見えない自然の力を感じとったのが風の動きによるものであったことを考えると、風は自然が何かの形を借りてその力を表すという発想がその根底にあり、風とは何かを、とらえる——何かをとらえる側——自分の側——へと連れてくる物ではなかったのだろうか。こうした自分のいるところへと何かを連れてくるという風についての発想は恋歌においても現れているであろう。

恋歌の風を見てみよう。

⑦風に散る花橘を袖に受けて君が御跡と思ひつるかも　（巻十・一九六六）
⑧国遠み思ひな侘びそ風の共雲の行くごと言の通はむ　（巻十二・三一七八）
⑨妹に恋ひ寝ねぬ朝に吹く風は妹に触れなばわがむたは触れ　（巻十二・二八五八）
⑩息の緒にわれは思へど人目多みこそ　吹く風にあらばしばしば逢ふべきものを　（巻十一・二三五九）
⑪玉垂の小簾の隙に入り通ひ来ね　たらちねの母が問はさば風と申さむ　（巻十一・二三六四）

⑦の歌は相聞ではなく雑歌にあるものだが、発想的には恋歌とみてもよいであろう。今、目の前にいない相手を偲ぶよすがとしての「花橘」は風に散らされたものであるという。風は橘を散らせるものであるが、その結果、橘は「御跡」として手の中に残り、相手とのつながりとなる。また、⑧の歌は風の動きそのものが、歌の中心としてとらえられているものであろう。風はある場所から、ある場所へと吹き抜けていき、空間をつなぐものとして意識される。歌の中では、遠く隔たった国にいる相手に言葉を通わせたいとするが、そこでは言葉は、風が雲を運ぶように通うという。風が雲を動かすことは、この歌では、空間を移動する、物を運ぶということへとつながっていく。地上ではなく障害物のない空を行く風はまた、自由に言葉を通わせたいという願いへともつながるであろう。このように

空間的な隔たりをつなぐのが風である。空間を行き来し、離れた相手とを結ぶという点では、次の⑨の歌も同様であろう。ここでは風はまず肌で感じられる。肌でとらえた風はどこからか吹いてきたものであるかということはいうまでもない。風が移動するものであるならば、ここにいない相手との間を吹くこともあるだろう。今、隣で共寝していない相手を肌で感じることはできないが、風が妹にふれ、そのあとに吹いてくれれば、風が媒介となって妹を肌でとらえることができるというのである。この歌は風をより感覚的にとらえているものであろう。⑩と⑪の歌も風が動く物という発想は今までの歌と同じである。⑩では風そのものになって、「人目」が多いので逢えない相手のもとへと行くと歌われ、風は障害を越えて自由に吹き渡っていく物とされている。風はそのものには姿がない故に、障害に苦しむ時、こうした表現となっていくのであろう。⑪の歌は風そのものに対する発想が現れている。(注5)風とは音をさせて吹くもの、それ自体には形がないが、何かを動かしていくために存在が意識されるということになろう。

こうして風は恋歌の表現の中では、言葉を運び、相手を感じ、さらには身を変えたいと願う物となる。風は相手と自分との間を吹き、空間的な隔たりを越えて二人を結びつけるものであるということができる。こうした発想は風そのものを自然の中で歌う時と同じである。風が人の力を超え、自然、神の力の現れであるという古代的な発想も背景に持ちつつ、より身近なものとして意識された時、風が何かを動かすという部分がより強くあらわれていくことになるだろう。風は恋歌において恋するものの側に立つのである。

風はまず、その動きをとらえられて、歌の表現に位置を占めていくが、風が作り出す風景、風をとらえる皮膚の感覚がさらに細かく歌われるとき、風は歌の中でさらなる存在をあたえられることになる。

二　季節と風

吹く風は形を変えながらも、一年を通してとらえられる。たとえば、春の風は次のように歌われる。

⑫峯の上に降り置く雪し風のむた此処に散るらし春にはあれども　（巻十・一八三八）
⑬わが挿頭す柳の糸を吹き乱る風にか妹が梅の散るらむ　（巻十・一八五六）

⑫の歌では、春の訪れを感じつつも、風がまだ雪を散らしているとし、冬から春へと季節がかわったものの、風そのものには春の装いをみることはできない。⑬は春の風の様子である。風は柳の糸のような枝を乱し、梅を散らせる。ここでの風は吹くことで景物に変化をあたえる視覚的なものとしてとらえられていよう。風は目にうつる春の景色を作るものである。しかしながら視覚以外での風をみようとする時、そこにはあらわれるのは皮膚でとらえた季節であった。

⑭秋風は涼しくなりぬ馬並めいていざ野に行かな萩の花見に　（巻十・二一〇三）

⑭の歌のように皮膚で感じる風は秋のものである。それは、この歌のように「涼しい」と歌われることもあるものの、多くは以下のように「寒さ」と結びついていく。

⑮家離り旅にしあれば秋風の寒き夕に雁鳴きわたる　（巻七・一一六一）
⑯秋風の寒く吹くなへわが屋前の浅茅がもとに蟋蟀鳴くも　（巻十・二一五八）

これらの歌の中で寒いものとして秋風がとらえられていることに注目したい。吹く風が人に吹きつけた時、強く感じたものは寒さ。その季節は秋なのである。

⑮は「羈旅にして作れる」とあり、家ではない場所で、より強く感じる寒さとなるが、この二首においては秋風そのものを歌うことが目的ではない。⑮の歌同様に⑯の歌も題は風ではなく「蟋蟀」を詠むとなっている。しかしながら、そこで感じる秋風は「寒」いものとされるのである。歌は秋の風景そのものを歌いつつも、そこに作者自らの「寒い」という感覚を入れ込み、季節の中に身を置く作者の姿を表しているといってよいであろう。吹く風はそのものではなく、人の感覚を媒介として季節をとらえるものということがいえるのである。

秋風が歌われることは、秋という「季節」が意識されていくことと関わるものであることはいうまでもない。阿蘇瑞枝氏は、季節歌の歴史を論じられているが、そこで「漢詩の世界に追従し、それに倣った文芸的立場において発生し、かつ育まれたもの(注6)」であり、それが「独立の世界をもち、その存在意義を人々に知らせたのは、第三期以降」とされる。そして、その意識が編集、分類にも現れるとのべられる。こうして、都人の意識の中で風も秋という季節に美を求められ、定着していくが、漢詩文の表現の影響を受けつつもそれを受け入れる土壌としてあった都における美意識の中で、季節感が強く歌に現われる時、具体的な自然の変化も細やかに意識されると、同時にそこに定着され、観念的な季節感は風に「秋」という季節を与えたのである。こうして歌われた歌歌は歌表現における秋風の位置を確かにしていくのであった。季節によって分類された巻の中でも、細かな分類をもつ巻十の歌歌の中に、さらに秋に位置する風のあり方を見ていきたい。

⑰秋立ちて幾日もあらねばこの寝ぬる朝明の風は手本寒しも　（巻八・一五五五）

安貴王の作とするこの歌のように、暦とともに観念的に歌われる時、秋の訪れに従って風は冷たくなる。人為的に並べ直された季節の中で秋風は、秋そのものの訪れをはっきりととらえるものとなるが、そこでは「冷たい」という感覚的な表現によって歌われる。

⑱真葛原なびく秋風吹くごとに阿太の大野の萩の花散る　（巻十・二〇九六）

⑲秋風は日にけに吹きぬ高円の野辺の秋萩散らまく惜しも　（巻十・二一二一）
⑳秋風の日にけに吹けば水茎の岡の木の葉も色づきにけり　（巻十・二一九三）
㉑このころの秋風寒し萩の花散らす白露置きにけらしも　（巻十・二一七五）
㉒萩の花咲きたる野辺にひぐらしの鳴くなるなへに秋の風吹く　（巻十・二二三一）
㉓秋山の木の葉もいまだ赤たねば今朝吹く風は霜も置きぬべく　（巻十・二二三二）

歌は秋風によっておこる秋の風物を描いているといえよう。秋風が吹くことで⑱と⑲の歌では萩の花が散り、⑳では、木の葉が色づくという。次の㉑の歌では、秋風が吹くことによって、萩を散らせる白露が置かれたことに気づくのである。また、㉒の歌では秋の季節の変化を順を追ってとらえているがそこでは、ひぐらしにつれて吹くものと歌われる。次の㉓歌でも同様に季節の推移の中に秋風の吹くことが位置づけられているといえよう。ここでは秋風は本来は黄葉の次にあらわれるものとして、とらえられていることが明らかである。これらの歌歌も先にあげた歌のように風そのものを歌の中心にすえて歌っているのではない。⑱と⑲は「花」、⑳は「黄葉」㉑は「露」と分類されるが、それぞれが秋の景を歌う中で、その景を引き出す物として風が歌われるのである。

㉒と㉓は特に「風を詠める」という分類にあるが、内容的には、「風」として分類されてはいない歌歌の中の表現と、特別に異なってはいない。㉒は「萩、ひぐらし」という秋の景物とともに歌われるが、視覚では萩、聴覚ではひぐらしと野辺に秋を告げるものを歌い、その景物がそろった時に秋風

が吹くという。しかしながら、ここで風が歌の表現の中心としてすえられているのは、吹くことによって何かをもたらすのではなく、吹く事自体に意味を持たせていると考えられよう。次の㉓は秋山の木の葉の「赤」、「霜」と季節の推移を示す物が歌われ、風は「霜」とともにあるほど冷たいというのである。この歌の背景には「秋萩の下葉黄葉ちぬあらたまの月の経ゆけば風を疾みかも（十―二二〇五）」という歌の中にみられる季節感があるはずであろう。冷たく吹く風は色が変わっていく木々と同様に季節を象徴する動きなのであった。戸谷高明氏は巻十の歌について、それぞれの季節の中で気象現象が固定されてきていることを述べられるが、それが他の「他の詠物、寄物にも顔を出す」（注7）とされる。先に述べたように、風は客観的な自然を歌う歌の表現の中でその皮膚感覚から、歌の作者の存在をも意識させるものであったが、風はその特性である動きによって、人の感覚そのものや他の自然を刺激し変化させることで季節の推移を表すものとなる。そして、季節が歌の表現の中で固定される時、風はまた、吹く方向から秋の自然を連れてくるものともなるのではないだろうか。次の㉔の歌では雁は秋風の動きの中で人々の目にとまっていくとされる。

㉔秋風に山吹の瀬の響るなへに天雲翔ける雁に逢へるかも　（巻九・一七〇〇）

秋の風景を作るとも考えられる風の動きは固定された季節の中で位置を明らかにしていくのであるが、それは季節と代表する花と結びついた景ともなる。

㉕わが屋前の萩の末長し秋風の吹きなむ時に咲かむと思ひて　（巻十・二二〇九）

咲く時期を待っている萩は、秋風の吹く時にこそ、その「時」を求めるが、求めた「時」とは自らが最も美しくはえる「時」であるはずである。萩をゆらゆらと動かす風は季節を代表する花の背景として存在することにより、それ自体も美意識の中に組みこまれるのである。萩と風との関係ではさらに、次のような表現を見ることができる。

㉖霍公鳥声聞く小野の秋風に萩咲きぬれや声の乏しき　（巻八・一四六八）
㉗わが屋前の萩の下葉は秋風もいまだ吹かねばかくそ黄変てる　（巻八・一六二八）
㉘秋の野に咲ける秋萩秋風に靡ける上に秋の露置けり　（巻八・一五九七）

㉖では、霍公鳥という夏の風物が歌われ、その声が聞こえなくなったということで夏の終わりを示しているが、ここでは、霍公鳥の次には萩が咲くものという季節感がある。そして、その萩の開花を促すのは秋風に他ならず、ここでも風は秋の景を作るものとなる。次の歌も景を作るものとしての風を歌うことは同じである。季節の変化が規則的にとらえられる時、「いまだ吹か」ないのに「かくそ黄変てる」として興味の中心となり、その順序が狂ったことが歌われるが、ここでもその狂った順序の中で「萩」の「黄変」という景は風が作るということが明らかである。㉘の歌では、固定した秋の景

の中で一番ふさわしい時に咲くという萩の様子が歌われている。秋風の中に靡きながら咲く萩に秋の景としての美しさが感じられるといってよいであろう。次の家持の作は諸注釈でいうように「秋の野、秋萩、秋風」と秋を告げる景を歌うが、その中で、吹く風は吹くことにより変わっていく物へ視点をむけるのではなく、風そのものとしてとらえられていることがわかる。秋の景の中で風は趣をますものに他ならない。だからこそ、次のように歌われもするのであろう。

㉙恋ひつつも稲葉かき分け家居れば乏しくもあらず秋の夕風　（巻十・二二三〇）

この歌のように、稲の収穫時に家を離れ田の中の仮の宿にいる都人に「乏しくもあらず」と歌わせるのは「秋の夕風」であった。この歌では季節の推移からくる新鮮な驚きがある。都とは異なった景の中に身をおいて季節をとらえた時、その変化は「乏しくもあらず」という秋風のとらえ方へと向かうのである。たとえ風が寒さを伴ったとしても、それは、寂しさという方向へはいかず、秋そのものを賞美する心となる。歌の中で今、都人から離れた仮の宿を吹く風に感じるのは趣であったということができる。

風は多くは秋のものとして歌われていくが、その表現は後の時代の歌のように風の冷たさが強調されるのとは違い、秋という季節そのものの賞美すべき一部分をになっているのである。

三　秋風と心

風が景として季節を固定していく時、心にうつる風も、季節を選んでいくが、その時に風と心を結びつけるのは、やはり、肌を通してとらえた風ではなかったのだろうか。

㉚ながらふる妻吹く風の寒き夜にわが背の君は独りか寝らむ　(巻一・五九)

㉛わが背子が着る衣薄し佐保風はいたくな吹きそ家に至るまで　(巻六・九七九)

㉚の歌は誉謝女王のもので、大宝二年の行幸時であり万葉では古い時代のものとされる。㉛は「大伴坂上郎女の、姪家持の佐保より西の宅へ還帰るに与へたる歌一首」という題詞がつくものである。作られた時期に隔たりがあるものの、この二首の歌に共通の発想は、相手を思い起こすということであるいってもよいであろう。二首ともに相聞の部ではなく、また㉛は相手が「姪」である家持であることから実態の恋情ではないものの、その背景にある風の理解は恋歌に通じるものであるといってよいであろう。肌でとらえた風はその寒さが心へと働きかけることとなり、今いない相手への思いへと結んでいく。そして相手を思い起こさせるものとしての風が吹く時に、風が訴えかける直接の働きかけが、寒さという感覚であるとすると、恋歌の風はやはり寒く吹く風——秋風——となっていく。

㉜よしゑやし恋ひじとすれど秋風の寒く吹く夜は君をしそ思ふ　(巻十・二三〇一)
㉝あしひきの山辺に居りて秋風の日にけに吹けば妹をしそ思ふ　(巻八・一六三二)
㉞秋風の寒きこの頃下に着む妹が形見とかつも思はむ　(巻八・一六二六)
㉟吾妹子は衣にあらなむ秋風の寒きこのころ下に着ましを　(巻十・二二六〇)
㊱泊瀬風かく吹く夜は何時までか衣片敷きわが独り寝む　(巻十・二二六一)

㉜の歌で君を思うのは、風が吹いているからであるが、その風は「寒く」吹くものであるという。相手がいないことを肌で感じとるものといえよう。また、次の㉝は「大伴宿祢家持の、久邇の京より寧楽の宅に留まれる坂上大娘に贈れる歌一首」とある。「寧楽」に残した妻である大嬢を思うのに吹く風が媒介であると歌うのであるから、やはり、この歌において、家持も肌に吹く秋風から寒さをとらえたのである。次も家持の歌であるが、そこには「又、身に着けたる衣を脱きて、家持に贈れるに報へたる」という題詞がついている。「身に着けたる衣を脱きて」贈ったのは、坂上大嬢である。大嬢が衣を脱いで贈ったという歌は残されていないが、左註によれば天平十一年の秋九月とあり、衣は寒さを防ぐものとして贈られたことは確かであろう。家持はその形見の衣に大嬢を重ねるが、衣にもとめたのは、暖かさ、それは形見として贈った大嬢の肌のぬくもりに他ならない。㉟と㊱は「風に寄せたる」とする歌である。㉟の歌の発想も㉞の家持と同様であろう。この歌では、さらに「着」るとより具体的に歌い、肌を重ねることで寒さをしのごうとするが、それは共寝を求めることといえる。㊱

の歌の独り寝の嘆きも「泊瀬風」が吹くことで助長される。風の寒さは恋の相手の肌のぬくもりを連想し、強く共寝の思いを抱くことになろう。こうして秋風がうたわれる恋歌を見ていくと、秋風の寒さは、独りでいることの寂しさに沈むことの強調よりも、積極的に共寝の相手を求めるものになっていくといえよう。風が与えた寒さは恋歌に相手のぬくもりを意識させたのであり、秋風の中で独りの身を嘆きつつも、歌では風の寒さを忘れさせる相手の肌へと強く思いをむけている。

また、風は秋という季節に固定されても、肌を通しての秋の感覚のみではなく、風本来が持っていた何かを運ぶという表現で恋歌に現れるものもある。

㊲わが背子を何時そ今かと待つなへに面やは見えむ秋の風吹く　（巻八・一五三五）

これは、藤原宇合の作。歌は「わが背子」とあるので女性の立場で作った歌であることは明らかで、宴席のものと見るのが一般である。恋の相手を待つものの「面やは見えむ」とあるように、相手の姿は現れず、ただそこにある動きは風のみであった。しかしながら、たとえ、結果として相手の訪れないことを風から感じることとなっても、歌表現のあり方から見る限り、風は歌の中で待つ女にとっては何かを運ぶものとしてとらえられていた、といえるのではないだろうか。本来、媒介である風そのものの存在の大きさとして歌われてしまう時、相手がいないことが、強く表わされているものといえるであろう。

このように、相手がそこにいなくても、相手を感じさせるというように相手との関係に置いて吹きゆく風の歌の中で、次のような歌に注目しなければならないであろう。

㊳君に恋ひしなえうらぶれわが居れば秋風吹きて月斜きぬ　（巻十・二二九八）
㊴秋萩に置きたる露の風吹きて落つる涙は留めかねつも　（巻八・一六一七）

㊳㊴の歌では寒さが、恋の相手を求めることにならず、もっぱら自己へとむけられている。「君に恋ひしなえうらぶれ」ている今、歌の作者はうらぶれている自分の姿をみるのみである。そこに吹くのが秋風であり、歌われるもう一つの自然現象の「月」は、もうすでに傾いているという。月が傾くとは、今夜はもう君の訪れがないことを意味しているに他ならない。君の訪れのない今、「秋風」も冷たく心へと吹きつけるものとなり、風も月も作者の「うらぶれ」た心をさらに強めるものとなってゆく。独りの夜の、時の経過、皮膚感覚から実感を超えて、恋にうらぶれた心をさらに空しくさせる象徴として、時の経過を表す「傾いた月」と冷たい「秋風」とが歌われたのではないだろうか。また、山口女王が家持に贈った㊴の歌では、秋の風はそれ自体が、秋萩の上の露を落とすものとして歌われ、その景は恋に悲しむ作者の涙を導く序詞となっている。この歌では風は秋と季節を限定していない歌歌の表現と同じように、何かを作り出す物となっているが、ここでは秋の風の作り出す景が寂しい心と重なって象徴的に描かれているのである。流す涙もその秋の景の中のものとなろう。作者の心

と景が重なる時、一つの歌の世界をつくる部分として、秋の風も実際の景以上のものとなって皮膚感覚を超え、歌の中のみの表現として理解されていくのではないだろうか。

このような季節の中で冷く吹く風が、心と重なる表現が、風の歌表現として、後の時代の歌へと歌い継がれていくことは明らかであろう。古今集においては、恋の部において「秋」は「飽き」となる。(注8) その時風もまた、独りの身に吹きつけ、ただ寒さばかりをもたらしていくものとなる。そこにあるのは、風の冷たい感触ばかりである。風は、冷たく吹きゆくものという姿を与えられていくといってよいだろう。歌表現の中で風が歌に姿を現して、固定されていく過程には、風に古代的な観念を持ちつつも、姿そのものを見せない風をいろいろな側面からとらえようとした万葉集の中における都人たちの意識が基層をしめているにちがいない。

おわりに

君待つとわが恋ひをればわが屋戸のすだれ動かし秋の風吹く　(巻四・四八八)

額田王が「近江天皇を思ひて」作ったとされる歌を万葉集は巻四と巻八に重出している。秋の風が早い時期から関心を示されていたことをしめすものであろうが、この歌は『文選』、『玉台新詠』の影響を受けたとするのが一般である。(注9) 漢詩文において定着していたと思われる秋の風の空しさと待つ女の姿を歌の中に描き出しているが、こうした感覚はまだ、歌の表現そのものの中には共有されていなかったであろう。万葉集全注では、この歌と『拾遺集』の曽祢好忠の歌を比べているが、(注10)そこまで時代が下らなければ、風は歌の中で空しいものとしての意味づけをされなかったのである。

姿はわからないものの、確かに存在する風。そこに自然の力をとらえた人々は、風の動きに注目しその意味をとらえようとするが、やがて風の動きを自らの感覚でとらえていこうとする。そして、自然の力が皮膚でとらえ直された時、風は人の中を吹きゆくものとして様々な姿を歌の中で表していくのであった。万葉集の中で風は人々の感性とともに姿を変えていくものとなる。けれどもそこでは心を吹き抜けていっても、まだ、空しいという理解は共通のものとはなっていない。風は動いている。歌の作者がいる今、そこに他の場所から吹いてくる。作者のもとには風は吹いてきた所から何かをもたらすのである。吹く風の来た方向へとはるかに目を向けたとき、風とはそこにいる歌の作者と遠い何かを結ぶものとなるといってもよいであろう。運ばれるものは、ある時は季節であり、又愛しい恋の相手であった。あちらからこちらへと吹き来る風。姿がない風は、姿がない故に連れてきたものを強く意識させる使者ともいうべきものであった。

注1　『古今集』秋歌上　一六九　秋立つ日よめる　藤原敏行
　歌は新日本古典文学大系による。
2　左注は以下のとおり「右は、日本書紀を検ふるに、讃岐国に幸すこと無し。また軍王もいまだ詳らかならず。ただ、山上憶良大夫の類聚歌林に曰はく」として「記に曰はく『天皇十一年己亥の冬十二月己巳の朔の壬午、伊予の温湯に幸す云々』」とのせる。
3 『万葉集釈注』の六番歌の解説による。
4 巻七は作者名が記されず、雑歌、譬喩歌、挽歌と分けられ、雑歌の分類は詠物による。
5 『全訳注』では「風に変身して来いの意にも解せる」としている。
6 「万葉集季節歌の歴史」『万葉和歌史論考』所収
7 「『景』序論」『論集万葉集』に所収
8 『古今集』恋歌五は恋が終息に向かう時期のものが載せられているが、そこにある歌はほとんど「あき」を「秋」と「飽き」の掛詞にしている。
9 従来この歌については、漢詩との関わりが論じられている。身崎壽氏は諸説に触れられた上で、井手至氏の「秋風の嘆き」(『文学史研究』二九)の論に言う、この歌を六朝の閨怨詩の「秋風」が表す「独り寝の嘆き」を歌うという説を「妥当」とされる。額田王は天智朝の「漢風謳歌の時代の洗礼をたっぷりとあび」、天智天皇の前で「漢詩でおなじみの閨怨詩の主人公たち(筆者注「待つ女」)を演じたものとされる。「風のおとない」『額田王』。このように、額田王の時代においては漢詩の表現を借りなければ、秋風に「待つ女」の空しさは歌いえなかったといえるであろう。
10 『万葉集全注』巻第四(木下正俊)の四八八番歌の「考」による。

(万葉集本文は、「講談社文庫本万葉集」、古事記は、「日本古典文学大系」)

雨に煙る佐保山

金子裕之

雨を詠む万葉歌は百五十首ほど。四千五百余首の約三パーセントである。これらは春雨、雷雨、時雨や冬雨など四季折々の季節感を歌うものや、ある種の比喩、亡き人への想いを込める場面、祈雨などさまざまがあり、さらにその源になる海神や雷神、風神に関わる歌もある。ここでは亡き人をしのぶ雨の周辺を述べることにしよう。

一　葬送と雨

時雨の秋

ひとがその生涯を閉じることは貴賤高下に関わらず寂しく、悲しい。冷たい雨はなおさら、そうした感情を誘う。

『万葉集』巻十三には、天武天皇の長子である高市皇子の挽歌がある。

懸けまくも　あやに恐し　藤原の　都しみみに　人はしも　満ちてあれども　君はしも　多く坐《いま》せど　行き向ふ　年の緒長く　仕え来《こ》し　君の御門を　天の如　仰ぎて見つつ　畏《かしこ》けど　思ひたのみて（略）わが思ふ　皇子《みこ》の命《みこと》は　春されば　殖槻《うゑつき》が上の　遠つ人　松の下道ゆ　登らして　国見あそばし　九月の　時雨の秋は　大殿の　砌《みぎり》しみみに　露負《お》ひて　靡《なび》ける萩を　玉襷《たまたすき》　懸けて偲《しの》はし　み雪降る　冬の朝は　刺楊《さしやなぎ》　根張梓《あづさ》を　御手に　取らしたまひて　遊ばしし　わが大君を　霞立つ　春の日暮　真澄鏡《まそかがみ》　見れども飽かねば　萬歳《よろづよ》に　斯くしもがもと　大船のたのめる時に　妖言《およづれ》に　目かも迷へる　大殿を　ふり放け見れば　白栲《しろたへ》に　飾りまつりて　うち日さす　宮の舎人も　栲《たへ》の穂の　麻衣《あさぎぬ》着《け》れば　夢かも　現かもと　曇り夜の　迷《まと》へる間に　麻裳よし　城上《きのへ》の道ゆ　つのさはふ　石村《いはれ》を見つつ　神葬《かむはぶ》り　葬《はぶ》り奉《ま》つれば　行く道の　たづきを知らに（略）（巻十三・三三二四）

高市は天武元年（六七二）の壬申の乱では、大海人皇子（天武天皇）に代って軍を指揮。持統四年（六九〇）太政大臣となり、持統十年（六九六）七月に没した。この挽歌は亡き皇子を死後の宮、すなわち殯宮に遷す時の歌で、作者は柿本朝臣人麿ともいう。

はじめて都市域（京）を備えた本格的な都である藤原京（六九四―七一〇）では、仙（神仙）と人と鬼（死者）は別世界に住むとする唐の三部世界観にそって死者を京外に埋葬した。秋の時雨は、鬼籍に入った高市皇子を偲ぶ背景となっている。しかし、歌全体を通じる悲しみは、皇子の死だけでなく殯宮のありよう、つまりはその場所にもあるのではないか。
高市皇子の大殿があった香来山（香具山）の宮は、埴安《はにやす》の御門の原にある。[注1]

（略）わご大王　皇子《みこ》の御門《みかど》を　神宮《かむみや》に　装《よそ》ひまつりて　使はしし　御門の人も　白栲《しろたへ》の　麻衣《あさごろも》着　埴安の　御門の原に　茜《あかね》さす（略）わご大王の　万代と　思ほしめして　作らしし　香来山《かぐやま》の宮　万代《よろづよ》に　過ぎむと思へや　天の如　ふり放け見つつ　玉襷《たまたすき》　かけて偲《しの》はむ　恐《かしこ》かれども
（巻二・一九九）

そこは「藤原宮の御井《みゐ》の歌」によると、

（略）埴安の　堤《つつみ》の上に　あり立たし　見《め》し給へば　大和の　青香具山《あをかぐやま》は　日の経《たて》の　大御門に　春山と　繁《しみ》さび立てり（以下略）（巻一・五二）

と、埴安《はにやす》池に接近する。埴安池推定地は香具山の西北麓、橿原市八釣《やつり》にあり藤原京の条坊（以下は岸俊男説の呼称による）では、左京五条ないし六条四坊付近にあって東四坊大路（中つ道）に接する。
磐余《いわれ》は埴安池推定地の東北東にあたるから、石村（磐余）を見つつ行くとは磐余を右手（東）にみて、現在近鉄名張線の耳成駅東側に痕跡を留める中つ道を北に向かうのであろう。大和盆地を南北に貫く上中下の三道は、六七二年の壬申紀にみえる幹線道路である。夜の葬列がむかう城上《きのへ》は諸説があり、近年は現奈良県北葛城郡広陵《こうりょう》町付近とする説が有力である。

藤原京では天皇陵を始め有力者の古墳墓は京の南西にある。いわゆる藤原京南西古墳群である。天武・持統合葬陵を筆頭に文武陵説が有力な中尾山古墳、岡宮天皇陵（草壁皇太子）説がある束明神《つかみょうじん》古墳、壁画古墳の高松塚やキトラ古墳などが集中する。この地は天武・持統の陵園区であろう。陵《りょう》園区《えんく》とは皇帝陵の周囲にある葬送地のことで、近親者や特に功があった重臣などが造墓を許された。唐では第三代高宗（在位六五〇―六八四）と則天武后の乾陵《けんりょう》が名高く、高松塚壁画の原型ともいわれた懿徳《いとく》太子や昭懐《しょうかい》太子の陵はこの陵園区内にある。(注2)

高市皇子は天武天皇の長子でしかも壬申の乱の功臣であるのに、なぜ葬列は南ではなく、反対に北に向かうのか。史書は黙して語らないが、この挽歌が陵園区への埋葬が叶わぬことを悲しむ、と解するのは穿ちすぎであろうか。いずれにしても「時雨の秋」は皇子を偲ぶ語句と思う。

時雨の初瀬山

藤原京の葬送地は南西古墳群だけではない。東方の初瀬《はせ》（泊瀬・長谷）山と初瀬谷は庶民を含めた葬送地であり、火葬の煙がたえない大葬送地であった（巻三・四二八他）。古代の初瀬山は現在とやや違い、巻向《まきむく》山や三輪山などを含むという。ここを葬送地とする伝統は平城遷都（七一〇年）後もなお続いたようで、初瀬山北麓にあたる天理市笠字横枕では、八世紀後半・九世紀の遺構がみつかっている。火葬墓群は標高五〇〇メートル前後の南斜面にあり、石室に収めた火葬骨や須恵器・土師器の蔵骨器などがある。このうち七基は開墾に際して一九三四年に、一基は道路工事によって一九六〇年に見つかったため、詳細は不明だが、かなりな火葬墓群だったようである。

そうした歴史的背景をもとにすると、次の歌は秋の何気ない情景を歌うものかどうか、疑問が残る。八世紀初頭の天平十一年（七三九）九月の歌は題詞に、

大伴坂上郎女《さかのうえのいらつめ》の、竹田 庄《たどころ》にして作る歌二首

隠口《こもりく》の泊瀬《はつせ》の山は色づきぬ時雨の雨は降りにけらしも（巻八・一五九三）

とある。この解釈を小島憲之・木下正俊・東野治之訳注本は、泊瀬の山は色づき始めた。しぐれの雨があったからであろう、とする。(注3)

坂上郎女が歌を詠んだ竹田庄推定地については諸説があり、耳成山の東北約一・五キロメートルの橿原市東竹田町とその東方とする説が有力である。ここは近年その規模が話題になった大藤原京（最大説では五・三キロメートル四方）の北縁に接する。この付近から見えるのは三輪山（標高四六七）、巻向山（標高五六七メートル）であり、小島憲之他訳注本は三輪山のことかとする。

初瀬山・谷の歴史的背景を考慮すると、時雨に紅葉した初瀬山と他の山を重ね、亡き人の想いをよむのではあるまいか。万葉歌によるとこの歌の直前と四年前の二度、郎女は近しい人の葬送に立ち会

ったようである。歌に先立つわずか三月。天平十一年六月には、甥にあたる大伴家持の妾が没した。巻三には、

「十一年己卯の夏六月、大伴宿禰家持、亡《みまか》りし妾《をみなめ》を悲傷びて作る歌」（巻三・四六二歌の題詞）に始まる、家持と弟大伴書持との悲傷《かなし》む歌十三首がある。おわりの二首は、

　佐保山にたなびく霞見るごとに妹を思ひ出《で》泣かぬ日は無し（巻三・四七三）
　昔こそ外《よそ》にも見しか吾妹子《わぎもこ》が奥《おく》つ城《き》と思えば愛《は》しき佐保山（巻三・四七四）

とある。佐保山は平城京左京北方に広がる丘陵地の総称であり、初瀬山を凌駕《りょうが》する平城京最高最大の火葬・葬送地であった。坂上郎女もこの葬送に立ち会ったであろう。

さらに天平七年（七三五）の場合は、坂上郎女自らが葬送を指揮している。巻三・四六〇挽歌の左註に、その間の事情がみえる。

天平七年に平城京の大納言大将軍大伴卿（安麿）宅に寄住する新羅の尼理願《りがん》が病没した。しかし大伴家の大家《おおとじ》石川命婦《みょうぶ》は病気治療に有馬温泉に出かけて不在であったために、居合わせた留守居役の郎女が葬儀一切をとり行い、ことの次第を挽歌にして有馬温泉に滞在する命婦に送ったのだという。

　七年乙亥、大伴坂上郎女、尼理願が死去れるを悲び嘆みて作れる歌一首

栲縄《たくづの》の　新羅の国ゆ　人言《ひとごと》を　よしと聞《きこ》して　問ひ放《さ》くる　親族兄弟《うがらはらから》　無き国に　渡り来まして大君の　敷きます国に　うち日さす　京《みやこ》しみみに　里家《さといへ》は　多《さは》にあれども　いかさまに　思ひけめかも　つれもなき　佐保の山辺に　泣く児《こ》なす　慕ひ来まして　布細《しきたへ》の　宅《いへ》をも造り　あらたまの　年の緒長く　住《す》まひつつ　座《いま》ししものを　生ける者　死ぬとふことに　免《まぬ》かれぬ　ものにしあらば　憑《たの》めりし　人のことごと　草枕　旅なるほとに　佐保河を　朝川わたり　春日野《かすがの》を背向《そがひ》に見つつ　あしひきの　山邊を指して　くれくれと　隠りましぬれ　言はむすべ　せむすべ知らに　たもとほり　ただ独りして　白栲《しろたへ》の　衣手干さず　嘆きつつ　わが泣く涙　有馬山　雲ゐたなびき　雨に降りきや　（巻三・四六〇）

郎女の流す涙が有馬山に雨と降るという。この雨は果たして初瀬山の時雨と関わらないのであろうか。郎女の歌は彼女を巡る前後の出来事や、当時の都のありように重ねて見直すことも必要と思う。

二　佐保大納言大伴卿の宅

佐保からの旅路

新羅尼理願の挽歌は大納言大伴卿宅、いわゆる佐保大納言宅の所在地を探る手懸《てがかり》かりとして重視されてきた。宅あるいは第《だい》は、天皇皇族の宮に対する語で臣下の住居を示す。令制下では厳密に使い分けがある。

挽歌は理願の死出の旅路を具体的に詠むためであるが、同時に平城京東方の葬送地への道筋を示す史料でもある。

歌には「佐保河を　朝川渡り　春日野を　背向《そがひ》に見つつ　あしひきの　山邊《やまべ》を指して　くれくれと」とある。

大意は佐保川を朝渡り、春日野をかなたに見ながら山辺を指して夕闇に紛れたといった意味で、岸俊男博士は山辺《やまべ》を固有名詞と解して添上郡山辺郷とし、平城京東方の葬送地を示すとした。この葬送ルートは霊亀二年（七一六）に没した志貴《しき》（施貴）皇子の場合と類似する。(注4)

志貴皇子は天智皇子で、奈良末に即位する光仁天皇の父にあたる。皇子の挽歌には、

梓弓　手に取り持ちて　大夫の　得物矢手《さつやた》ばさみ　立ち向ふ　高円山《たかまとやま》に　春野焼く　野火《のび》と見るまで　燎《も》ゆる火を　いかにと問へば　玉桙《たまほこ》の　道来る人の　泣く涙　霡霂《こさめ》に降りて　白栲の　衣ひづちて　立ち留《とま》り　われに語らく　何しかも　もとな唁《とぶら》ふ　聞けば　哭《ね》のみし泣かゆ　語れば心そ痛き　天皇《すめろき》の　神の御子《みこ》の　いでましの　手火《たび》の光そ　ここだ照りたる（万葉集巻二・二三〇）

とある。奈良盆地の東北には若草山や高円山などのもとになる春日断層崖が南北に走り、それを越えた東方には大和高原が続く。この歌は皇子の葬列が高円山の北にある石切峠を越え、東方の田原里《たわらさと》に向う情景を歌うという。

一九七九年、平城宮の東南方向、直線距離で約八・五キロメートルの田原里（現奈良市此瀬《このせ》町）の茶畑から『古事記』編纂者として名高く、養老七年（七二三）に没した太安萬呂《おおのやすまろ》墓が見つかった。周辺調査の結果、開墾に際して過去に多数の蔵骨器が見つかったことも判明し（注5）、田原町を含めた周辺が平城京東方の葬送地であることが明確になった。山辺郡都祁《つげ》村には神亀《じんき》六年（七二九）に没した小治田安萬侶墓があるから、東方の葬送地はここから都祁村付近まで点々とあるのであろう。僧尼理願の墓所が、京東方の葬送地にある確率は高い。

この田原里と対比できる平城京西方の葬送地は生駒山麓で、天平二十一年（七四九）に遷化《せんげ》した僧行基《ぎょうき》墓（奈良県生駒市有里《ありさと》）などがある。京西方の葬送地は生駒谷まで広がるようである。

佐保路の大伴宅

理願の柩が旅立った大伴卿宅に問題を戻すと、佐保河を朝川渡りとある佐保川は奈良市東北の山間部、川上町中ノ川町の境付近を源にし平城京東北隅から羅城門《らじょうもん》の南付近までよぎるように流れ、最終的には大和川に合流する京内最大の河川である。現流路は左京二条七坊の隅付近から京内に入り、二条六坊付近で南一条大路を横切り、この路にほぼ平行するように西流し左京三条二坊付近で南折する。京内の河川は平城京造営時に大規模な改修、付け替えを行っている。これは自然地形に関わらず条坊を重視したために無理があり、廃都後に流路変更した河川もある。佐保川の現流路がどこまで奈良時代の名残を留めるのかは課題であり、南の羅城門周辺では問題があるが、南一条大路周辺では大きな変化はないようである。

この佐保川を渡るのであるから、大伴卿宅の位置は佐保川右岸となろう。佐保の地でこれに該当する場所は諸家が説くように南一条大路、すなわち佐保路《さほじ》沿いしかあるまい。この道は法華寺から東大寺の転害門《てがいもん》（佐保路門・西面北門）にいたる大路である。

平城京の北京極大路は宮の北を起点にする北一条大路である。しかし、この道は左京一条四坊付近で北から張り出す佐保山丘陵に阻まれる。岸俊男説は「東大寺山堺四至図」をもとに、東大寺の西面（東七坊大路）を起点に一条大路があるとするが[注6]、東側の外京域にこれが存在したか否かはなお問題である。いま述べている南一条大路は、北京極大路の一筋南（一里・約五三一メートル）の大路にあたる。

佐保路の名は大伴坂上郎女の、

わが背子が見らむ佐保道《さほぢ》の青柳を手折《たを》りてだにも見むよしもがも（巻八・一四三二）

などとあって、八世紀前半からの呼称である。

佐保大納言大伴卿宅の所在地をめぐっては、万葉学者の間で早くから論議がある。佐保路周辺の発掘調査はあまり活発ではない。そのなかで初期に行われた例外ともいうべき調査が、この路に面する左京二条五坊北郊（一条五坊）旧奈良高校敷地（現在地は奈良市法蓮《ほうれん》町七五七、公立学校共済組合春日荘の敷地）の調査である。
一九五四年、奈良高校校庭を北に拡張するため整地したところ、井戸跡などが露出。急遽《きゅうきょ》、奈良国立文化財研究所と奈良県が共同で調査した。その結果、掘立柱建物六棟と井戸跡二基などを検出した。掘立柱建物は桁行八間、梁間二間や桁行七間、梁間二間と大規模な遺構が多く、また遺物には「小治田宮《おはりだみや》」墨書土器などもある。京内調査など手つかずの時代であったこともあり、話題となった。(注7)
その後、奈良高校の移転に伴って跡地に春日荘を建設することになり、その事前調査によって桁行十一間以上、梁間二間の長大な建物や一九九一年に長屋王邸使用の軒瓦と同笵と判明した八世紀初頭の軒瓦、平城宮と同笵の軒瓦などを検出した。調査は部分的な発掘にとどまったが、過去の結果と合わせると大成果である。(注8)こうした調査成果も踏まえた川口常孝氏は、調査地付近を佐保大納言大伴卿宅と推定した。(注9)

三位クラスの宅地か

春日荘周辺では一九八三年に、奈良市が北西に接する奈良市佐保幼稚園の建設に伴う事前調査を行っている。その結果、この地に条坊があるとすると、少なくとも四坪（約二六〇メートル四方、三万二千平方メートル）にまたがる大規模宅地であること、かなり大きな建物群があり、これらが奈良時代初期から平安初期まで三期以上の変遷をたどること、遺物には瓦の他に「客宅」の墨書土器があることなどが判明した。(注10)

平城京の宅地班給《たくちはんきゅう》基準は明らかではないが、藤原京や難波京の例からみて、五位の貴族が一坪占地（約一三〇メートル四方）であり、以下六、七位と位が下がるのに従って二分の一、四分の一、八分の一と減じる。この原則からすると、この地は四ないし三位クラスの貴族の宅地となろう。大納言大伴卿（安麿）は正三位《しょうさんみ》。位階の上からは矛盾がないだけではなく、大伴卿宅は大伴安麿没後、旅人《たび と》、家持《やかもち》と父子相伝されたとするから、この邸宅が奈良時代を通じて永続した事とも合致する。とはいえここを大伴宅とする決定的証拠を欠くことも事実であり、異説の提示をみるのは当然であろう。

それは後にして、佐保を冠する第宅《だいたく》には佐保楼《ろう》があり、佐保周辺に居住史料がある人物には藤原不比等《ふ ひと》（後の法華寺）、従三位中納言紀朝臣勝長、従五位下広上王などがいる。（注11）

三　佐保路の第宅

長屋王の佐保楼

佐保楼は長屋王の第宅である。長屋王は冒頭に述べた高市皇子の子。左大臣正二位であった神亀六年（天平元・七二九）二月、左道《さどう》によって聖武天皇を呪詛《じゅそ》したとする讒言《ざんげん》にあって自刃した。通説は長屋王が聖武妃の光明子冊立《さくりつ》（皇后位につくこと）に強く反対。ために藤原氏に謀殺されたとする。令は皇族以外が皇后位につくことを禁じる。即位の可能性があるためだという。長屋王と妃吉備の葬送地は京西方、生駒山にある（『続日本紀』）。

一九八九年末、平城宮の東南隅に接する左京三条二坊のデパート建設地から大量の木簡とともに

「長屋皇宮《すめみや》」、「長屋親王宮」などと記した木簡が見つかり、この地が長屋王邸宅だったことが確実となった(注12)。

長屋王の邸宅は、『万葉集』に「長屋王左保宅《さほたく》」(巻八・一六三七〜三八左註)、天平勝宝三年(七五一)冬十一月序の日本最初の漢詩集『懐風藻』「五言。寶宅《ほうたく》にして新羅客を宴す。一首」(六八)に(佐)寶宅、「五言。初春作宝楼にて置酒す」(六九)に作寶楼《さほろう》、神亀五年(七二八)の奥付がある「長屋王御願書写大般若経御願文」、いわゆる神亀経(注13)の奥書には作寶宮《さほきゅう》とあって佐保宅、佐保楼、佐保宮などの呼び名がある。

長屋王邸の発見によってさまざまな論議があったが、なかでもここが佐保楼(宮・宅)か否かが大きな問題となった。私説はここが佐保宅とみても矛盾はないと考える。理由の一は、調査地の東南隅に、佐保楼の詩さながら推定で南北一八〇メートルにもおよぶ曲池跡があること。周囲には大小の建物跡があり、これを亭《あづまや》あるいは閣跡とし樹林や築山などを配せば、幽遠な雰囲気となること。この嶋の存在を傍証するのが長屋王家木簡の「嶋造司《しまつくるつかさ》」とある削り屑。長屋王家木簡は霊亀二年(七一六)の後半を主とするから、この時に嶋すなわち園池に関する部局があったことをしめす(付記参照)。

二は『懐風藻』に発見地が佐保楼(宅)にふさわしい文言がみえること。「外従五位下大學頭鹽屋連古麻呂。一首。五言。春日左僕射《さぼくや》長屋王が宅にして宴す。一首」には、「居を卜《うら》へて城闕《じょうけつ》に傍ひ、輿に乗りて朝冠を引く」(一〇六)とある。城闕は宮城門などの左右に設ける楼のような施設で、宮城の代名詞でもあるから、初句は宮城のそばに邸宅を選び定めた、との意味になる。これは左京三条二坊が宮城東南隅に接する状況と一致する。(注14)

しかし、発掘調査報告書である『平城京左京三条二坊・二条二坊発掘調査報告』を始めとして、否定説が強い。さまざまある論拠のうち右に関する一部だけを要約すると、発見地が「佐保」地域から離れすぎること、『懐風藻』の詩では佐保楼の園池が深山幽谷の雰囲気を漂わせるのに、左京三条二坊では開けすぎて合わないとしてこの地とは別に、佐保の山間《やまあい》に佐保楼があったとする。

金谷園は青龍水

後者の『懐風藻』にみえる情景は、王邸の庭園そのものの実景とするよりも、長屋王の詩にあるように、六朝《りくちょう》期（三世紀―六世紀）の名園として名高い晋国（二九五―三八五）石崇《せきすう》の金谷園《きんこくえん》をなずらえた結果と思う。

「五言。初春作宝楼にて置酒す。」には

「景は麗し金谷の室、年は開く積草の春。松烟雙びて翠を吐き、桜柳分きて新しきことを含む。嶺は高し闇雲の路、魚は驚く乱藻の濱。激泉に舞袖を移せば、流声松ゐんに韵く」（六九）、とある。(注15)

石崇《せきすう》の金谷園は河南省洛陽の西北にあり、梁（五〇二―五五六）の昭明太子（五〇一―五三一）が編纂した『文選《もんぜん》』巻二十に「金谷集作詩一首」があって、金谷水は「東南流」すると註する。長屋王邸東南隅の曲池跡は、東北に源を発し東南流する。その末は未調査のため不詳であるが、同様のことは平安前期、藤原頼通の子、橘俊綱（一〇二八―一〇九四）の著作説が有力な最初の庭園技術書『作《さく》庭記《ていき》』にみえ、これを「青龍の水」と呼ぶ。

金谷園は長屋王詩だけでなく、同じ『懐風藻』の藤原宇合《うまかい》「五言。暮春南池に曲宴す　一首および序」（八八）にもみるように、奈良朝有力貴族にとって憧れであった。

しかし、山沿いの深山幽谷の地に佐保楼を想定する説は絶えない。川崎晃説は春日荘の場所を佐保楼に比定する。大山誠一説は漢詩の園池は大規模で深く、激泉《げきせん》であるのに平地ではそうした場所は求めがたいとし、左京一条六坊の現奈良市鴻池陸上競技場付近に想定する。[注16]ここが大きな谷筋で、深い池を求めてのことである。しかし、池は浅かるべし、とは『作庭記』の一節である。百済新羅の影響で著しい七世紀代の飛鳥地域の園池と異なり、八世紀以降の園池は同氏が想定するような深さはないように思うが。

いずれにしても佐保大納言宅および佐保楼（宅）に関しては百花斉放の状況にある。ごく最近の説をまとめると左のごとくである。

国道二十四号線バイパスの事前調査によって、古墳（平塚三号墳）の周濠を再利用した園池が見つかった左京一条三坊十五坪については、[注17]報告書が述べる佐保楼説に加えて、佐保大納言大伴宅説（川崎晃説）、大伴旅人宅＝佐保大納言大伴宅説（大山誠一説）がある。また、未調査ながら左京一条四坊付近には西宅（川口常孝説）、佐保楼説（大井重二郎説[注18]）があり、左京一条五坊には佐保大納言大伴宅説（大井重二郎説、川口常孝説）と佐保楼説（川崎晃説）が、左京一条六坊には佐保楼説（大山誠一説）などがある。

佐保路の邸宅をめぐる近年の諸説

	左京一条三坊	左京一条四坊付近	左京一条五坊	左京一条六坊
大井説		佐保楼	北に大伴宅	
川口説		西宅	大伴宅	
川崎説	大伴宅		佐保楼	
大山説	大伴宅＝大伴旅人宅			佐保楼
奈文研	佐保楼			

佐保は貴顕の地

佐保が少なからぬ貴人の第宅所在地として問題になるのは、佐保自体の問題もあるのだろうが、なによりここが宮に近接したことに関わると思う。

藤原京以降の諸京が条坊制をとるのは、宅地の位置関係が身分秩序を可視的に表現するためである。平城京では五条大路付近を境に、以北の平城宮近接地には五位以下の高位高官の邸宅が蝟集《いしゅう》し、下級官人の宅地が集中する以南と対照的な世界を現出している。これまで述べた左京二条、佐保路周辺の大納言大伴宅推定地を除いても、従二位右大臣大中臣清万呂の第宅は右京二条二坊が推定地であるし、すでに述べたように木簡によって居住者が判明した左大臣正二位長屋王宅は宮東南隅の左京三条二坊にあり、同じく式部卿藤原万呂邸は左京二条二坊にあって王邸の北に接する。また、正五位上市原王宅推定地は左京四条二坊であるし、(注19)鑑真《がんじん》が創立した右京五条一坊の唐招提寺は旧新田部《にいたべ》親王宅を施入したものである。こうした貴族の宅地が一坪以上の面積であることは、すでに述べた。

他方、東市推定地の北に接する左京八条三坊では八分の一坪や十六分の一坪の、南京極《きょうごく》に近い左京九条三坊では、三十二分の一坪の小規模宅地が集中する。(注20)

四　鬼の世界と佐保

鬼世界でも最高地

佐保は地上の世界だけでなく、地下すなわち死者（鬼）世界とも密接に結びつく。鬼世界の一端は先に触れたが、京北方は天皇陵を含む最有力の葬送地である。右京北方の添下《そうしも》郡には称徳女帝の高野陵（延喜式諸陵寮）や、上円下方墳を始めて立証した石のカラト古墳(注21)などがあるが、平城京最高の火葬地、葬送地は平城京初代の元明帝以降、聖武天皇にいたる三天皇陵がある左京北方の佐保山である。これは東の奈保、黒髪山など含む広大な丘陵地である。

天皇陵からみると、元明女帝は葬式や陵の築造を最小限にとどめる薄葬《はくそう》を強く遺言（『続日本紀』養老五年十月、十二月条）し、これに従って、養老五年（七二一）十二月の没後は「人和国添上郡蔵《さ》寶山《ほやま》雍良岑《よらのみね》に竈《かまど》を造り火葬」し、同「椎山陵《ならやま》」に葬り、「常葉の木を殖《う》え、刻字の碑を立て」た。その石碑は江戸時代に見つかっている。蔵寶山は佐保山と同義である。

元正女帝は母元明の没後二十七年の天平二十年（七四八）四月条に「太上天皇を佐保山陵に火葬」とあり、二年後の天平勝宝二年（七五〇）十月条に「奈保山陵に改葬」したとある。元明陵の西方に治定陵《ちてい》がある。

その六年後に没した聖武太上帝は、天平勝宝八年（七五六）四月条に、「太上天皇を佐保山陵に」葬るとみえ、治定陵は佐保川右岸、左京一条六坊に北接した丘陵地にある。天平宝字四年（七六〇）六月没の光明皇后治定陵は、隣接地である。ただし、『奈良市史考古編』は、北に接する中世多聞城《たもんじょう》の築城によって破壊を受け、実状は明らかではないとする。

神亀五年（七二八）九月、二才で夭折《ようせつ》した皇太子（基王《もといおう》）は「那富山《なほやま》に葬る」（同月条）とある。治定墓である那富山墓は、聖武陵と元明陵の中間にあり、墳丘の四隅に獣面人身の姿を彫る「隼人《はやと》石」で有名である。基王の死は長屋王の変（七二九年）と、続く光明立后のきっかけになった。こうした天皇陵の実態は明らかではないが、ここでは元明陵が基準になって、以降の陵の配置を設定した可能性がある。

多い火葬史料と火葬墓

この地では高官の火葬例も多い。平城京遷都を推進した正二位右大臣藤原不比等と、子息の藤原武《む》智麻呂《ちまろ》が初期の例である。不比等は『公卿補任《くぎょうぶにん》』に「佐保山推山《ならやま》岡に火葬す」（養老四年八月三日）とあって、史料上からは佐保山火葬地の端緒である。不比等がこの地を葬送地として推奨した可能性もある。川口常孝氏は永承までは墓所もここにあったとする。

正一位左大臣藤原武智麻呂は天平九年（七三七）八月五日に「佐保山に火葬するの禮《れい》なり」（『家伝下』）とある。遺骨埋葬地は現奈良県五條市の栄山寺北方の丘陵上である。

さらに、大伴氏一族もここを火葬地、あるいは埋葬地とした。天平十一年（七三九）六月、大伴家持が亡妾《ぼうしょう》を佐保山で火葬に付したことは（巻三・四七三・四七四）、先に述べた。この悲しみの歌に和した家持弟の書持《ふみもち》自身、天平十八年（七四六）九月二十五日に、この地で登遐《とうか》した（巻十七・三九五七）。

表　佐保・奈保山での火葬および埋葬の例

七二〇	養老四・八・三	藤原不比等	火葬	佐保山推山岡（遺教　公卿補任）
七二一	養老五・九・三	元明太上帝	火葬	佐保山雍良嶺（遺詔　続紀）
七二一		〃	葬	椎山陵（奈保山東陵）　続紀
七二八	神亀五・九・十九	基王（聖武皇子）	葬	那保山＝奈保山　〃
七三七	天平九・八・五	武智麻呂	火葬	火葬于佐保山禮也　家伝
七三九	天平十一・六	家持の亡妾	火葬	佐保山　万葉集巻三―四七四
七四六	天平十八・九・二十五	大伴書持	火葬	佐保山　万葉集巻十七―三九五七
七四八	天平二十・四・二十一	元正太上帝	火葬	佐保山陵　続紀

七五〇	天平勝宝　二・十・十八	〃	改葬	奈保山陵（奈保山西）	続紀
七五四	天平勝宝　六・七・十九	藤原宮子	火葬	佐保山陵（佐保山西）	続紀
七五六	天平勝宝　八・四・十九	聖武太上帝	葬	佐保山陵（佐保山南）	続紀
七六〇	天平宝字　四・六・七	光明皇后	葬	佐保山（佐保山東陵）	続紀

＊日付は葬送・火葬の日、（　）内の陵名は延喜式諸陵寮による。続紀（『続日本紀』）、家伝（『寧楽遺文』所収）

こうした歌や史料を裏づけるのが、佐保山周辺にある火葬墓群である。元明陵の西北約二キロメートル、現ＪＲ奈良山駅東の佐保山遺跡群には中・下級官人の墓と思われる火葬墓がある。その数は四十基近く。なかには奈良二彩などを副葬し、相当の位と推定できる遺構もある。時代は八世紀中葉から末。副葬品に乏しく、多くは下級官人の墓のようである。(注22)

西縁は松林苑まで

葬送地佐保山は広大で、西は現法蓮町の西縁におよび、松林苑《しょうりんえん》の東限と接する可能性がある。それを示唆するのが光仁天皇陵である。天応元年（七八一）十二月に没した光仁天皇陵は、京東方の田《た》原《わら》里にあり田原西陵（延喜式諸陵寮）というが、ここに陵を営むのは延暦五年（七八六）十月で、いわゆる長岡京遷都後のこと。始めは「広岡山陵」に葬られたとある（続日本紀天応元年十二月条、延暦五年十月条）。

広岡の地名は、佐保山丘陵の西縁にあたる現法連北町（通称町名）と、京都府笠置《かさぎ》町との境になる奈良市東北部の二箇所にある。しかし、京域から離れた笠置の広岡は不自然であり佐保山丘陵の西縁とすべきであろう。

奈保・黒髪山を含む佐保山は死者（鬼）の世界であり、平城京最高最大の葬送地、火葬地であった。

思ひ出る時は為方《すべ》無み佐保山に立つ雨霧の消《け》ぬべく思ほゆ（巻十二・三〇三六）

この歌を通説的解釈は恋の歌とするが、佐保山の意味を考えたとき、果たして妥当であろうか。佐保路に貴顕《きけん》の宅地が目立つのは、この佐保山葬送地と背中合わせの関係にあることとも関わるのではあるまいか。唐長安城の通化《つうか》門（東面北門）、春明《しゅんめい》門（東面中門）に通じる坊には貴族官僚や地主、貴人、富豪の宅が甍《いらか》を競ったという。ここが大明宮《だいめいきゅう》に近く皇帝の行幸に接する機会が多いとともに、葬送地として有力だった白鹿原（現在では韓森寨《かんりんさい》、郭家灘《かっかなん》、高楼村《こうろうそん》一体）に近接したからだという。[注23] 通化門は葬列の通り道としても賑わったのである。佐保路の位置は通化門への路に類似する。佐保路を含めた地域や川が名高いのは、こうした唐長安城の故事と何らかの関係があるのではないだろうか。

五　神仙が遊ぶ松林苑

宮北には広大な苑地

平城京から都造りにあたり、唐の仙と人と鬼の三部世界観を受け継いだことを述べてきた。では、仙の世界はいずこであろうか。仙の世界は宮の背後、東西を鬼の世界に挟まれた場所にある。いわゆる松林苑である。松林苑は宮付属の後苑であり、これこそ仙の世界に対比すべきであろう。

後苑は宮城背後の苑地のことで、唐長安では太極宮《だいきょく》（西内）に付属した西内苑《さいだいえん》があり、さらにこれや大明宮（東内）付属の東内苑《とうだいえん》を含む禁苑《きんえん》は周囲百二十里（六三・五キロメートル）と広大で、大小の園池や築山、楼閣、亭などさまざまな施設があった。日本でも天武紀十四年（六八五）十一月六日条に「戊申、幸白錦後苑」とある白錦《しらにしき》の後苑《みその》以降、後苑を設けることが伝統になる。

松林苑の発見は一九七九年のこと。宮城とほぼ同規模の築地塀によって画したようで、西面は平城宮御前池《おまえいけ》の北方にあり、地形に沿って一・五キロメートルあまりが確認できる。また宮北面大垣の北二四〇（築地芯々間距離）にある南面築地は、約〇・四キロメートルが確認できる。

これに対し、東面築地は痕跡が明らかではない。この東面施設については三案がある。一次案は第一次大極殿の後方に連なる平城山《ならやま》丘陵の支丘上に限定し、宮大垣に接する大園池の現水上池（楯波池《たてなみ》か）を除く案、二次案は水上池を取り込み、その東岸（宮東面築地の北延長線）を東限とする。(注24)その後一九九八年に三次案の提示をみた。これは二次案で想定した東限線の外に位置するこなべ古墳外堤部で、古墳周溝を再利用した池跡を検出したとし、現法華寺町の東限である関西線や国道二十四号が通る谷まで苑地が広がるとした。(注25) 松林苑の西面築地は御前池の北、丘陵の傾斜変換点に沿ってのびるから、東面も同様に地形に沿うとすれば三次案はそれなりに合理的である。この案では松林苑の東西が最大で約一・八キロメートルとなる。

苑《その》、ことに後苑は生産と年中行事を主とし、これにさまざまな機能が付加した。『令義解』職員令《しきいんりょう》宮内省園池司《えんちし》条によると、後苑を含めた苑地全体は宮内省園池司が管掌《かんしょう》した。その規定では、蔬菜《そさい》や果樹の生産を主とする。

他方、松林苑の記事では正月十七日や三月三日など年中行事がみえる。令にみる節日《せちにち》(後の節会《せちえ》)規定は「凡そ正月一日、七日、十六日、三月三日、五月五日、七月七日、十一月大嘗《だいじょう》日」(雑令第卅「諸節日条」)の七日間。年中行事は儀式と宴からなる。

松林苑記事の天平十年正月十七日条は、大射か踏歌《とうか》。踏歌は一月十六日の行事で足で地を踏み、拍子をとって踊り歌う。唐では正月十五日に行う。三月三日条は曲水《ごくすい》宴(天平元年・同二年同日条)。曲水宴(飲)は屈曲ある流れ(曲水)に酒杯を浮かべ、漢詩文を詠む。もとは沐浴《もくよく》行事で後に羽觴《うしょう》を浮かべる形になっていたという。(注26)

五月五日端午節日(天平元年・同七年同日条)には、騎射《きしゃ》を行う。五月は悪月とされ、邪気を祓うため敢えて菖蒲縵をかけ、薬草狩りなどを行う。騎射は白馬《あおうま》節会と同じ馬場を用いたのであろう。

苑に不可欠な嶋

このうち三月三日の曲水宴が象徴するように、苑には嶋《しま》が必要不可欠である。嶋は園池の中嶋のことで、転じて園池そのものを指す。『万葉集』は、山斎《しま》、志満《しま》などと表記することが多い。大伴旅人の作歌には、

故郷の家に還《かへ》り入りて、即ち作る歌

妹として二人作りしわが山斎《しま》は小高く繁くなりにけるかも（巻三・四五二）

君を思ふこと尽きずして、重ねて題せる二首

君が行《ゆき》け長くなりぬ奈良路なる志満の木立も神さびにけり（巻五・八六七）

とある。近年日本庭園の起源については三重県伊賀上野市発見の城《じょう》の越《こし》遺跡など、古墳時代も五世紀の石組みがある湧水遺構をあてる説が有力化しつつある（注27）。

しかし、推古期以降の嶋の記事や七世紀代の飛鳥地域における発見遺構をみると、嶋の最初は推古三十四年紀にみる嶋大臣《おとど》の逸話に求めるべきと思う。推古三十四年（六二六）五月丁未条には、当時最大の権力者であった蘇我馬子（？―六二六）の薨伝《こうでん》（死亡）記事があり、彼が飛鳥川から水を引いて嶋を営んだ記事を載せる。

「飛鳥河の傍に家せり。すなわち庭の中に小なる池を開けり。よりて小なる嶋を池の中に興く。故、

時の人、嶋大臣という」とある。推古朝は前後五回にわたり中国に遣隋使を送り、律令制へ大きく胎動を始めた政権であり、この記事は大陸的な庭園受容を示唆すると思う。

朝鮮半島三国の歴史を伝える『三国史記』巻二十七、百済本紀第五の武王三十五年（六三四）春三月条には「三月穿池於宮南。引水二十余里。四岸植以楊柳。水中築嶋擬方丈仙山」、「水中に島嶼《とうしょ》を築き方丈仙山《ほうじょうせんさん》に擬す」とあり、百済が扶余《ぷよ》王宮の南に嶋を営んだと記す。また、百済の滅亡後、新羅が王宮内に営んだ雁鴨池《がんおうち》は『三国史記』巻七、新羅本紀七の文武王十四年（六七四）二月条に、

　宮内に池を穿ち山を造りて花草を種え珍獣奇獣を養う。

とある。これについて『東史綱目』は「王宮内に池を穿ち、石を積みて山となし巫山十二峯を象る。花卉《かき》を種え珍獣を養う。其の西は即《すなわち》臨海殿。池は今雁鴨池と称し、慶州天柱寺の北にあり」と記して、園池を海に見立てる。[注28]この宮城は月城のことである。

明日香村嶋の庄で検出した園池遺構は、方形プランで人頭大の花崗岩を積み切り立つような岸辺を形成する。天武紀の「白錦の御苑」の園池とみられる明日香村出水《でみず》の酒船石遺跡（一九九九春調査）も石積の特徴は嶋宮推定地の池と一致し、さらに平面形は雁鴨池など新羅の庭園と類似する。[注29]池に浮かぶ中嶋は、日本では一基が多いが、雁鴨池の中嶋は三基である。

嶋と神仙思想

嶋の造営はいろいろな意味がある。重要なのは先学が夙《つと》に指摘する神仙思想であり、その傍証は園

池の中嶋を蓬萊山《ほうらいさん》と呼ぶこと。蓬萊山は中国の古伝説にみえる蓬萊山、方丈山、瀛洲《えいしゅう》の一である。神々の祭りを記録した司馬遷（BC．一三五?―九三?）の『史記』（BC．九一年成立）巻二十八「封禅書《ほうぜんしょ》」には、渤海湾に浮かぶ巨大な亀ともいう鼇《ごう》が背中に三神山を負うこと、金銀の宮殿があり、神仙が不老不死の生活を楽しむこと、道士の言に惑わされた秦の始皇帝（在位BC．二〇六―二〇二）や漢の武帝は神仙の実在を信じ、不死の薬を入手するためたびたび船を仕立てたことがみえる。嶋はこの三神山を象る。漢武帝の故事には、「池中に蓬萊方丈瀛洲方梁《ほうりょう》、海中の神山亀魚の属を象る」（『漢書』郊祀志《ごうしし》下）とあり、紀元前一一三年（元鼎四）、武帝が河東に行幸し、后土神《こうどしん》を祀った時、河に船を浮かべ群臣と宴したとある。

飛鳥への嶋思想の伝来ルートは今後の課題であるが、百済が中国南朝と関係が深いことを考慮すると、南朝から百済・新羅経由の道筋とみるべきであろうか。

平城宮東院地区の北には、東西南北とも約三五〇メートルの広大な水上池がある。これは北面大垣の北に接し、平城宮造営時にさかのぼる。その北岸には半島状の中嶋があり、表面には布目瓦が散布する。亭跡《あずまやあと》であろう。右からするとここは神仙世界そのものとなろう。

神仙世界は聖なる世界のゆえに浄土と似た意味をもったようで、嶋の辺りに写経所を設けて写経を行った。(注30) いわゆる作善業《さぜんぎょう》である。これには造仏作業も含まれるようで、平城宮造酒司《みきのつかさ》の南、幹線水路S三四一〇では「小嶋作仏所」と書いた墨書土器を検出している。「小嶋」は固有名詞であろう。発見地の北には水上池があり、中嶋の西岸には字「中島」の地名がある。

関野貞《さだす》説はここを『扶桑《ふそう》略記』天平感宝元年（七四九）正月十四日条にみえる「平城宮中中島宮」かとする。（注31）岸俊男説はこれに否定的だが、現地に即してみると関野説が妥当と思う。

このように苑地は神仙世界、さらには浄土世界と結びつくのであろう。平城京は唐の三部世界観を受容し、それなりに実現しているようである。

坂上里は後苑の地か

　　大伴坂上郎女の、姪《をひ》家持の佐保より西の宅《いへ》に還るに与ふる歌一首
わが背子《せこ》が着《け》る衣薄《きぬうす》し佐保風はいたくな吹きそ家に至るまで（巻六・九七九）

家持が佐保大納言宅から戻った「西宅」はこれまた諸説があり、川口常孝説は佐保大納言宅から令制の一里（約五三一メートル）ほど東よりの地とする。他方の説は、坂上里に家むとある万葉歌の左《さ》註《ちゅう》（巻四—五二五〜五二八左註）に着目し大伴坂上郎の居宅であった坂上家と同一とみて、「磐之媛命」平城坂上墓と関連させる。この系説の統には、坂上家のみを切り離してここに推定する見方がある。

坂上墓は『延喜式』（九二七年撰進、九六七年施行）巻二十一「諸陵寮」にみえる。

平城坂上墓　磐之媛命《いわのひめ》。在大和国添上郡。兆域《ちょういき》東西一町。南北一町。無二守戸《しゅうこなし》一。令二楯列池上陵戸一兼守。

坂上墓の現治定地は平城宮東院北方にある全長二一九メートルの前方後円墳（ヒャゲ山）であり、坂上をその周辺付近とする。（注32）

平城京の全体構造からすると、大伴氏「西宅」坂上説は疑問である。坂上説の「磐之媛陵」周辺は松林苑の第一次案を別とすれば松林苑内部に含まれ、皇族貴族を問わず第宅を営む地ではあり得ない。しかもその南は、平城宮東南の張り出し部すなわち東院地区にあたり、これまた不可能と思う。

注1　藤原京の条坊については、岸俊男博士が復原したいわゆる岸説藤原京の周縁部から条坊遺構が続々と見つかり、これを岸説と区別するために大藤原京と通称している。大藤原京は最大にみる説で五・三キロメートル四方だが、その周辺にも条坊に則る可能性がある遺構があり、いまだ最終的な決着を見ていない。大藤原京は岸説との関わりで当初説、拡大説、縮小説がある。大藤原京の条坊呼称は説により異なるところがある。混乱を防ぐためにここでは岸説の呼称に従う。

埴安池推定地の西に接する左京六条三坊では、奈良国立文化財研究所飛鳥藤原宮跡発掘調査部の庁舎建設の事前調査によって七世紀後半から藤原宮期（六九四—七一〇）、八世紀代の大規模な建物群や倉庫遺構、緑釉獣脚硯、「香山」の墨書土器などが見つかった。殊に藤原宮期には条坊の溝を埋めて六条三坊を一体で使用したようである。ここを高市皇子の宮にあてる考えもある。ただし居住者を特定する木簡などはないようである。発掘調査のまとめは、奈良国立文化財研究所「左京六条三坊の調査（第47・50次）」『飛鳥・藤原宮発掘調査概報十七』一九八七年、八—二九頁などに掲載。

2　賀梓城「〝関中唐十八陵〟調査記」（『文物資料叢刊』第三号、一九八一年、三九—一五三頁。劉慶柱・李毓芳「陝西唐陵調査報告」『考古学集刊』第五冊、二一六—二六三頁。

米村多加史「唐の山陵制度について」第七回『中国考古学研究大会』発表資料（一九八九年）
3　小島憲之・木下正俊・東野治之訳注『万葉集』（新編日本古典文学全集、小学館、一九九四年他）
4　岸俊男「万葉集からみた新しい遺物・遺跡」（『遺跡遺物と古代史学』吉川弘文館、一九八〇年、頁）
5　橿原考古学研究所『太安萬侶墓』（奈良県史跡名勝天然記念物調査報告第四十三冊、一九八一年）
6　岸俊男「平城京と「東大寺山堺四至図」（『日本古代宮都の研究』岩波書店、四八〇－四八一頁）
7　田中一郎「奈良高等学校校庭発見のI号丸井戸調査概報」（『文化史論叢』奈良国立文化財研究所、一九五五年、一三九－一五四頁。同「奈良高校校庭発見の角井戸調査概報」（『考古学雑誌』第四十巻第一号、四十二－四十七頁）
8　奈良国立文化財研究所編『平城京左京二条五坊北郊の調査』（公立学校共済組合、一九七〇年）
9　川口常孝『大伴家持』（桜楓社、一九七六年、一六〇－一六一頁）
10　奈良市教育委員会「平城京左京二条五坊北郊の調査」（『奈良市埋蔵文化財調査報告書　昭和五十八年度』四－九頁）
11　川崎晃「佐保の川畔の邸宅と苑地」（『水辺の万葉集』笠間書院、一九九八年、三八〇頁表佐保地域の居宅）
12　奈良国立文化財研究所『平城京左京三条二坊・二条二坊発掘調査報告書』（奈良国立文化財研究所学報第五十四冊、一九九五年）
13　「『大日本古文書』巻二十四－五・六」
14　金子裕之「長屋王は左道を学んだか」（『歴史読本』一九八八年十二月臨時増刊号、同『平城京の精神生活』角川書店、一九九六年、一四〇－一四七頁）
15　小島憲之校注『懐風藻　文華秀麗集　本朝文粋』（日本古典文学大系六十九、岩波書店、一九六四年による。)

16 大山誠一『長屋王家木簡と奈良朝政治史』(吉川弘文館、一九九三年、一三四—一四〇頁)

17 奈良国立文化財研究所『平城宮発掘調査報告書Ⅳ』(奈良国立文化財研究所学報第二十三冊、一九七五年)

18 大井重二郎「佐保の内の万葉歌人」(『万葉・その後　犬養孝博士古希記念論集』塙書房、一九八〇年、一一五—一三六頁)

19 奈良国立文化財研究所『平城京四条二坊一坪』(一九八七年)

20 奈良国立文化財研究所編『平城京左京八条三坊発掘調査概報—東市周辺東北部の調査—』(奈良県、一九七六年。奈良国立文化財研究所『平城京左京九条三坊十坪発掘調査報告』一九八六年。前者の考察には次がある。田中琢『平城京　古代日本を発掘する3』(岩波書店、一九八四年、第四章、一四四—一五〇頁)

21 金子裕之「石のカラト古墳の調査」(『平城山—Ⅲ』、奈良県・京都府教育委員会、一九七九年、四—一三頁他)

22 橿原考古学研究所「佐保山遺跡群の試掘調査」(『奈良県遺跡調査概報一九七八年度』一九七九年、一四九—一六六頁。)他

23 中国科学院考古研究所『西安郊区隋唐墓』(一九六六年)

24 橿原考古学研究所『松林苑跡Ⅰ』(奈良県史跡名勝天然記念物調査報告書第六十四冊、一九九〇年。)

25 橿原考古学研究所『大和を掘る』(十六号、一九九八年、六四頁)

26 宗懍『荊楚歳時記』(平凡社東洋文庫第三二四冊)などに影響を受け、『続日本紀』には松林苑以外の例を含め、九件の記事がある。

27　三重県埋蔵文化財センター『城の越遺跡』（一九九四年）。
奈良国立文化財研究所『発掘庭園資料』（奈良国立文化財研究所史料第四十八冊、一九九八年）。この書は古代から明治初期までの二百七十三カ所の発掘庭園を収載し、便利な書である。
28　大韓民国文化財管理局、西谷正他訳『雁鴨池発掘調査報告書』（学生社。一九九三年）
29　尹武炳「韓国の古代苑池」（『発掘された古代の苑池』学生社、一九九〇年）
30　岸俊男「嶋雑考」（『日本古代文物の研究』塙書房、一九八八年、二七五―三二〇）
31　関野貞『平城京及大内裏考』（東京帝国大学研究紀要工科第参冊、一九〇八年）
32　東野治之「長屋王家木簡と大伴家」（『長屋王家木簡の研究』塙書房、一九九六年、七四頁）。
川崎晃「佐保の川畔の邸宅と苑池」（『水辺の万葉集』笠間書院、一九九八年、三七三―四〇一頁）。
大山誠一『長屋王家木簡と奈良朝政治史』前掲。

（日本古典文学大系本『万葉集』（岩波書店）を使用。）

付図　平城京北部と佐保路の第宅推定

石のカラト古墳
西山火葬墓
秋篠寺
コナベ越
平城坂上墓
松林苑
仙の世界
水上池
北一条大路
西大寺
西隆寺
現水上池
法華寺
平城宮
西池宮
東院庭
一条大路
大中臣清万呂邸
人の世界
藤原麻呂邸
宮西南池亭
二条大路
小治田安万侶宅
長屋王邸
三条大路
朱雀大路
市原王邸
四条大路
新田部親王宅
500m
0
500
1000
1500

付記　一九九九年十二月に奈良国立文化財研究所が実施した左京三条二坊長屋王邸跡西南隅の事前調査では、園池遺構の一部を検出した。調査は百四十平方メートルと小面積のため、検出遺構は礫敷き州浜の一部に止まり全貌は不詳である。

調査担当者は『懐風藻』（六六）従五位下田中朝臣浄足「晩秋長王が宅にして宴す」にみえる「西園」にあてる。奈良国立文化財研究所一九九九年十二月二十二日『平城京左京三条二坊二坪（長屋王邸）の発掘調査記者発表資料』

多田伊織氏によると「西園」、「東閣」はともに中国六朝期の詩語であり、この五言では両語句が対になっている。閣には高殿の意味があり、小島憲之校注本『懐風藻』（日本古典文学大系六六）はこの部分を、「長屋王の西園に宴席を開き、東の高殿に俊秀の人々を招く。」（頁一三二校注）と訳す。宮殿楼閣というが閣は宮殿だけではなく、園池に必須な施設でもある。東閣は単に東にある閣の意味にとどまるのではなく、東園にある閣の意味、と解せないであろうか。長屋王邸の東南隅付近には筆者が園池と推定した曲水跡がある。仮にこのように解せるなら東閣は東園の重要な建物を指すと同時に、東園の代名詞として長屋王邸における東西の園を反映したことになろう。

ちなみに、平城宮の東西には園池がある。南面には東の東院庭園と西の「宮西南の池亭」に比定できる園池遺構が、北面近くには宮北面大垣北に接する現水上池と、西の「西池宮」比定地の現佐紀池がある。「晩秋長王が宅にして宴す」は長屋王邸での実景を、六朝期の詩に関する典故を踏まえながら詠んだとするのも一考であろう。

霞の衣を着た〈佐保姫〉

――『萬葉集』享受と歌枕の再生――

新谷秀夫

はじめに

佐保神の別れかなしも来ん春にふたたび逢はんわれならなくに

明治三十四年、正岡子規が「しひて筆を取りて」という詞書とともに発表した十首中の一首目の歌である。佐保神との別れは悲しいことだ。来年の春を迎えることができないかもしれないという限られた生命を見つめる子規。言い知れぬ哀感が直接的に表白されたこの歌で、彼は春との別れを「佐保神の別れ」とうたう。ただ春とあるのではなく、春らしいほのかな感じを抱かせる優しい女神との別れとあることで、よりいっそうの悲しみが誘われるように思う。

さて、この短歌にみえる「佐保神」は、春をつかさどる女神とされてきた〈佐保姫《さほひめ》〉をイメージしての表現だと考えられている。そして、この女神は秋をつかさどるとされる〈竜田姫《たつたひめ》〉とともに、春

秋という美しい時を分かち合う関係で古来多くの歌に詠まれてきた。このような〈佐保姫〉について片桐洋一氏は、

佐保山は奈良の東側にあり、五行説では春は東にあたるので、春の女神として扱われ、秋の女神である「竜田姫」と対にされた。

と解説し[(注1)]、西前正芳氏は、

春の女神。佐保は現在の奈良市北郊の一帯。佐保山が当時の平城京のほぼ東北に位置し、東は五行説で四季の春に相当するので、春をつかさどる女神とされた。

と説明する[(注2)]。ほぼ同じ言説であり、このような認識は通説といっても過言ではない。

このような女神の名を負う歌枕となった佐保と竜田をめぐって、後藤祥子氏は用例の具体的な検討を通してあらたな見解を提示された[(注3)]。春の〈佐保姫〉と秋の〈竜田姫〉という発想は、遅くともいわゆる六歌仙時代ごろに生まれたものであり、その背景には特定の季節と結びつくはずもない染織裁縫に携わる織女のイメージを持った〈山姫〉の存在があると結論づけられたのである。

たしかにそれぞれの女神を詠む歌には、染織と結びつく歌ことばがみえる場合が多く確認できる。しかし、後藤氏の見解は魅力的であり、〈佐保姫〉〈竜田姫〉の始源を考える上では有効なものとなろう。しかし、検討を加えるなかで言及されているように、王朝和歌においてかならずしもそれぞれの歌枕が特定の季節と結びついていたわけではなく、とくに佐保は春よりも秋や冬のイメージをもって詠まれる場合が多いことは看過できない。王朝和歌には秋の〈佐保姫〉や春の〈竜田姫〉を詠んだ歌も存在す

ることから、六歌仙時代に始源を想定できる〈佐保姫〉が明確な形で春という季節と結びつけられたのは、より後世のものであると考えなければならないであろう。

また、歌枕「佐保」と春との結びつきについて後藤氏は、

佐保山にたなびく霞見るごとに妹《いも》を思ひ出《い》で泣かぬ日はなし　（『萬葉集』巻三・四七三）

という家持の亡妾挽歌のなかの一首がその印象の一翼を担ったのではないかと指摘される。語句にやや異伝はあるが、九〇〇年代末には編纂されていたと考えられている『古今和歌六帖《こきんわかろくじょう》』にこの萬葉歌は収められていることから、ある程度王朝歌人たちに受容されていたと考えても差し支えない歌ではあろう。しかし、西前氏がいう「当時の平城京」がどのような意味で使用されているのかはかり知れないが、後述するように春の佐保を詠む歌は王朝和歌だけではなく『萬葉集』においてもやや偏在してあらわれる。つまり、〈佐保姫〉同様に春の佐保というイメージもまた、奈良に都があった時代よりものちの時代になってから定着したとしか考えられない状況にあるのだ。それではいつごろから歌枕「佐保」と春の結びつきが定着しはじめたのであろうか。

本稿では、このような後藤氏のご研究の成果に示唆をうけつつ、『萬葉集』享受と歌枕の再生という問題についていささか卑見を述べてみたいと考えている。とくに歌枕「佐保」と春との結びつきをめぐって、〈佐保姫〉という春の女神の定着における『萬葉集』享受の果たした意義について考えて

みたい。

一　春の〈佐保姫〉の定着

歌学書の類における〈佐保姫〉の初出例は、一〇〇〇年代中ごろの成立とされる『能因歌枕《のういんうたまくら》』（広本系）である。

山姫とは、神をいふ。異本ニハ　春をそむる神、夏をそむるかみ、秋をそむる神をいふ。
さほひめとは、春をそむる神也。異本夏をそむる神なりとも。
たつた姫とは、秋の神をいふ、秋をそむる神とも、秋の山をそむる神也。

ここですでに〈佐保姫〉は「春をそむる神」とされている。異本の言説をも考慮すると、〈佐保姫〉が春の女神として定着していたとするにはいささか疑問も生ずるであろう。しかし、後藤祥子氏が始源として唱えた「山姫」という捉え方の根拠となりうる言説ではある。

そして、一一〇〇年代初頭に藤原仲実《なかざね》が著した『綺語抄《きごしょう》』で、

たつたひめ　あきをそむる神也。
たつたひめいかなるかみにあればかは秋のこのはをちゞにそむらん

たつたひこ
　わがゆきはなぬかはすぎじたつたひこ《龍田彦》ゆめこのはなを風にちらすな
さほひめ　春をそむる神也。
　さほひめのいとそめかくるあをやぎをふきなみだりそ春の山風
　はふりごがいはふみむろのますかゞみかけてぞしのぶあふ人ごとに

とはじめて具体的な例歌を掲げた言説があらわれる。このうちの「たつたひめ」の例歌は寛平《かんぴょう》五年（八九三）以前の開催と考えられる「是貞親王家歌合《これさだのみこのいえのうたあわせ》」の、〈竜田姫〉の初見となる詠歌の異伝歌である。また、「さほひめ」の例歌の一首目は、後世に晴儀歌合の規範とされた天徳《てんとく》四年（九六〇）三月の「内裏《だいり》歌合」における平兼盛《かねもり》の歌である。この歌もおそらく春の〈佐保姫〉の文献上の初見と考えられる。このような文献上の初見となる歌を掲げるという『綺語抄』の態度は、「典拠となる原典にあたりなおして確実な証歌つきで歌語を類聚」（注4）しようとした仲実の高い学術性の反映による。

　ところで、ふたりの女神のあいだに提示された「たつたひこ」の例歌は『萬葉集』巻九・一七四八番歌である。『綺語抄』以前の他文献にまったく引用されることのなかった歌であり、仙覚《せんがく》以前の訓の痕跡を残すいわゆる次点本系統の藍紙《らんし》本・類聚古集《るいじゅうこしゅう》・廣瀬本などでは、第三句が「たつたひめ」と訓ぜられている。傍書されているような原文「龍田彦」からは「たつたひめ」という仮名本文は導かれることはなく、直接『萬葉集』から正しく引用したことを示す『綺語抄』の引歌例のひとつとして認定できる用例である。

次点本系統にみえる仮名本文「たつたひめ」は、後藤氏が指摘する〈竜田姫〉が秋の女神として早くに定着して歌に詠まれてきたことと、原文軽視・仮名本文中心という仙覚以前の『萬葉集』享受の様態（注5）という時代性からすれば当然の帰結であろう。しかし、仲実はほかの歌学書類では確認できない「たつたひこ」という項目をあえて設定した上で正しく萬葉歌を引用する。このような仲実と『萬葉集』との密接な関わりについては別稿（注6）でいささか論じたのを参照願いたいが、散佚した伝来本の所持者として名を残すだけではなく、いわゆる次点加点者のひとりとして位置づけることを可能ならしめるほどの様態が確認でき、さらに『萬葉集』に対する造詣の深さは当時の歌壇において周知の事実であったことが他文献からうかがえるのである。

その仲実が、「さほひめ」の例歌として萬葉歌を掲げている。この例歌とされた萬葉歌は巻十二の二九八一番歌であり、さきの萬葉歌同様にこれ以前に他文献にまったく引用された痕跡は認められない。第一句の原文「祝部等之」について仙覚本系統は「はふりらが」と訓ずるが、いわゆる次点本系統では「はふりこが」と『綺語抄』と同じ仮名本文を有する。しかしながら、第四句の原文「懸而偲」をめぐって、

次点本系統　→　元暦《げんりゃく》校本・廣瀬本「かけてしのふる」、古葉略類聚抄《こようりゃくるいじゅうしょう》「かけてしのへる」
　　　　　　　　類聚古集「かけてそしのふ」
仙覚本系統　→　「かけてそしのふ」

という状況にあり、一概に『綺語抄』の萬葉歌がいわゆる次点本系統の仮名本文を有するともいえない。ともかくも、この歌の原文や仮名本文、さらに巻十二「寄物陳思」の作者未詳歌であるという状況からは〈佐保姫〉との関わりをまったく確認することはできない。それでは、仲実がこの萬葉歌を例歌としたのはどのような典拠からなのであろうか。別稿でも少しく触れたが、仲実の引用する萬葉歌には現在確認されている全巻揃いの『萬葉集』にない歌が含まれている。さらに作者注記においても同様なことを指摘することができ、おそらく仲実の眼前にはこの歌を〈佐保姫〉と結びつける典拠、もしくは本説のようなものが存していたと推測せざるをえないであろう。

　いわゆる文献主義的な姿勢を保持する仲実の『綺語抄』において、〈佐保姫〉の典拠として『萬葉集』の歌が引用されていることは看過できない。また、もうひとつの引歌例である兼盛歌は一〇〇〇年代初頭の編纂と考えられている私撰集『麗花集《れいかしゅう》』所収歌ともなっているが、

内裏歌合　↓　佐保姫の糸染めかくる青柳《あをやぎ》を吹きな乱りそ春の山風
麗花集　↓　佐保姫の糸よりかくる青柳を吹きな乱りそ春の夜の風
兼盛集　↓　佐保姫の糸よりかくる青柳を吹きなみだしそ春のはつ風
綺語抄　↓　佐保姫の糸染めかくる青柳を吹きな乱りそ春の山風

というように本文にやや異同がある。一瞥してわかるように仲実は『麗花集』や『兼盛集』ではなく天徳四年の「内裏歌合」そのものから例歌を採用したとせざるをえないのであり、原典至上主義の姿勢がここにおいても確認できる。そして、この後になってはじめてこの兼盛歌が『綺語抄』と同じ本文で勅撰和歌集（『金葉和歌集』初度本および三奏本と『詞花和歌集』）に取り入れられることを鑑みると、〈佐保姫〉が春の女神として明確に認識されたのは仲実の活躍したころにはじまると思われるのだ。それは、嘉応《かおう》元年（一一六九）ごろには成立していたかとされる今様《いまよう》集『梁塵秘抄《りょうじんひしょう》』に、

春の初めの歌枕　霞たなびく吉野山　鶯佐保姫翁草《おきなぐさ》　花を見捨てて帰る雁《かり》

とあることからも跡づけられよう。このような春と〈佐保姫〉との密接な関わりの発生について、文《ぶん》治《じ》年間（一一八五～一一八九）に著したとされる『袖中抄《しゅうちゅうしょう》』において顕昭《けんしょう》は、

今云、さほ姫は諸髄脳云、春を染る神也云々。…（中略）…今案に、さほ姫は佐保山の神より事おこりて、さほ山の霞を詠歌等によせて春を染神と云歟。

と卓越した見解を提示している。おそらく彼のいうように、もともと佐保山の神として認識されていた〈佐保姫〉は、歌枕「佐保山」と霞との詠みあわせが確立するなかで春の女神として定着していったのであろう。そこで、さらに王朝和歌において春の〈佐保姫〉がどのようにあらわれてきたかについていささかながめてみたい。

二　春の〈佐保姫〉の始源

前節で掲げた『綺語抄』にみえる平兼盛の天徳四年「内裏歌合」出詠歌が春の〈佐保姫〉の初見だが、じつはこの歌以前にも〈佐保姫〉を詠んだ歌が存する。

いくしほも時雨は降らじ佐保姫のふかく染めたる色とこそみれ

天暦《てんりゃく》二年（九四八）九月におこなわれた「陽成院一宮姫君《ようぜいいんいちのみやのひめぎみの》歌合」における歌である。歌人は不明であるが、あきらかに秋の〈佐保姫〉詠である。そして、この後の王朝和歌にみえるいくつかの〈佐保姫〉詠について後藤祥子氏が詳細に検討され、さほ姫は春の女神だとか、秋のさほ姫見えずとすることは、少なくとも十、十一世紀のある歌人たち、歌圏にとって無用の規定であったことになる。……（中略）……兼盛の歌合歌が詠まれた当時、佐保姫はまだ春の女神の限定性を特に持たされていなかったのではないか。

と結論づけられた。たしかに、春の〈佐保姫〉詠が勅撰和歌集にあらわれるのは前節でふれたように『金葉和歌集』や『詞花和歌集』の時代を待たなければならなかったわけであり、私家集においても、

佐保姫のかざしなるらし青柳の下なる糸に玉そかかれる　（『康資王母集《やすすけおうのはは》』）
佐保姫のねくたれ髪を青柳のけづりやすらん春の山風　（『江帥集《ごうのそち》』）
佐保姫のくちたれ髪の玉柳たが春風のけづるなりけり　（『匡房集《まさふさ》』）

というように、前節で掲げた『綺語抄』の著者藤原仲実とほぼ同時代の歌人たちになって詠まれることが多くなる。つまり、平安時代後期いわゆる院政期という時代になって春の〈佐保姫〉詠が確立するようになるのである。

ところで、康資王母の歌は「岸の柳」と題された歌として、大江《おおえ》匡房のふたつの歌はどちらも「柳」を詠んだ歌として収載されているが、いずれもその表現の本歌として前節に掲げた兼盛歌があることはまちがいない。しかし、長治《ちょうじ》二年（一一〇五）にいちおうの奏覧があったと考えられる、のちの百首和歌の規範となったいわゆる「堀河百首和歌」においても〈佐保姫〉詠が三首あらわれる。同

じように兼盛歌を本歌とするのだが、やや様態に特異なものを感ぜさせる部分がある。

佐保姫のうち垂れ髪の玉柳ただ春風のけづるなりけり　（春廿首の「柳」・大江匡房）
浅緑《あさみどり》春の姿に佐保姫はしだり柳の蔓《かづら》してけり　（春廿首の「柳」・藤原仲実）
佐保姫のあそぶところか奥山の青根《あをね》が峰《みね》の苔のむしろは　（雑廿首の「苔」・藤原公実《きんざね》）

匡房歌はやや訛伝された形ではあるがさきの『匡房集』歌と同歌であろう。二首目の仲実は、もちろん『綺語抄』の著者である。じつはこの歌をめぐって古くから『萬葉集』歌を本歌とするという指摘がなされている。その本歌とされる萬葉歌は、

ももしきの大宮人《おほみやひと》のかづらけるしだり柳は見れど飽《あ》かぬかも　（巻十・一八五二）

という「春雑歌」に分類された「柳を詠む」一首である。やや歌句を違えた形で『家持集』にも収載されているが、むしろ『萬葉集』そのものを本歌としたと考えたい。それは、この萬葉歌の直前に、

浅緑染め掛けたりと見るまでに春の柳は萌《も》えにけるかも　（巻十・一八四七）

という歌があることからの推定である。「浅緑」という歌ことばそのものは王朝和歌においてけっして特異なものではないが、近接する萬葉歌という点で仲実歌が『萬葉集』の表現を典拠としたといっても過言ではないであろう。

さて、この「堀河百首和歌」の「柳」題には歌枕「佐保」を詠む歌があと二首ある。

佐保川の岸のまにまに群れ立ちて風に並《な》み寄る青柳の糸　（源師頼《もろより》）
佐保山に柳の糸を染め掛けて心のままに風ぞ吹き来る　（藤原顕季《あきすえ》）

師頼は『詞林采葉抄《しりんさいようしょう》』において『萬葉集』の次点加点者のひとりに数えられている人物だ。また顕季は人麿影供《ひとまろえいぐ》の創始者であり、『萬葉集』享受の多く指摘できる歌人である。後述するが、王朝和歌において春の佐保はあまりうたわれることはない。そのようななかで、前述した仲実や、『詞林采葉抄』において師頼同様に次点加点者とされている匡房、そして顕季というように『萬葉集』の享受・伝来に関わる人物たちが、春の佐保や春の〈佐保姫〉を詠んだことは注目しなければならないであろう。

さらにもうひとつの〈佐保姫〉詠を残した公実は、「堀河百首和歌」においてもっとも萬葉歌を本歌とすると指摘されてきた歌人である。当該歌もまた、

み吉野の青根が峰の苔席《こけむしろ》誰か織りけむ経緯《たてぬき》なしに　（巻七・一一二〇　雑歌）

という「蘿《こけ》を詠む」歌が本歌として指摘されている。このように春の〈佐保姫〉が和歌の表現として定着した背景に『萬葉集』がちらつくことは注目しなければならない。前節で掲げた『綺語抄』と同様に、「堀河百首和歌」における〈佐保姫〉詠もまた兼盛歌が典拠として大きな役割を果たしたことはまちがいない。しかし、その背景に春の佐保を詠む特異な状況があったのではないかと考えられるのである。

ところで、後藤氏がいう「まだ春の女神の限定性を特に持たされていなかった」〈佐保姫〉を春の女神として詠んだ兼盛とほぼ同時期、『古今和歌六帖』に

佐保姫の織りかけさらすうすはたの霞立ちきる春の野辺かな

という歌がある。さらに『うつほ物語』にも四首の〈佐保姫〉詠が存する。

佐保姫のほのかに染むる桜にははひさし染むる藤ぞうれしき
佐保姫やもの憂《う》かるらむ春の野に花の笠縫ふ枝の見えねば
春雨の花にふり置く紅《くれなゐ》に染めて染むらし春の佐保姫

佐保姫はいくらの春を惜しめばか染め出《い》だす花の八重に咲くらむ

「春日詣《かすがもうで》」巻の冒頭、源正頼《まさより》が一族を引き連れて賑々しく春日神社に参詣した折りに催された盛大な歌会の場面に記された歌である。のちに明確な形で春の女神となった〈佐保姫〉の典拠となる兼盛とほぼ同時代に、五首ではあるが春の〈佐保姫〉がうたわれている。しかも、あらためて後述するが、物語とはいえ「春日詣」という場面設定と関わることに注目したい。

さて、〈佐保姫〉が春の女神として定着したのは、前節で述べたように『綺語抄』が著されたころと考えられる。さらに和歌そのものにおいて春の〈佐保姫〉があらためて詠まれるようになるころとも重なることを本節で述べてきた。その典拠はまちがいなく平兼盛の天徳四年の「内裏歌合」の歌である。しかし、春の〈佐保姫〉が定着した背景に『萬葉集』の享受・伝来がちらつくことは看過できない。さらに付言するならば、兼盛歌そのものも萬葉歌との関わりを指摘できるのである。そこで、王朝和歌における春の佐保のあらわれ方、さらに『萬葉集』そのものにおける春の佐保の特異な状況について検討を加えてみたい。

三　王朝和歌における春の佐保と『萬葉集』

さきにも引用した顕昭『袖中抄』の「さほ姫は佐保山の神より事おこりて、さほ山の霞を詠歌等によせて春を染神と云歟」という卓越した見解はおそらく、仲実の『綺語抄』とほぼ同時期に活躍した

源俊頼《としより》の、

大方歌をよまむには題をよく心得べきなり。……題をもよみ、その事となるらむ折の歌は、思へばやすかりぬべき事なり。例へば、春のあしたにいつしかとよまむと思はゞ、佐保の山にかすみのころもをかけつれば、春の風にふきほころばせ、……（『俊頼髄脳《としよりずいのう》』）

という言説と密接に関わるのだろう。早春の朝「ああ春になった」と気づくという心を詠もうとするならば、佐保山に霞の衣を着せて、それを春の風で吹き顕させたと詠むべきだと俊頼はいう。たしかに彼みずからも、

佐保山に霞の衣《ころも》かけてけりなにをか四方《よも》の空は着るらん
誰かまたあかず見るらん佐保山の霞にもれてにほふ桜を

という歌を自撰家集『散木奇歌集《さんぼくきかしゅう》』に残している。しかし、顕昭のいう「さほ山の霞を詠」む歌はけっして王朝和歌全般で確認できることではない。むしろ繰り返し述べてきた春の〈佐保姫〉が定着した時代とほぼ重なるようにあらわれる。

歌枕をめぐる詠歌を確認するのに至極便利な『平安和歌歌枕地名索引』(注7)によると、「佐保山」およ

びその派生語を詠む歌は七十四首ある。すでに後藤祥子氏も検討されたように、「もみぢ」を筆頭に「霧」「時雨」など大半が秋の素材とともにうたわれることは確かである。しかし、その中で春の素材とともにうたわれた歌もいくつか存する。

佐保山にたなびく霞見るたびに妹《いも》をおもひて泣かぬ日はなし　（『古今和歌六帖』・『家持集』）
答へぬに呼び名をかしそ呼子鳥《よぶこどり》佐保の山辺をのぼりくだりに　（『古今和歌六帖』・『赤人集』）
佐保山はもみぢの色もなにせんに春の梅をぞ見るべかりける　（『花山院《かざんいん》集』）
春くれば麓も見えず佐保山に霞の衣たちぞかけつる　（『国基《くにもと》集』）
佐保山に花咲きぬれば白妙の天《あめ》の羽衣《はごろも》ぬぎかけて見ゆ　（『散木奇歌集』）
佐保山に柳の衣かけて見ゆ苔の緑に雪を重ねて　（『堀河百首和歌』・『顕季集』）
佐保山に柳の糸を染め掛けて心のままに風ぞ吹き来る　（覚性法親王《かくしょうほっしんのう》『出観《しゅっかん》集』）
いつしかと佐保の山辺にかけてけり霞の衣たつと見しまに　（『別雷社歌合《わけいかずちのやしろのうたあわせ》』・『経家《つねいえ》集』）
佐保山に霞の衣かけてけり春のきぬとや人の見るらん　（慈円《じえん》『拾玉《しゅうぎょく》集』）
ささたけの大宮人はあとふりて霞ぞ深き佐保の山風　（『後鳥羽院集』）

この十首および前掲の俊頼歌二首が春の「佐保山」詠である。これら春の「佐保山」詠のほとんどが春の景物「霞」とともにうたわれていることからも、さきの顕昭の言説は裏づけられよう。そして、ほぼ年代順にならべた最初の四首が『綺語抄』以前の詠歌となる。ただし、花山院の歌はたしかに春の歌であろうが、「もみぢの色もなにせんに」という表現には当時すでに歌枕「佐保山」が秋の相貌をもった山であるという認識があったことをうかがわせ、やや春が主眼とはいいがたい歌として除外しても差し支えないと考える。

さて、一首目は『萬葉集』にみえる家持作歌（巻三・四七三番歌）の訛伝で、二首目も『萬葉集』巻十の作者未詳歌（一八二八番歌）の訛伝歌である。そして、四首目の歌人である津守《つもり》国基についてはすでに石井庄司氏（注8）や上野理氏（注9）が指摘されているように、『萬葉集』のことばに強い関心を抱いていたことが、

国基と申す歌詠みこそ、「我が歌は、万葉集をもちてかかり所にする」とは申しけれ。

という『無名草子《むみょうのそうし》』（鎌倉時代に藤原俊成女《としなりのむすめ》が著した歌学書）の言説から確認できる人物である。つまり『綺語抄』以前の春の「佐保山」詠は、いずれも『萬葉集』との関わりが指摘できる歌ということになるのだ。

そして、同様なことは「佐保」や「佐保川」を詠んだ歌にもいえる。

佐保川に氷《こほり》わたれるうすらひのうすき心をわが思はなくに　（『古今和歌六帖』）
うちのぼる佐保の川辺の青柳の萌えいづる春になりにけるかな　（『古今和歌六帖』）

答《こた》へぬによるなとよめそ呼子鳥佐保の川原をのぼりくだりに　（『古今和歌六帖』）

春日なるはがひの山より佐保の上さして行くなるたれ呼子鳥　（『赤人集』）

春の日はゆきもやられずかはづ鳴く佐保の渡りに駒《こま》をとどめて　（『重之《しげゆき》集』）

つくづくとふる春雨に佐保川の岸の青柳色づきにけり　（永承六年「六条斎院歌合」　式部）

歌枕「佐保川」は王朝和歌においては冬の景物である「千鳥」とともにうたわれる場合が多い。そのなかで六首ではあるが春の歌が確認できる。そして、さきの「佐保山」の場合と同様に『古今和歌六帖』の歌は前から順に、巻二十・四四七八番歌（大原《おおはらの》桜井《さくらい》作歌）、巻八・一四三三番歌（大伴坂上郎女《さかのうえのいらつめ》作歌）、巻十・一八二八番歌（作者未詳歌）の訛伝歌である。また、つぎの『赤人集』歌も巻十・一八二七番歌（作者未詳歌）の訛伝歌だ。源重之については後藤氏が指摘するように平兼盛とともに東国に下った歌友であったということから、最後の式部の歌とともに兼盛の春の〈佐保姫〉詠との関連で説明できるであろう。つまり、王朝和歌のなかでも、とくに時代の早い詠歌において春の「佐保」を詠むものは『萬葉集』歌の訛伝歌ばかりであるといっても過言ではないのだ。それ以外はやはり秋や冬という季節でうたわれる場合が多いことは、『平安和歌歌枕地名索引』に引かれた例歌からもまちがいない。

春の「佐保」詠は、初期詠歌における萬葉歌の訛伝から、平兼盛による春の〈佐保姫〉詠の初見歌を通過して、その影響のもとに『綺語抄』や『俊頼髄脳』が著されたいわゆる院政期になって『萬葉集』との関わりが指摘できる人物たちを中心にあらためて詠まれるようになる。春の「佐保」が定着することと春の〈佐保姫〉詠があらためて詠まれるようになる時期は重なるのである。ただし、春の〈佐保姫〉の定着の典拠として大きな役割を果たしたと思われる兼盛歌そのものも萬葉歌の表現と密接に関わるものであることはすでに前節の末尾に付言しておいた。次節ではこの点を確認するために、『萬葉集』における歌枕「佐保」のうたわれ方について検討してみたい。

四　『萬葉集』の「佐保」

『萬葉集』において、歌句に「佐保」という語を含む歌は三十二首ある。このほかにも題詞や左注などに「佐保」がみえる場合もあり、とくに佐保で詠まれた由の注記（巻四・七三一番歌、巻八の一四四七番歌、巻八・一六三八番歌の三例）もあるが、歌句にあらわれた例ではないので本稿では考察から除外しておく。

まず「佐保山」の用例であるが、つぎの七首確認できる。

	巻	歌番号	「佐保」	季の景物	季節	作者	他文献引用の状況
A	三	四七三	佐保山	霞	春	家持	古今和歌六帖・家持集
B	三	四七四	佐保山			家持	（綺語抄が引用の初見）
C	六	九五五	佐保の山			石川足人	（綺語抄が引用の初見）

D	七	一三三三	佐保山				古今和歌六帖
E	八	一四七七	佐保の山辺	卯の花・ほととぎす	夏	家持	新撰和歌・家持集
F	十	一八二八	佐保の山辺	呼子鳥	春		古今和歌六帖・赤人集
G	十二	三〇三六	佐保山				

一瞥してわかるように、歌枕「佐保山」が明確に春と結びついた例は少ない。ただし、ふたつある用例(A・F)がいずれも『古今和歌六帖』収載歌であり、萬葉歌人の名を負う歌仙家集所収歌であることに注目したい。同様なことが「佐保川」の用例十六首にもいえる。

	巻	歌番号	「佐保」	季の景物	季節	作者	他文献引用の状況
H	三	三七一	佐保川	千鳥	冬	門部王	(綺語抄が引用の初見)
I	三	四六〇	佐保川			坂上郎女	
J	四	五二五	佐保川			坂上郎女	古今和歌六帖
K	四	五二六	佐保川	千鳥	冬	坂上郎女	古今和歌六帖
L	四	五二八	佐保川	千鳥	冬	坂上郎女	(綺語抄が引用の初見)

M	四	五二九	佐保川			坂上郎女	古今和歌六帖
N	四	七一五	佐保川	千鳥	冬	家持	古今和歌六帖
O	六	九四八	佐保川	千鳥	冬		古今和歌六帖
P	六	一〇〇四	佐保川	かはづ	秋	桉作益人	
Q	七	一一二三	佐保川	千鳥	冬		
R	七	一一二四	佐保川	千鳥	冬		人麿集
S	七	一二五一	佐保川	千鳥	冬		
T	八	一四三三	佐保の川原	青柳	春	坂上郎女	古今和歌六帖
U	八	一六三五	佐保川	刈れる初飯	秋	尼と家持	
V	十二	三〇一〇	佐保川				
W	二十	四四七八	佐保川	氷	冬	大原桜井	古今和歌六帖・綺語抄

もちろん王朝和歌と同様に「千鳥」が景物と定着していたことはまちがいない。そのなかで明確に春の歌であると確認できるのは、Tの坂上郎女作歌だけである。(注10)このT歌もまた『古今和歌六帖』収載歌だが、「青柳」と「佐保」が結びつく初見であることに注目したい。

最後に、山や川ではない「佐保」の用例九首である。

	巻	歌番号	「佐保」	季の景物	季節	作者	他文献引用の状況
ア	三	三〇〇	佐保			長屋王	
イ	四	六六三	佐保			安都年足	
ウ	六	九四九	佐保	梅・柳	春		
エ	八	一四三三	佐保道	青柳	春	坂上郎女	
オ	十	一八二七	佐保の内	呼子鳥	春		赤人集
カ	十	二二二一	佐保の内	秋萩すすき	秋		人麿集
キ	十一	二六七七	佐保の内				
ク	十七	三九五七	佐保の内			家持	
ケ	二十	四四七七	佐保道	千鳥	冬	円方女王	

春の詠歌が三首あるが、エ歌は「佐保川」の用例にあった坂上郎女作のT歌との連作で、オ歌は「佐保山」のF歌と連続して分類されている。もうひとつのウ歌、

梅柳《うめやなぎ》過《す》ぐらく惜《を》しみ佐保の内《うち》に遊びしことを宮もとどろに

は左注に「数《あまた》の王子《みこ》と諸《もろもろの》臣子《おみのこ》等《たち》と、春日野に集《つど》ひて打毬《まりうち》の楽《あそび》をなす」とあり、奈良時代の都びとにとって「佐保」は身近な郊外であり、遊楽の地のひとつとして愛されていたことをしのばせる歌である。しかし、歌枕「佐保」が春の季節をもってうたわれる例は非常に少なく、『萬葉集』においては六例しか確認できない。「佐保」という郊外が遊楽の場として機能していた痕跡を歌そのものから確認することはむずかしいが、そのような状況のなかでも「佐保」が特定の季節と結びついていなかったと結論づけても過言ではないだろう。

　三十二首という用例ではあるが、『萬葉集』において歌枕「佐保」が特定の季節と結びついていたとは考えられない様態を示している。そのようななかで春の全用例をながめてみると、家持や坂上郎女の用例が多いことに気づく。いまさら贅言を要しないが、家持は佐保大伴家の人物であるから当然の帰結であり、その家持や坂上郎女の歌のなかに三例(A・T・エ)の春の「佐保」の歌があることは注目しなければならない。A歌は、『萬葉集』に始源を求められる歌枕「佐保」の霞を詠んだ唯一歌である。後藤祥子氏がいうように、王朝和歌の先蹤として注目に値することはまちがいない。

　王朝和歌において秋の「もみぢ」や冬の「千鳥」という季の景物とともにうたわれることが多かった「佐保」が、ふたたび春の相貌をもってうたわれはじめる時代は『萬葉集』享受において注目すべき時代であったことはすでに幾度か述べてきた。さらに、その同じ時代に春の〈佐保姫〉が定着する。その典拠と考えられている平兼盛の、

佐保姫の糸染めかくる青柳を吹きな乱りそ春の山風

という歌もまた、じつは『萬葉集』にみえる春の「佐保」の用例(Tとエ)、

大伴坂上郎女の柳の歌二首

我が背子《せこ》が見らむ佐保道《ぢ》の青柳を手折《たを》りてだにも見むよしもがも
うち上《のぼ》る佐保の川原の青柳は今は春へとなりにけるかも

に始源を求めることができるのではないかと考えられる。歌ことば「青柳」そのものは『萬葉集』においても、さらに王朝和歌においてもけっして特異な語ではない。しかし、その「青柳」と「佐保」の結びついた初見歌である坂上郎女歌が『古今和歌六帖』収載歌としてあることは看過できない。さきの家持歌A歌同様に、坂上郎女歌はその先蹤として兼盛歌の典拠として存していたか、その詠歌を成立させる一翼を担っていたといえるのではないか。

五　〈佐保姫〉の再生と春日神社

秋や冬という季節で捉えられることが多かった王朝和歌のとくに初期の詠歌において、春の「佐保」を詠む歌は『萬葉集』の誦伝歌としてのみあらわれた。そして、その本歌を含む『萬葉集』その

ものにおいても春の「佐保」は六例しかなく、家持や坂上郎女の歌が半数を占めている。そして、平兼盛によって春の〈佐保姫〉がはじめてうたわれる。しかし、〈佐保姫〉が春の女神として定着するのはさらにのちの時代を待たなければならず、歌枕「佐保」の秋の相貌が広く歌に詠まれたために秋の〈佐保姫〉の用例も多く残されている。

さて、〈佐保姫〉が春の女神として明確に定着したのはおそらく『綺語抄』が著された時代、つまり院政期ごろであったと考えられる。それ以前に比して春の〈佐保姫〉詠が兼盛歌を典拠として多くうたわれることとも呼応することから、この推定はほぼまちがいないであろう。そして、この〈佐保姫〉詠をめぐる定着の時期は、歌枕「佐保」がふたたび春の相貌をもってうたわれるようになる時期とも重なるのである。さらに、これら「佐保」と春との結びつきを詠んだ歌人の大半が『萬葉集』の享受・伝来に深く関わった人物であるという看過できない事実も存する。

いわゆる院政期における春の「佐保」の初見歌は津守国基によってうたわれる。その歌にみえる歌枕「佐保山」と「霞」の取り合わせについては、後藤祥子氏がいう、

佐保山にたなびく霞見るごとに妹を思ひ出で泣かぬ日はなし　（巻三・四七三）

という『萬葉集』にある家持の亡妾挽歌のなかの一首がその印象の一翼を担うことになったのであろう。同様に春の〈佐保姫〉の典拠とされた兼盛歌もまた『萬葉集』にある坂上郎女歌が、こちらは

『古今和歌六帖』収載歌として受容されるというフィルターを通してではあるが、その印象の一翼を担ったのではないかということを指摘してみた。

歌枕「佐保」がふたたび春という季節の衣を着たとき、〈佐保姫〉は春の女神として定着することとなる。そしてその背景として本稿では『萬葉集』の受容・享受が大きな役割を果たしていた痕跡を確認してきたわけである。副題に「『萬葉集』の享受と歌枕の再生」と記した由縁はそこにある。すでに阪口和子氏が近江の歌枕をめぐって同様の指摘をなさっているが(注11)、本稿は大和の歌枕「佐保」をめぐって検討を加えてみた。そこで最後に、なぜ院政期という時代になって歌枕「佐保」があらためて春と結びつくことになったのかについていささか検討を加えてみたい。

歌枕「佐保」について片桐洋一氏が、

『万葉集』に数多くよまれ、『古今集』の読み人知らずの歌を通して平安時代へと継承された。春日詣や長谷詣の道筋にあたっていたこともあって、平安時代人にも親近感をもたれていたのであろうか、よく歌によまれた。

という発言をなさっている(注12)。三十二首という『萬葉集』の用例を「数多く」ということにはいささか疑問もあるが、『古今和歌集』を通して王朝和歌へと継承されたことはまちがいない。ただし、春としてではなく、むしろ秋の相貌をもった歌枕としてうたわれるほうが多かった。しかし、ここで片桐氏が指摘なさっている王朝歌人たちが親近感を抱いていた根拠としての春日詣に注目したい。第二節で春の〈佐保姫〉の始源を検討した折り、兼盛歌がうたわれたのとほぼ同時期に『うつほ物語』「春日詣」巻に四首の春の〈佐保姫〉詠が存することを指摘しておいた。物語とはいえ「春日詣」という場面設定がなされる背景には、片桐氏がいうところの親近感が当時の人々にあったからであるとするのが穏当であろう。

ところで、春日詣とは平安時代の春日神社参詣のことをいうが、とくに藤原氏の氏長者《うじのちょうじゃ》や摂政・関白の参詣を指す場合が多い。社伝では延喜《えんぎ》十六年（九一六）の氏長者藤原忠平《ただひら》による参詣に始まるとされているが、実質的に史料で確認できるのは永延《えいえん》元年（九八七）の兼家《かねいえ》と、長保《ちょうほう》元年（九九九）の道《みち》長《なが》の参詣からである（『日本紀略《にほんきりゃく》』と『御堂関白記《みどうかんぱくき》』による）。しかし、『うつほ物語』の成立が『源氏物語』以前であるとするならば、史料の上で春日詣を確認することはできない。何故に一世源氏による春日詣が描かれることとなったかについては別の機会に検討を加えたいと考えているので、いまのところは片桐氏の言を借りつつ「親近感」をもって捉えられていたというに留めておきたい。

さて、道長以降も脈々と藤原氏の氏長者による春日詣は続けられるが、とくに院政期には神仏崇信が篤くなり、熊野《くまの》行幸や金峯山《きんぷせん》行幸などと同じく春日行幸もしばしばおこなわれるようになってゆく。その春日行幸も、『大鏡』によれば永祚《えいそ》元年（九八九）の一条天皇にはじまり、その後とくに藤原氏が外戚となった天皇たちによって継続されていた。そのなかでとくに『春日権現験記絵《かすがごんげんげんきえ》』に白河上皇をめぐる逸話が語られる。寛治《かんじ》六年（一〇九二）上皇が金峯山行幸に登山された折りに突然ご不快にならされたが、それは春日大明神が行幸なきを怒ったためであった。そこで神馬をたてまつり、大乗経を具して行幸あるべき由の願書を納めて神霊を和らげたという話である。『扶桑略記《ふそうりゃっき》』によれば翌七年に関白師実《もろざね》以下文武百官を従えた春日行幸がおこなわれ、康和《こうわ》二年（一一〇〇）には一切経も施入されることから、事実に近い逸話であった可能性が高い。

このような当時の春日神社について永島福太郎先生は、

> 春日社はこの一二世紀初頭に大発展をした。若宮社の創建もその一例だが、興福寺が春日社の支配権を握り、藤原氏（摂関家）と春日社・興福寺の三者一体化が見られるときである

とまとめておられる。（注13）春日若宮《わかみや》神社の創建は保《ほう》延《えん》元年（一一三五）に当時の氏長者忠通《ただみち》の祈願によるといわれているが、実質は大和国の支配をねらう興福寺衆徒が春日社祭祀に参与をもとめた結果であろうとされる。そして翌二年にはじめられた若宮祭（おん祭）においては、官幣をと

春日権現験記絵　巻二第一段（宮内庁三の丸尚蔵館蔵）

もなう春日祭に対して、大衆のものとして祭礼の民衆化が進んでゆくこととなり、それが伝統化して今日に至っている。また当時の興福寺の衆徒たちは、春日神木をもって都へ強訴することもあった。史料的にも寛治七年（一〇九三）、久安《きゅうあん》六年（一一五〇）、永万《えいまん》元年（一一六五）の三度の強訴が確認できる（『百練抄《ひゃくれんしょう》』による）。つまり、院政期に生きた都びとたちにとって、春日神社や興福寺はけっしてかけ離れたものではなかったのだ。さらに春日神社について検討を加えるべきかもしれないが、本旨からやや外れていくこととなるので詳細は永島福太郎先生のご研究[注14]を参照願いたい。

『御堂関白記』の春日詣の記事に本稿にとって有意義な記述がある。春日詣の行程のなかで公卿および女房たちが輦車を連ねて「佐保殿」に至り、そこより行粧をあらためて社頭に至って奉幣し、舞楽や競馬などの賑神行事をおこなったというのだ。ここに記された「佐保殿」は、春日斎女の宿所としての佐保頓舎を起源として藤原氏が拡充していった宿所と考えられ、「藤氏長者（摂関家が多い）の

南都（奈良）における宿舎として重要（注15）」なものであったと考えられている。この佐保殿は『今昔物語集』巻第二十二にある、

> 山階寺の西に佐保殿といふ所はこの大臣の御家なり、しかればこの大臣の御流、氏の長者としてその佐保殿に着きたまふには、まづ庭にして拝してぞ上りたまふ。それはその御形その佐保殿に移し置きたるなり。

という記述や、南北朝時代の有職故実辞典である『拾芥抄《しゅうがいしょう》』の「奈良佐保殿。淡海公家。又冬嗣大臣ノ家」という記述から、奈良時代の藤原不比等《ふひと》の二男、いわゆる北家の祖である房前《ふささき》の邸宅であったことが確認できる。そして、『朝野群載《ちょうやぐんさい》』巻七収載の「佐保殿預職譲状」にみえる年号嘉保《かほう》三年（一〇九六）や、藤原宗忠《むねただ》の日記『中右記《ちゅうゆうき》』にみえる嘉承《かしょう》元年（一一〇六）の関白忠実《ただざね》による春日詣においても「佐保殿」に到着した由が記されていることから、院政期にはまだ「佐保殿」が春日詣の宿所として重要なものであったことが確認できる。

　やや贅言を要してきたが、おそらく院政期という時代に奈良という古京にある春日神社や興福寺はあらためて都びとたちの認識するところとなったのではないだろうか。春日詣そのものはすでにおこなわれ続けていたし、春日祭という春日社の祭礼も同様の状況にあった。しかし、若宮神社の創建、春日神木による強訴など、否が応でも春日神社や興福寺を意識せざるをえないことが院政期になって

文献にあらわれ出すことは看過できない。と同時にこの時代になって、大江親通《おおえのちかみち》が保延《ほうえん》六年（一一四〇）に著した『七大寺巡礼私記《しちだいじじゅんれいしき》』や著者未詳の『七大寺日記』などの南都巡礼の案内記的な著述があらわれることとも呼応する。このようななかで、あらためて「佐保殿」という場が意識され出したのではないだろうか。そして、やや臆測を重ねることとなるが、春日斎女の宿所としての「佐保殿」という位置づけが〈佐保姫〉という歌ことばを再生することとなったのではないだろうか。

さいごに

歌枕「佐保」が春という季節と結びついた時代、さらに〈佐保姫〉が春の女神として定着した時代、それと軌を一にして奈良の古京がクローズアップした痕跡を確認してきた。さらには春日神社や興福寺が全盛時代を迎えたこの院政期に、文学の面でも奈良の古京に新しい風が吹きはじめる。天治《てんじ》元年（一一二四）晩春、興福寺別当永縁《ようえん》権僧正が自坊の花林院で歌合を催す。いわゆる「永縁奈良房《ならぼう》歌合」がそれである。京都に住む貴族が奈良に下向して催したのではなく興福寺関係の僧侶十四名がおこなった歌合であり、「奈良歌壇の記念碑（注16）」ともいうべきものであった。ただし、判者は都に住む歌人藤原基俊《もととし》と源俊頼であったことには注目すべきと考える。

基俊はさきにも掲げた『詞林釆葉抄』において次点加点者とされた、名に負う伝来木も確認できる人物である。また俊頼についても『萬葉集』享受の様態がすでに多く指摘（注17）されている。さらに永縁その人も、『萬葉集』の受容と密接に関わる「堀河百首和歌」の歌人となっているのである。ちなみに

〈佐保姫〉の典拠がはじめて掲げられた『綺語抄』の著者であり、「堀河百首和歌」において萬葉歌を本歌とする歌を多く詠んだ藤原仲実もまた、『経信卿記』によると永保《えいほう》元年（一〇八一）に春日祭使として奈良に下向したことが確認できる。

紆余曲折をくり返してきたが、〈佐保姫〉が霞の衣を着た春の女神として定着する背景に『萬葉集』の受容・享受がちらつくことはまちがいない。幾度となく示してきた院政期という時代は、じつは『萬葉集』の書写においても画期的な時代であった。清水婦久子氏は、元暦校本と元永《げんえい》本『古今和歌集』、および金沢本と西本願寺本三十六人集とがそれぞれ同筆であることに着目し、平安時代書写の『萬葉集』を仮名の普及に関わって国家的事業としてなされたものであると推定されている。(注18)たしかに桂本は十一世紀半ばの書写と推定され、藍紙本が藤原伊房《これふさ》筆とするならば同じく十一世紀の書写ということになる。また天治本の奥書にある天治元年（一一二四）も同時代であり、尼崎《あまがさき》本も十二世紀初頭の書写であろうと推定されている。さらにこれら現存古写本の書写年代だけではなく、仙覚本系統の奥書にみえる散佚伝来本のなかにも院政期に活躍した人物の名を負うものが多い。稿者もまた、いわゆる院政期における『萬葉集』の伝来・享受の様態について幾度か指摘(注19)してきたが、『萬葉集』の伝来・享受を考えるとき、この院政期という時代が大きな役割を担っていたことは看過できない事実なのである。そのような時代のなかで、〈佐保姫〉は春の女神として再生したのではないだろうか。

はなはだ粗雑な論稿であり、推論に推論を重ねてきたが、歌枕の再生に『萬葉集』の享受がひとつの役割を果していたのではないかということについて私見を述べてみた。論集『天象の万葉集』所収の原稿として「霞」を担当するようにという趣旨からすれば、『萬葉集』そのもののなかで「霞」の問題を取り上げるべきであったことは自明の理であろう。しかし、稿者の近年の研究対象が平安時代における『萬葉集』の伝米・享受という方向に向いているため、このような拙稿を提出することとなった。編者の期待を裏切ることとなってしまうことはまことに申し訳ないが、ここに公にしてご教示、ご叱正をお願いする次第である。

注1 片桐洋一氏『歌枕歌ことば辞典 増訂版』(笠間書院刊 平成十一年六月)の「さほひめ」の項目。

2 久保田淳、馬場あき子両氏編『歌ことば歌枕大辞典』(角川書店刊 平成十一年五月)の「佐保姫」の項目。

3 後藤祥子氏「佐保と竜田」(『日本文学風土学会紀事』第十二号 昭和六十二年三月)以下とくに注記しないかぎり後藤氏の説はこの論文による。

4 浅田徹氏「藤原仲実の類林和歌について」(橋本不美男氏編『王朝文学 資料と論考』笠間書院刊 平成四年八月)

5 山崎福之氏「本文批判はどこまで可能か。」(『国文学 解釈と教材の研究』第四十一巻六号 平成八年五月)参照。

6 拙稿「藤原仲実と『萬葉集』―『次点』加点者の可能性―」(『美夫君志』第六十号収載予定)

7 片桐洋一氏監修・ひめまつの会編、大学堂書店刊 昭和四十七年二月。

8 石井庄司氏『古典考究 萬葉篇』(八雲書店刊 昭和十九年七月)の「津守国基と萬葉集」

9 上野理氏『後拾遺集前後』(笠間書院刊 昭和五十一年三月)の第一章五節「津守国基と歌」

10　ただし、O歌は題詞・左注から「神亀四年春正月」の歌であることが確認できるので、春の用例として捉えることもできる。しかし、「佐保川」をめぐる表現が「千鳥鳴くその佐保川に」とあることから、春の「佐保川」を詠んだとするよりは、他の歌同様に「千鳥」に主眼があるとして除外しておく。

11　阪口和子氏「近江の歌枕」（片桐洋一氏編『歌枕を学ぶ人のために』世界思想社刊　平成六年三月）

12　片桐洋一氏注1前掲書の「さほ」の項目。

13　永島福太郎先生『奈良（日本歴史叢書3）』（吉川弘文館刊　昭和三十八年十一月）の「Ⅲ社寺の都」

14　永島福太郎先生注13前掲書および『奈良文化の傳流』（中央公論社　昭和十九年八月）の第二篇「京都文化の流入」など参照。

15　吉川弘文館刊『国史大辞典』の「さほどの」の項目（朧谷寿氏執筆）

16　永島福太郎先生注13前掲書に同じ。

17　竹下豊氏「俊頼と万葉集—万葉摂取歌の位相—」（和歌文学会編『論集万葉集』笠間書院刊　昭和六十三年六月）が近年の成果として参考になる。

18　清水婦久子氏「歌学書における『萩』—平安時代の『万葉集』享受—」（『青須賀波良』第四十九号　平成七年七月）

19　『高岡市万葉歴史館紀要』に副題を「『萬葉集』伝来をめぐる臆見」と統一した形で収載している拙稿「萬葉集勅撰説の基盤」（第七号　平成九年三月）、「家持秀歌の享受」（第八号　平成十年三月）、および「礼部納言本と大中臣家」（第九号　平成十一年三月）と、第十号（平成十二年三月）に収載予定の「『次点』の実体」など。

使用テキスト

萬葉集　↓　塙書房刊『萬葉集』
歌論・歌学書　↓　風間書房刊『日本歌学大系』
歌合　↓　萩谷朴氏著『平安朝歌合大成』（同朋舎出版刊）
私家集　↓　明治書院刊『私家集大成』
古今和歌六帖　↓　図書寮叢刊『古今和歌六帖』
堀河百首和歌　↓　木船重昭氏著『堀河院百首和歌全釈』（笠間書院刊）
麗花集　↓　『久曽神昇博士還暦記念研究資料集』（風間書房刊）所収の翻刻
梁塵秘抄　↓　岩波書店刊『新日本古典文学大系』
うつほ物語、今昔物語集、無名草子　↓　小学館刊『新編日本古典文学全集』
正岡子規の短歌　↓　『子規歌集』（岩波文庫）

なお、萬葉集と歌論・歌学書をのぞき、適宜引用の表記を改めたところがある。

（補記）　校正の段階で、佐藤宗諄氏「佐保殿覚書」（『奈良歴史通信』第三十四号　平成二年十月）と小林一彦氏「『霞の衣』と『霞の袖』と―表現史における藤原俊成と『艶』―」（『洗足論叢』第二十三号　平成六年十二月）があることを知った。佐藤氏によると、本稿で問題とする院政期に佐保殿が二度焼亡したという。とくに大治四年（一一二九）十一月の焼亡について『中右記』が「四百余歳、藤氏の霊所初めて焼く」と記すことから、当時佐保殿があらためて都人に意識された可能性は高いのではないだろうか。また小林氏によると、「霞の衣」という歌語自体も堀河院歌壇によってあらためて注目されはじめたものであるという。〈佐保姫〉の受容と同じ時期であるという点で看過できない指摘である。それぞれに本稿の補強となる有益な論稿であり、ここにあえて補記する次第である。

立つ霧の思い

関　隆司

一　「立つ霧の思ひ過ぎめや」

大伴家持が越中の地で詠んだ「立山の賦」に、次のような表現がある。

（前十句略）
新川《にひかは》の　その立山《たちやま》に
常夏に　雪降りしきて
帯《お》ばせる　片貝川の
清き瀬に　朝夕ごとに
立つ霧の　思ひ過ぎめや
あり通ひ　いや年のはに

尓比可波能　曽能多知夜麻尓
等許奈都尓　由伎布理之伎弖
於婆勢流　可多加比河波能
伎欲吉瀬尓　安佐欲比其等尓
多都奇利能　於毛比須疑米夜
安里我欲比　伊夜登之能播仁

外のみも　振り放け見つつ　――　余増能未母　布利佐気見都々
万代《よろづよ》の　語らひ草と　――　余呂豆余能　可多良比具佐等
いまだ見ぬ　人にも告げむ　――　伊末太見奴　比等尓母都気牟
（後三句略）　（巻十七・四〇〇〇）

諸注釈書は、「帯ばせる」以下「立つ霧の」までの五句が「思ひ過ぎめや」を導くとする。しかしその導き方について、たとえば武田祐吉『全註釈』は「霧は過ぎ去るが、思いは過ぎないというのである」と訳し、岩波古典大系本の大意は「…瀬に立つ霧の絶えないように、私はこの立山を思い忘れる時はないであろう」と記すように、霧を「消えやすいもの」と見るか、「消えにくいもの」と見るかで説が分かれている。

前掲の古典大系本と澤瀉久孝『注釈』は「消えにくいもの」とするが、近年刊行された注釈書の多くは「消えやすいもの」と解釈している。これらの中では、橋本達雄『全注　巻第十七』にもっとも詳しい説明をみることができる。橋本氏は、巻二・二一七、巻十一・二四五五、巻十九・四二二四の例をあげて、「霧は消えやすいものとするのが普通であったと思われる」「巻十九の例はここと同じ家持の作である」と言う。

橋本氏のあげられた例を検討するところから始める。

四二一四番歌は、家持が、婿の藤原二郎が母を亡くして悲しんでいるのを聞いて送った哀悼の長歌である。その当該句の前後を掲げれば、

たらちねの　み母の命《みこと》
何しかも　時しはあらむを
まそ鏡　見れども飽かず
玉の緒《を》の　惜《を》しき盛りに
立つ霧の　失せぬるごとく（『全注』引用は「失せゆくごとく」）
置く露の　消《け》ぬるがごとく
玉藻なす　靡き臥《こ》い伏《ふ》し
行く水の　留めかねつと

とあって、消えると表現されているものは露で、霧は失すと表現されている。
巻二・二一七番歌は柿本人麻呂の吉備津采女挽歌の長歌で、

たく縄《なは》の　長き命を
露こそば　朝《あした》に置きて

夕《ゆふへ》には　消ゆといへ
霧こそば　夕に立ちて
朝《あした》には　失《う》すといへ

と、まず露が消ゆとよまれ、霧は失すと表現されている。
巻十一・二四五五番歌は、人麻呂歌集歌の例で、

我が故に言はれし妹は高山の峰の朝霧過ぎにけむかも

と訓まれているものである。下二句の原文は「峯朝霧過兼鴨」で、現行注釈書の訓みに異説はない。これは霧と「過ぐ」を結ぶ重要な例だが、「消える」とは関係がない。

実は橋本氏の説明は、霧を「消えやすいもの」としているのであって、「消えるもの」としているわけではないのだが、しかしその口語訳は「立つ霧の消えゆくように（立山への思いが）消え去ろうか」となっている。些細な点だが気になる。

他の注釈書にも触れておこう。『総釈』（佐佐木信綱担当）・『全註釈』・新潮古典集成本・伊藤博『釈注』には、巻三・三二五番歌（注1）を参照せよとある。三二五番歌は、「神岳に登りて、山部宿禰赤人が作る歌」の反歌である。

明日香川川淀去らず立つ霧の思ひ過ぐべき恋にあらなくに

しかしこの歌も、霧が「消えやすいもの」とはっきり詠んでいるわけではなく、また、実はまさにその点で問題を抱えている歌なのである。二句目原文は「川余藤不去」で、旧訓以来「川淀さらず」と訓まれていて、その意味を、現行注釈書は「川淀を離れず」と解するのだが、かつては「川淀ごとに」と解釈する説もあったのである。それは、「朝サラズ・夕サラズ」などの「…サラズ」が「…毎に」の意味であることに加えて、「去らず」ととると、例えば山田孝雄『講義』が、

然る時は明日香川の淀みの辺には昼夜たえず、霧の立ちこもりてある事と見ざるべからず。然れどもさる事ありうべき事にあらねば、この説は従ひがたし。

というように、解釈上おかしく見えるのである。しかしながら「…毎に」と訳すことも、その『講義』自身が、

この「さる」はなほ「去る」の文字の意にて、その川淀の辺に即して霧の立つといへるのみの事なるべし。

と続けて言っていることや、『全註釈』も「どの川淀も離れ去ることなくのような意から、熟語となつて毎にの意を成すのであろう」とするように、「川淀ごと」とするのも苦しいのである。

吉井巖氏の論考(注2)以後に刊行された注釈書は、「川淀を離れず」の意味にとり、「川淀を離れずに立ちこめる霧のように」と解釈して、「すぐに消えてしまうような・すぐに晴れるような」気持ちではな

い、とする。つまり三五番歌は、霧を「消えにくい」ものとする用例なのである。

視点を変えてみよう。

二　「嶺の朝霧過ぎにけむかも」

「思ひ過ぐ」を導く序詞には、次のような例がみられる。

ア、石上布留の山なる杉群の　思ひ過ぐべき君にあらなくに　（巻三・四二三、丹生王）

イ、朝に日《け》に色づく山の白雲の　思ひ過ぐべき君にあらなくに　（巻四・六六八、厚見王）

ウ、神南備《かむなび》の神依板《かむよりいた》にする杉の　思ひも過ぎず恋のしげきに　（巻九・一七三、人麻呂歌集）

エ、今夜の暁《あかとき》くたち鳴く鶴《たづ》の　思ひは過ぎず恋こそまされ　（巻十・三六九）

オ、神南備の三諸の山に斎《いは》ふ杉　思ひ過ぎめや苔むすまでに　（巻十三・三三八）

カ、小菅ろのうら吹く風の　あどすすか愛《かな》しけ子ろを　思ひ過ごさむ　（巻十四・三五六四）

この他にも、「過ぐ」を含む句を導く例を以下のように拾うことができる。

キ、かくのみし恋ひや渡らむ秋津野にたなびく雲の　過ぐとはなしに　（巻四・六九三、大伴千室）

ク、わが故に言はれし妹は高山の嶺の朝霧　過ぎにけむかも　（巻十一・二四五五、人麻呂歌集）

ケ、上毛野伊香保の嶺《ね》ろに降ろ雪の　行き過ぎかてぬ妹が家のあたり　（巻十四・三四二三）

コ、筑波嶺の嶺ろに霞ゐ　過ぎかてに息づく君を率寝て遣らさね　（巻十四・三三八八）

ア・ウ・オは「杉」から「過ぎ」を導いている。小学館古典全集本の三四二三番歌頭注によれば、「アクセントの上では杉は上上、過ギは平上で別」とのことだが、同音によるわかりやすい例とみてよいであろう。ケも「雪」が「行き」を導くとみてよいだろう。「霧」の問題と関わるのは、音ではなく、比喩的に導いている残りの「雲」（イ・キ）、「鶴」（エ）、「風」（カ）、「霧」（ク）、「霞」（コ）の七例である。

まず「鶴」（エ）から見てゆこう。「今夜の暁くたち」は原文「暁降」で、「くたつ」は盛りが過ぎて終わりに近づくこと、それが衰える意であることから、意味は「夜明け過ぎ」である。「夜明け過ぎに鳴く鶴の」が「思ひは過ぎず」を導いているのだ。夜明けに鳴く鶴の声は、

児らしあらば二人聞かむを沖つ洲に鳴くなる鶴《たづ》の暁《あかとき》の声　（巻六・一〇〇〇、守部王）

と詠まれているように、思いをつのらせるものであったに違いない。そもそも鶴の鳴き声自体が、

島伝ひ敏馬《みぬめ》の崎を漕ぎ見れば大和《やまと》恋しく鶴さはに鳴く　（巻三・三八九）

などと詠まれるように、ある種の感懐をもって受け取られていたものであるのだから、エの「鳴く鶴の」は、単に「過ぐ」だけを導くのではなく、「思ひは過ぎず」を導いているのである。

次に「風」（カ）を見よう。「あどすすか」が問題である。諸注釈は、原文「安騰須酒香」を「何ど為為か」とみて、「いったいどのようにしながら・どのようにしつつ」などと解釈して「思ひ過ごさむ」にかかるとしている語句である。東歌であるため、どこまで正しいか不安であるが、とにかく「風」の「過ぎる」状態から「思ひ過ごす」を導いているのだろう。風が吹き過ぎるように思い過ぐのである。

残りの「雲・霞」は、状態が「霧」に近いものだから重要である。

一例しかない「霞」（コ）から見る。「一緒に寝て帰してあげなさい」との東歌であるが、そう詠むほど立ち去らない男の姿を導く「霞」である。霞は消えないものなのだろう。

「雲」二例は、ともに巻四の歌で、厚見王は巻四、巻八で家持歌の前後に歌を載せる人物。大伴千室は、家持宅での宴にも姿を見せる（巻二十・四二九八）人物である。

イの末二句は「思ひ過ぐべき君にあらなくに」である。「忘れてしまえるような君ではない」ということだ。その「思ひ過ぐ」だけを導くのであれば、この雲は「消えやすい」であろう。現行注釈書の口語訳を比較してみると、『釈注』・稲岡耕二和歌文学大系本・『全注』などのは「消えてゆく雲のように」とし、岩波新古典大系本・小学館新編全集本などが「過ぎゆく雲のように」とするなかにあって、唯一、中西進講談社文庫本は、「雲は文脈上『思ひ過ぐ』に続くが、君を象徴する」として

「白雲のように、忘れがたいあなたよ」と訳している。

この歌の「白雲」は、例えば「神南備の三諸の山」（オ）や「筑波嶺の嶺ろ」（コ）のような固有名詞を持つ山にたなびいているわけではない。上二句は「朝に日に色づく山の」である。なぜ「朝に日に色づく山」と詠みこんだのであろうか。これはあくまで「朝に日に色づく山の白雲」なのではないか。講談社文庫本の口語訳はこうしてできたものなのだろう。上二句をどう位置づけるかで解釈が大きく変わる。

キも難しい。「秋津野にたなびく雲の過ぐとはなしに」「かくのみし恋ひやわたらむ」という。たなびく雲が消えるようには、思いが消えないと解釈されている歌なのである。

「…とはなしに」という表現は万葉集に十例見える。

闇の夜に鳴くなる鶴の外《よそ》のみに聞きつつかあらむ逢ふとはなしに　（巻四・五九二）

近江の海波恐《かしこ》みと風守り年はや経なむ漕ぐとはなしに　（巻七・一三九〇）

などの例があるように、「…ということもなく」とでも訳すべき表現である。とくに、

卯の花の咲くとはなしにある人に恋ひや渡らむ片思にして　（巻十・一九八九）

筑波嶺にかか鳴く鷲の音のみをか泣き渡りなむ逢ふとはなしに　（巻十四・三三九〇）

の二首は、「…わたる」をも含む歌で、「咲くということもないような人に、恋し続ける」「逢うということもなく、泣き続ける」と解釈してよいだろう。問題にしているキの歌も同じように解釈してしまうと、「たなびく雲が過ぎ去ることもないように恋ひやわたる」となってしまうのだが、この歌の雲は消える、過ぎるものとして、あくまで過ぐを導くにすぎないのである。

残るはクの「霧」である。柿本人麻呂歌集から採られたこの歌の原文は、

我故所云妹高山峯朝霧過兼鴨

と、助詞や活用語尾などを表記しない、いわゆる略体歌であるが、「わが故に言はれし妹は高山の嶺の朝霧過ぎにけむかも」と訓むことには問題はなさそうである。この歌の問題は訓みではなく、やはり「霧」が「過ぐ」ことをどう解釈するかにある。折口信夫『口訳』は、「高い山の、峯の朝霧のやうに、なくなつて了うたことだらう」として、「過ぐ」を「死」の意味に解している。これは鴻巣盛廣『全釈』や『全註釈』などもとる説であるが、現行注釈書は、霧を「消えてゆくもの」と捉えて、「心変わり」や「遠のいてしまった」などと解している。これは、澤瀉『新釈』の、

即ち「心」に重きをおいて解けば「あきらめる」であり、「形」に重きをおけば「去る」或いは「遠ざかる」である。

という説明が元になっている。霧が消えやすいものであることは、新潮古典集成本の頭注に、「高山

の朝霧の進行は早い」との補足が見られ、『釈注』には「高い山の朝霧の進行は格別に早い」とさらに補強されている。無論そのことばかりではなく、「わが故に言はれし妹」が「死んだ」では、あまりに唐突であるというのも、「消えてゆくもの」説の大きなよりどころとなっている。

この点については、稲岡耕二『全注　巻第十一』二四五三番歌の【考】に、実に興味深い指摘が見える。それは、人麻呂歌集の霧が、略体歌（稲岡論では古体歌）の場合は「いちめんにたちこめて物の姿を隠すものとして詠まれて」おり、非略体歌（稲岡論では新体歌）の場合も、歌われている霧を「はかないものとして表わしてはいない」と言い、霧がはかないものとして詠まれるのは、後のいわゆる人麻呂作歌の作品からであるとする。そのため、この二四五三番歌も「霧が死を暗示するものとは考えない方が良いと思われる」と結んでいるのである。果たしてそこまで言い切ることができるのだろうか。

『全注』に引く略体歌の「霧」は二例。

春山の霧にまとへる鴬も我にまさりて物思はめやも　（巻十一・一八九二）

秋の夜の霧立ち渡りおほほしく夢にそ見つる妹が姿を　（二二四一）

たしかに、これらの霧は「物の姿を隠すものとして詠まれ」ていて、「はかないものを表わして」もいない。

非略体歌には「霧」単独の例はなく、弓削皇子に献った、

妹があたりしげき雁が音《ね》夕霧に来鳴きて過ぎぬすべなきまでに　（巻九・一七〇二）

や、舎人皇子に献った、

ふさ手折り多武《たむ》の山霧繁みかも細川の瀬に波のさわける　（一七〇四）

と、その舎人皇子の歌である、

ぬばたまの夜霧は立ちぬ衣手の高屋《たかや》の上にたなびくまでに　（一七〇六）

そして「七夕」の題のもとに収められた、

ぬばたまの夜霧隠りて遠けども妹が伝《つた》へは早く告げこそ　（巻十・二〇〇八）

秋されば川霧立てる天の川川に向き居て恋ふる夜そ多き　（二〇三〇）

の五例を掲げている。『全注』は、これらの歌から霧をはかないものとして表わしてはいないとしたのであった。確かにそうであるが、五例中一例は皇子の歌であり、二例が皇子への献歌、二例が七夕の歌であれば、はかないことを歌うような主題ではなかったとも言えるだろう。

なお、二〇三〇番歌（非略体歌）二句目の「川霧」には異同がある。

この二文字で、旧訓は「カハキリタチテ」と訓んでいたのだが、井上通泰『新考』は、もと「川霧々」であった「々」が落ちたものと想像して、「カハギリキラス・カハギリキラフ」の訓みを新案し、『新訓』以後『全註釈』や岩波古典大系本などは「川霧」だけで「カハソ（ゾ）キラヘル」と訓じている。

一方、元暦校本・類聚古集・紀州本が「川霧」二文字に「キリタチテ」と付訓していることから、『注釈』は「陽」（陽明文庫本）の本文だと言って「立」を補い、

秋されば川霧立てる天の川……

と訓んでいる。古典全集本・古典集成本・講談社文庫本・『全注』・新編古典全集本・『釈注』などもこの訓みをとる。『校本万葉集』によれば本文に「立」があるのは陽明文庫本ではなく、温故堂本一本のみで、元暦校本以来諸本すべてに「立」の文字がないことを考えれば、補うのはためらわれる。

しかし、集中の「キラフ」は、この歌以外「霧合」か「霧相」と表記されていて、一文字で訓むのも

難しい。人麻呂の「水激」（巻一・三六）を「ミナギラフ」と訓めば、「合・相」字がなく、「フ」を訓み添える例となるが、「ミナソク・ミヅタギツ」の訓みもあり、簡単には判断できない。二三〇番歌の訓みもにわかに決めがたいが、どちらの訓みをとっても「はかない」こととは無関係である、としておく。ともかく、以上の例からは確かに霧をはかないものと表わしてはいないのだが、後の、いわゆる人麻呂作歌である吉備津采女挽歌に、

…たく縄の　長き命を　露こそば　朝に置きて　夕には　消ゆといへ　霧こそば
夕に立ちて　朝には　失すといへ　梓弓　音聞く我も　おほに見し　こと悔しきを…
…時ならず　過ぎにし子らが　朝露のごと　夕霧のごと　　（巻二・二一七）

と詠み、出雲娘子挽歌にも、

山の際《ま》ゆ出雲の子らは霧なれや吉野の山の嶺《みね》にたなびく　　（巻三・四二九）

と見られる表現が、突如出てきたとは考えにくい。あくまで人麻呂作歌と人麻呂歌集歌では、その歌の内容に違いがあると見るべきなのだろう。

『全注』の二四五番歌訳は、「高山の峯にかかる朝霧が消えるように音沙汰なくどこかへ行ってしまっ

たのだろうか」である。この歌の「過ぎにけむかも」を、妹の死と結びつけられないならば、この歌の霧は、消えるものと解釈するのがもっとも穏当であろう。

それにしても、注釈書が朝霧の進行が早いという高い山がどれほどの高さを指すのか、そして、この歌の「高山」がどれほどの高さの山を詠んでいるのかは考察不能である。「消えやすい」ものとまでは言わなくてもいいだろう。『全注』の【注】には、「高山の峯にかかる朝霧は、少し時がたつと何時のまにか消えてゆくものであるところから」「過ぐ」の序詞としたのだという記述が見られる。私のこだわるままにこの歌を解釈すれば、「高山の峯にかかる朝霧がいつの間にか消えてしまうように、いなくなってしまったのだろうか」であるべきなのである。

些細な点にとらわれ過ぎてしまったようである。「霧」が「過ぎる」ことをどう解釈するか、というだけのことなのかも知れない。ただ実体験として濃霧しか知らない私は、霧を「消えやすいもの」ととることに、まだ納得がいかないのだ。

三　「朝夕ごとに立つ霧の」

家持は、「思ひ過ぎめや」を導き出した霧を、「片貝川の清き瀬に朝夕ごとに立つ」と詠んでいた。(注3)実は、ここに霧の状態が表現されている。人麻呂の霧は「夕に立ちて　朝には失す」ものであった。家持の「朝夕ごとに立つ」を諸注釈の口語訳は「朝夕ごとに」とそのままである。

集中「アサヨヒ」と訓まれる例は十四首あるが、六首が家持の歌である。仮名書き五例の他は、

「朝夕」七例、「朝暮」二例で、「朝暮」は家持歌のみの表記である。漢語の「朝夕」の意味には、「朝と夕」の他に、そこから転じて、「一日中」と解釈できるものがある。万葉集ではどうなのだろうか。まず、家持以外の歌から見てみよう。

巻二十には、大原今城が伝えた、

朝夕に音のみし泣けば焼き太刀の利心《とごころ》も我は思ひかねつも　（四四七九）
恐きや天の御門をかけつれば音のみし泣かゆ朝夕にして　（四四八〇）

の二例がある。四四七九番歌の作者は藤原夫人、天武天皇夫人で氷上大刀自と呼ばれる但馬皇女の母である。伝承が正しければ、万葉第二期の作品と考えられ、「アサヨヒ」のもっとも古い例となる。

この巻二十の二例は、朝と夕のみ泣いているわけではないだろう。

巻三には三例見える。

君に恋ひいたもすべなみ葦鶴の音のみし泣かゆ朝夕にして　（四五六）
みどり子のはひたもとほり朝夕に音のみそ我が泣く君なしにして　（四五八）

の二例は、家持の父旅人の資人であった余明軍が詠んだ、旅人の挽歌である。朝と夕だけ泣いている

というのではあるまい。もう一例は、大伴三中が自経した丈部龍麻呂を哀悼して詠んだ長歌に、

…おしてる　難波の国に　あらたまの　年経るまでに　白たへの　衣も干さず　朝夕に
ありつる君は　いかさまに　思ひいませか…　（四四三）

と見える。この「朝夕にありつる」は「朝夕勤務に励んでいた」と解釈するのが通説となっている
が、やはり「朝と夕」だけということではないであろう。

巻一・五番歌も、

…行幸《いでまし》の　山越す風の　ひとり居る　我が衣手に　朝夕に　反らひぬれば…

という表現で、同様に解釈することができる。
次の二例は判断に迷う。

瀬を早み落ち激《たぎ》ちたる白波にかはづ鳴くなり朝夕ごとに　（巻十・二一六四）

蛙が鳴くのは、「朝と夕」だけのことと見ることもできるし、一日中と解釈することもできよう。

瑞垣の久しき時ゆ恋すれば我が帯緩《ゆる》ふ朝夕ごとに　（巻十三・三二六二）

恋をして帯が緩むのは、苦しい思いで体が細るからである。この歌には『遊仙窟』の影響が指摘されているが、今はそこまでたどらなくても、三二六〇番歌の長歌の結びに「我が恋ふらくは　止む時もなし」とあるのを確認するだけで良いだろう。痩せる想いの比喩なのであるから、これは「朝と夕」ではない。

家持の六例はどうか。

朝夕に見む時さへや我妹子が見とも見ぬごとなほ恋しけむ　（巻四・七四五）

坂上大嬢に贈った歌で、多くの注釈書は「朝夕に見む時」を「朝晩見られるようになった時」と口語訳をつけるだけだが、木下正俊『全注　巻第四』は、その【注】に「今は別々に住んでいるが、やがて同居するようになってもまだ」とする。「朝夕に見む時」を同居すると解釈するのは分かりやすいが、一日中ということからの意訳だろう。

…玉にもが　手に巻き持ちて　朝夕に　見つつ行かむを　置きて行かば惜し　（巻十七・四〇〇六）

上京の時が近づいた時に池主に送った歌で、君が玉であれば持って行って朝夕見ながら旅をしようというのである。朝と夕だけ見るのではない。

…はしきよし　その妻の児と　朝夕に　笑みみ笑まずも　うち嘆き　語りけまくは…

（巻十八・四一〇六）

尾張少咋を教え喩す歌で、いとしい妻と「朝夕に機嫌が良かったり悪かったり」と口語訳されているところである。七三五番歌と同じく、妻と会うのは朝夕だけということはあるまい。

…咲きにほふ　花橘の　かぐはしき　親の御言《みこと》　朝夕に　聞かぬ日まねく…

（四一六九）

大嬢が母に送るために代作した歌である。お母さんの言葉を「朝夕に」聞けなくなって久しい、と詠む。親と子が会うのは朝夕だけではないだろう。

…家離り　海辺に出で立ち　朝夕に　満ち来る潮の　八重波に　なびく玉藻の…

（四三三一）

処女墓歌に追同して作った長歌の、浜辺の風景を描写した部分で、「満ち来る潮」だから「朝と夕」

のように思えるが、波を指しているだけであれば一日中と解釈しても決しておかしくはない。

以上のように、「アサヨヒ」は「朝と夕」と考えられる例もあるが、どちらかと言えば「一日中」とでも訳すべき表現に使われていることが確認できた。

家持の七四五番歌は「朝夕」、四一六九・四三二一番歌は「朝暮」と表記している。これら以外は仮名書きである。「朝夕・朝暮」の表記に意味上の差異は見つけられない。霧が立つのは「朝と夕」と見るのが通説だが、アサヨヒの用例を見る限りでは、家持の詠んだ片貝川の霧は一日中立っているようである。

家持以前に表現された霧の例も見ておこう。

万葉第一期は、一首しかない。額田王の歌にはない。


朝霧に濡れにし衣干さずして一人か君が山路越ゆらむ　（巻九・一六六六）

題詞によれば、崗本宮御宇天皇行幸時の作者未詳歌である。初句「朝露」とあってもおかしくない歌に見える。例えば巻七の作者未詳歌には、

ぬばたまの黒髪山を朝越えて山下露に濡れにけるかも　（一二四一）
つき草に衣は摺らむ朝露に濡れての後はうつろひぬとも　（一三五一）

という歌があるからだが、一方、「朝霧」と「濡る」が結びついているのは、

朝霧にしののに濡れて呼子鳥三船の山ゆ鳴き渡る見ゆ　（一八三一）

という巻十の作者未詳歌と一六六番歌の二例しかない。朝と霧・露のどちらかが、特に結びついているというわけではないようである。

第二期は、すでに見た人麻呂関係の歌しかない。他の作者の歌はないのだ。先に、稲岡氏が人麻呂の「霧」を三つに分けて取り上げていることを紹介しておいたが、その三区分目に当たる「人麻呂作歌」時代の「霧」を補っておく。

題詞に「柿本朝臣人麻呂作歌」とある作品の中の霧は、三例である。二例はすでに第一節で見ている。残る一例は、「川島皇子挽歌」とも呼ばれる、「泊瀬部皇女と忍坂部皇子とに献れる歌」の長歌にある。

…玉垂の　越智の大野の　朝露に　玉裳はひづち　夕霧に　衣は濡れて　草枕
旅寝かもする　逢はぬ君ゆゑ　（巻二・一九四）

「朝露」と「夕霧」が対比されている。この対応は、他に人麻呂の一例（巻二・二一七）と、巻十五に

一例（三六九一）を見るのみである。また、人麻呂の二一七番歌には、

露こそば　朝に置きて　夕には　消ゆといへ
霧こそば　夕に立ちて　朝には　失すといへ

との対句が見える。この歌だけを見れば、「朝露・夕霧」といったように、特定の時間と結びついて捉えられていたように想像されるが、集中の用例を確認してみると、「朝露」十四例に対して「夕露」は二例しかないものの、「夕霧」九例に対して「朝霧」は十八例もあるのである。決して、「霧は夕霧」というような意識を想像することはできない。

なお、「夜霧」は四例あるのだが「夜露」の例はない。「暁露」は四例みえる。

さて、第三期の例は赤人に三例、車持千年に二例、憶良・坂上郎女・笠女郎が各一例であり、その他にもある。

赤人の一例はすでに触れた「明日香川川淀さらず立つ霧」（巻三・三二五）である。その長歌にも、

…春の日は　山し見がほし　秋の夜は　川しさやけし　朝雲に　鶴は乱れ　夕霧に
かはづは騒く　見るごとに　音のみし泣かゆ　古思へば　（三二四）

とある。「朝雲」は集中他に例がない。「夕霧」は、人麻呂歌集非略体歌に一例、人麻呂作歌に二例見えていた。人麻呂は「朝露」と「夕霧」を対比させていた。

赤人のもう一例は吉野での作。

…たたなづく　青垣隠り　川なみの　清き河内そ　春へは　花咲きををり　秋されば
霧立ちわたる　その山の　いやますますに　この川の　絶ゆることなく…　（巻六・九二三）

清き河内を、春に咲く花の彩りと、秋に立つ霧の美しさで讃美している。霧が立つことをそのまま歌うことで、讃歌となっている。

千年の歌も吉野での作である。

あかねさす日《ひ》並べなくに我が恋は吉野の川の霧に立ちつつ　（巻六・九一六）

私の思いが霧となって立つと歌う。憶良の一例も、

大野山霧立ちわたる我が嘆くおきその風に霧立ちわたる　（巻五・七九九）

という歌である。遣新羅使たちの歌も同様で、

君が行く海辺の宿に霧立たば我が立ち嘆く息と知りませ　（巻十五・三五八〇）
秋さらばあひ見むものを何しかも霧に立つべく嘆きしまさむ　（三五八一）
我が故に妹嘆くらし風速の浦の沖辺に霧たなびけり　（三六一五）
沖つ風いたく吹きせば我妹子が嘆きの霧に飽かましものを　（三六一六）

嘆きの息が霧となっているのである。
　作者未詳歌ではあるが、

我妹子に恋ひすべながり胸を熱み朝戸開くれば見ゆる霧かも　（巻十二・三〇三四）

も、同じである。これらの歌は、寒い朝の白い息を念頭に置けば理解しやすいが、それだけでは「嘆き」である意味が消えてしまわないだろうか。霧が「朝に失す」・「過ぐ」と詠まれていることから、霧を消えやすいものと解釈しがちであるが、そもそも、「霧」が「消えやすい」などというのは、現代人の誤った感覚ではないだろうか。死者が霧となって立ち現れ、つのる思いが霧となるような感覚を持つのであれば、むしろ、その霧は濃くあってもおかしくはない。ただ、奈良・九州・越中などの

地域差はあるのかも知れない。

また、ここに一首気になる歌もある。

朝露の消やすき我が身他国に過ぎかてぬかも親の目を欲り　（巻五・八八五）

と訓まれることの多い麻田陽春の「大伴熊凝の歌」である。この初句、次点本系の類聚古集・紀州本に「朝霧」とあり、古葉略類聚抄は本文が訓のみだが「あさきり」である。仙覚本系の西本願寺本などが「朝露」である。

『全註釈』は、「無常思想からは、それ（朝露－関注）が常道だが、朝霧は、過グの語に縁があり、有機的にまさつている」といい、『注釈』は、「原文『朝霧の』とあつたのを用例の多いに従つて後に『露』と改めたものと思はれる」として「朝霧」を採ったが、『私注』・脇山七郎『巻五新釈』・古典大系本・古典全集本・古典集成本・『全注』（井村哲夫担当）・『釈注』は「朝露」を採る。その中にあって唯一講談社文庫本が「霧」をとっていたのだが、新編古典全集本が、新見の広瀬本も「霧」であることに触れて「霧」を採った。

最新刊の新古典大系本は、

朝露の消やすき我が身老いぬともまた若ちかへり君をし待たむ　（巻十一・二六八九）

の例や、仏典・漢詩などを引いて、再び「露」を採る。なお、『全注　巻第十一』二六八九番歌の【注】に引く八八五番歌は、「朝露」である。

巻十一の例や「消ゆ」との結びつきの強さ、そして仏典や漢詩の例まで使って、次点本諸本にない「露」をとるのは、行き過ぎではないか。仙覚本系の本文「露」は、むしろそのようにして誕生したものだろう。ここは「霧」をとるべきである。

こうして万葉集で「霧」を「消えやすい」と表現する例を、確認することができるのである。そしてそれは、人麻呂が「失す」と詠んだ朝霧であることに注意しておきたい。

四　「立つ霧の思ひ過ぐさず」

前節で家持以前の用例を眺めてみた。では、家持の同時代はどうだろうか。

家持の「立山の賦」には、大伴池主の「敬みて立山の賦に和ふる一首」と題する長歌一首反歌二首が続く。「立山の賦」の左注には「四月廿七日大伴宿禰家持作之」とあるのに対して、池主の歌には「右掾大伴宿禰池主和之　四月廿八日」の日付を持つ。即座に歌い返した池主は、家持の表現をどう受け取ったのだろうか。池主の歌を見てみよう。

（前十三句略）

峰高み　谷を深みと　―　弥祢太可美　多尓乎布可美等

落ちたぎつ　清き河内に
朝さらず　霧立ちわたり
夕されば　雲居たなびき
雲居なす　心もしのに
立つ霧の　思ひ過ぐさず
行く水の　音もさやけく
万代に　言ひ継ぎゆかむ
川し絶えずは

於知多芸都　吉欲伎可敷知尓
安佐左良受　綺利多知和多利
由布佐礼婆　久毛為多奈眦古
久毛為奈須　己許呂毛之努尓
多都奇理能　於毛比須具佐受
由久美豆乃　於等母佐夜気久
与呂豆余尓　伊比都芸由可牟
加波之多要受波

（巻十七・四〇〇三）

家持の長歌が「片貝川の清き瀬に朝夕ごとに立つ霧の思ひ過ぎめや」とあったのに対して、池主はきれいな対句表現で、

清き河内に（朝さらず霧立ちわたり
夕されば雲居たなびき）（雲居なす心もしのに
立つ霧の思ひ過ぐさず）

と応えている。この歌の霧はどうなのだろうか。

『全注　巻第十七』の口語訳は「立つ霧のように忘れ去らず」である。これでは「消えないように」なのか「消えるように」なのかわからない。その【注】には「立つ霧のように消える意から、比喩的に『思ひ過ぐす』にかかる枕詞」とあって、四〇〇〇番歌と同じように霧を消えるものとして解釈していることがわかる。その上での「霧のように忘れ去らず」である。古典全集本は「その霧のように忘れ去らないで」とあるのみで、判断に迷う。古典集成本は「その立ちこめる霧のように思いをこめて」。『釈注』には「その立ち渡る霧のように思いこめつつ」と、霧を立ちこめるものと解釈している。なぜ、この歌の霧には「立ちこめる」という解釈が生じたのだろうか。「朝夕ごとに立つ霧の」と「朝さらず霧立ちわたり／立つ霧の」では、霧の解釈にそんなに違いが生じるとは思えないが、それぞれその点についての詳しい説明はなく、不明としか言いようがない。

こういった語釈の面でもっとも詳細に論じているのは、中西進『大伴家持3』(注4)である。注釈書でも評論でもないこの書の性格上か、実に刺激的な分析をしている。家持「立山の賦」の表現を、赤人の「富士山の歌」(巻三・三一七)と比較しながら読み解いていくのだ。この書以前にも四〇〇〇番歌に赤人の三一七番歌を参照した注釈はあった。しかし、富士山の歌と比較させるようなものはない。ではなぜ、富士の歌なのかと言えば、

家持の意識の中では、立山＝富士山という気持ちがあるのであろう。富士山は日本の代表的名山であり、それに比べ、当時の立山は一地方の山である。それを富士山なみに扱うことは、立山にとっては喜ばしいことだと考えて、立山を富士山になぞらえたといっていいであろう。

ということである。さらに、家持への「先人の影響」と小見出しを付けて、
家持は四百七十四首もの歌を作ったが、けっきょく、彼が到達した歌の境地はほかならぬ赤人にいちばん近かったのである。赤人的な資質を家持はもっていたからだと考えられる。

と言い、続けて、

その点において無意識にせよ、赤人の富士山の歌を念頭において（「立山の賦」を）作っていると考えられるが、（後略）

としている。やや先に結論ありきと言えなくもない。しかしそれでも、本論が問題にしてきた霧の解釈に関しては、興味深い指摘があり無視することができない。

中西氏は、「立山の賦」に、家持の聖山観・霊山観をよみとるのであるが、四〇〇〇番歌「朝夕ごとに立つ霧の思ひ過ぎめや」を、その霊山観の中で解釈しているのだ。

立山はいつもいつもわれわれの心の中にあって、消え去ることがないのだということ、それを片貝川の清らかな瀬に立つ霧にもとづいて歌っている。／忘れないということは賛美を意味する。

と語る。実は講談社文庫本の口語訳にも「その霧のように、どうして忘れることがあろう」とあったのだが、やはり「ように」の判断が付きかねたのだ。

中西氏は池主の表現をどう考えているのだろうか。先に講談社文庫本の口語訳を掲げる。

朝ごとに霧が立ち渡り、夕べになると雲がたなびきかかる、たなびく雲のように心も閉ざされ、立ちこめる霧のように忘れさることもなく、しのばれる山よ。

やはり霧が立ちこめている。残念なことに『大伴家持3』では、関心がこの前後の対句にいってしまっており、「立つ霧の　思ひ過さず」と「行く水の　音も清けく」について、

この霧が立っているようにいつも忘れないということと川の音が清らかであることは内容的に関係がないように思われるが、最後の行く水がいつまでもつねに流れつづけることのおいて、「思ひ過さず」と内容的に対になる。

と、霧は簡単に触れられているだけであるが、「霧が立っているようにいつも忘れない」とある。「いつも」というところに重点を置いて解釈しているようである。

歌の表現に戻ってみよう。

「思ひ過ぐさず」を導く「立つ霧」は、その前に「朝さらず　霧立ち渡り」と詠まれている。霧はまず「立ち渡って」いるのである。果たして立ちこめているのだろうか。

集中の「立ち渡る」ものを調べてみると、霧（十一首）に次いで雲（五首）が多く、その他には、「雁が音の聞こゆる空ゆ月立ち渡る」（巻十・二二二四）、「みづくきの岡の湊に波立ち渡る」（巻七・一二三一）、「近江の海白木綿花に波立ち渡る」（巻十三・三二三八）の例しかない。月は確かに渡って行くが、波が「立ち渡る」のは、「渡る」という語句に「し続ける」という意味が考えられるからである。雲はどうだろうか。

あしひきの山川の瀬の鳴るなへに弓月《ゆつき》が獄《たけ》に雲立ち渡る　（巻七・一〇八八、人麻呂歌集）

織女し船乗りすらしまそ鏡清き月夜に雲立ち渡る　（巻十七・三九〇〇、家持）

などの例は、「立ち続ける」ように思われる。しかし、「立山の賦」よりも後の作品だが、家持の歌には、

…あしひきの　山のたをりに　この見ゆる　天の白雲　海神の　沖つ宮辺に　立ち渡り
との曇りあひて　雨も賜はね　（巻十八・四一二二）

と、眼前に見えている山の雲に、沖まで「立ち渡」れと詠んでいる例もある。四〇〇三番歌の霧は「立ち渡る」のである。だから諸注釈書は「たちこめる」と口語訳していたのだろう。家持歌では、霧は朝夕ごとに立っていた。池主の歌はそれをうけて詠まれているのである。家持の霧も立ちこめていたのだろう。

実は、すでに触れたように、霧が「過ぐ」を導く歌は人麻呂・赤人・家持・池主の四例しかない。池主は家持の歌を見ての作詠である。人麻呂の歌は、人麻呂歌集の表記の大変省略されたいわゆる略体歌と呼ばれるものであった。万葉歌人たちが正確にその歌を「よむ」ことができたかどうか、私には不安である。一方、家持が中西氏の説くように「赤人的な資質」を持っていたのかどうか、確かには分らないが、家持が越中の立山を詠むにあたって赤人や千年の吉野讃歌を参考にしたことは、十分

に理解考えられる。ただその赤人の歌は、解釈に疑問が残る歌であった。
果たして家持は、赤人の「川淀さらず立つ霧」をどう理解したのだろうか。

注1 『総釈』には「一二五」とあるが、引用されている歌は三二五番歌である。
2 吉井巖「明日香川　川淀さらず立つ霧の」(『万葉集への視覚』和泉書院　平成二年十月刊)
3 この歌の表現から、家持が実際に片貝川を目にしていないなどの論もあるのだが、千二百年も前の越中の自然現象を、現在の片貝川の状態から論じても意味はないだろう。
4 中西進『大伴家持3　越中国守』(角川書店　平成六年十二月刊)

雪歌にみる家持の心象世界

田中夏陽子

一　はじめに――『萬葉集』の雪の研究史

『萬葉集』には「雪」の語が含まれる歌が一五〇首以上みられる。そして、それらの表現については、戸谷高明氏による基盤となる総論や、古代的な民俗信仰を考察した尾崎暢殃氏の論など、すでに多くの研究がなされている。(注1)『萬葉集』における雪をめぐる研究は、研究史全体の流れを常に反映し、吸収しつつ展開している。そうした研究の成果として、雪は歌や歌の場において、豊饒予祝や瑞祥を象徴する神聖な景物として機能すること、その讃美性ゆえに徐々に貴族的な文雅の景物として注目され、季節歌の発展と共に多様な表現が生まれたことについては、周知のこととして認められるだろう。

さらに近年においては研究の細分化が進み、佐々木民夫氏(注2)・佐藤隆氏(注3)によって、大伴家持という一歌人に焦点を当てた考察がなされた。

家持の歌には、三十首近くに雪の語が含まれており、それは他の歌人を抜いて集中最多の歌数である。ただし、家持は『萬葉集』の収録歌数自体が最多の歌人であるから、歌数について云々するのはあまり意味がないかもしれない。重要なことは、戸谷氏が指摘するように家持の雪の表現に対する多様な語彙である。佐々木氏は、家持を「雪の歌人」と評し、そうした家持の雪を、①越中時代の異風土体験を踏まえた野外の自然に降る雪、②瑞祥予祝の雪、③景と情とが巧みに交錯する繊細で美的な描写の雪と大きく三つに分類された。また、佐藤氏は、家持の雪の表現は、文雅の歌材として美意識の中にあるとし、特に宴席の雪歌について漢籍の世界をとりこんだ文雅への志向や遊戯性を指摘されている。

拙稿も二氏の研究に続くものであり、家持の雪に対する表現と意識について、歌風の基礎となる青年時代の貴族的な表現と異風土である越中赴任後の変化を、『萬葉集』の編纂意識なども考慮しながらみてゆきたい。

二　青年時代の家持の雪歌――天平の貴族がよむ都の歌

家持の歌風の基礎となる越中赴任前、青年時代に都でよまれたと思われる雪歌は、以下のように四首ある。

大伴宿祢《すくね》家持が鶯の歌一首

1うち霧《き》らし雪は降りつつしかすがに我家《わぎへ》の苑にうぐひす鳴くも　（巻八・一四四一・春雑歌）

大伴宿祢家持が雪梅《せつばい》の歌一首

2今日降りし雪に競《きほ》ひて我がやどの冬木《ふゆき》の梅は花咲きにけり　（一六四九・冬雑歌）

大伴宿祢家持が歌一首

3沫雪《あわゆき》の庭に降り敷き寒き夜《よ》を手枕《たまくら》まかずひとりかも寝む　（一六六三・冬相聞）

大伴宿祢家持、詔に応ふる歌一首

4大宮《おほみや》の内《うち》にも外《と》にも光るまで降らす白雪見れど飽《あ》かぬかも　（巻十七・三九二六・雪の応詔歌）

まず、天平の貴族的性格と箱庭的景観というこの時期の家持の歌風をあらわす三首についてみてみたい。

雪歌が、鶯・梅などと取り合わせてうたわれる機会が多いことは既に知られている。景物を取り合わせるという作歌行為は、万葉後期に漢詩文の影響のもと和歌の文芸的志向が強まり、特に季節歌の中で盛んにおこなわれた。家持の雪歌の場合、こうしたとりあわせの発想は、坂上郎女の歌（巻八・一六五一）や大伴村上の歌（巻八・一四三六）など、彼の同族を中心とした教養圏との密接な関係から生まれたものと考えられる。

1は、家持の十五、六歳の時によまれた初期の作品といわれている歌である。「空がかき曇るように雪が降っているのに、我家では鶯が鳴いているよ」と、歌の主題は冬から春への季節の推移の境目に生まれたズレの発見である。以下の例のように、梅・雪・鶯・霧（霞）を景物として季節の推移をうたった歌は、後期万葉の季節歌の発展の中で多くよまれる。

梅の花散らまく惜《を》しみ我が園の竹の林にうぐひす鳴くも　（巻五・八二四・梅花の宴・阿倍息島《おきしま》）

うちなびく春さり来ればしかすがに天雲霧《あまくもき》らひ雪は降りつつ　（巻十・一八三二）

梅の花咲き散り過ぎぬしかすがに白雪庭に降りしきりつつ　（一八三四）

風交《ま》じり雪は降りつつしかすがに霞たなびき春さりにけり　（一八三六）

家持の歌の場合、季節の推移の中で発見した冬を示す「雪」と、春を示す「鶯」を対比的に提示し、その間を逆接的表現「しかすがに（そうはいうものの）」によってつないで、その差をより鮮明にしている。

2は、「我がやどの冬木《ふゆき》の上《うへ》に降る雪を梅の花かとうち見つるかも」（巻八・一六四五・巨勢宿奈麻呂《すくなまろ》）という類歌があり、「冬木」の語は、家持のこの歌と二首にしか見られない。そのことから、家持歌も冬枯れした樹木に花のように雪が積もった様子をよんだものだと思われる。2も宿奈麻呂の歌も同じ状況をうたっているが、家持の歌の方が『古今集』を待たずして見立ての技法を使っており、より文芸志向の強い表現だといえる。一見、雪を中心によんでいるようだが、梅の花を待ちわびる心情が主の歌としてとらえられる。

1の「うち霧らひ」、2の「冬木の梅」という表現は、類想の表現はあっても他にはみられない語句であり、家持の作歌の際の語句に対する工夫・こだわりの跡である。天平の貴族和歌はこうした表現の微妙な差を追求した。

3は、巻八冬相聞の巻末を飾る歌で、家持の久迩京時代の歌だといわれている。それは、天平十三年（七四一）から十五年（七四三）までの三年間にあたり、家持が二十四歳から二十六歳の時となる。結句の「ひとりかも寝む」という独り寝をあらわす句は集中に九首もあるが、その中には「春日山霞たなびき心ぐく照れる月夜にひとりかも寝む」（巻四・七三五）という、坂上大嬢から家持に贈った同族の歌も含まれる。「庭に淡雪が降る」という冬の夜の光景を述べることによって、他の類歌より侘びしさが強調されており、佐々木氏も指摘されるように、(注4) 家持が雪の寒さを直接的によんだ歌は、集中にこの一首だけあり、その後の歌には見られない。

はじめの1・2・3の三首については、家持らしい工夫もみられるが、おおむね先人の作に学んだような歌であり、山口博氏が(注5)「都会人好みのありふれた趣向」と評されたように、天平時代の貴族的な季節歌の範疇に収まった歌である。そして、雪を中心にして詠じるというより、雪は、梅や鶯といった感動の主体となる他の景物や事象を引き立てる役割を果たしている。左の歌のように、雪が叙景の主部となっているものは『萬葉集』には少ない。それは家持歌においても同様である。

小治田朝臣《をはりだのあそみ》東麻呂《あづままろ》が雪の歌一首

ぬばたまの今夜《こよひ》の雪にいざ濡れな明けむ朝《あした》に消《け》なば惜《を》しけむ　（巻八・一六四六）

西の池の辺《へ》にいまして肆宴《しえん》したまふときの歌一首

池の辺《へ》の松の末葉《うらば》に降る雪は五百重《いほへ》降《ふ》り敷け明日《あす》さへも見む　（一六五〇）

また、もう一つ重要なことは、「我家の苑」「我がやど」「庭に降り敷き」と、野外ではなく身近な邸宅のような所を歌の舞台としており、箱庭的な景観の歌となっている点である。このような箱庭的な景観の中で身近な景をよむ自然詠は、一般的に王朝和歌の特徴であるが、万葉第三期以降の宴席歌等によく見られる。そしてそれは、大陸との交流で既に文化的に爛熟していた天平の貴族和歌の詠であり、家持の雪歌の性格の基礎となる部分である。

三　「家持の歌日誌」の編纂意識にみる雪——宮廷寿歌・雪の応詔歌と終焉歌

雪と宮廷寿歌

残った4であるが、先の三首と違って、家持自身による歌日誌だといわれる巻十七に収録されている。天平十八年（七四六）の正月に数寸の雪が積もった時、橘諸兄が藤原豊成ら諸王諸臣と元正天皇の中宮西院を除雪した時におこなわれた宴の席での一首である。天皇の詔に応じてよんだ歌で、越中赴任直前の家持二十八歳の時の歌と作歌事情もはっきりしている。基本的には雪による大君讃美の歌であり、その後の家持の雪のよみぶりに大きく影響したことが推察される。以下がその雪の応詔歌群である。

降る雪の白髪《しろかみ》までに大君《おほきみ》に仕へまつれば貴《たふと》くもあるか　（巻十七・三九二二・橘諸兄）

天《あめ》の下《した》すでに覆ひて降る雪の光を見れば貴くもあるか　（三九二三・紀清人《きよひと》）

山の峡《かひ》そことも見えず一昨日《をとつひ》も昨日《きのふ》も今日も雪の降れれば　（三九二四・紀男梶《をかぢ》）

新《あらた》しき年の初めに豊《とよ》の稔《とし》しるすとならし雪の降れるは　（三九二五・葛井諸会《ふぢゐのもろあひ》）

大宮《おほみや》の内《うち》にも外《と》にも光るまで降らす白雪見れど飽かぬかも　（三九二六・大伴家持）

伊藤博氏はこの歌群について、「いずれも限りなくめでたく、かつ、格調に富む。真情のあふれるすぐれた賀歌といってよい」（『萬葉集釋注』別巻二一六頁）と述べられている。眼前の雪の景を軸にして、橘諸兄が末永い忠誠心で白髪になるまで仕えるとうたったのを口火に、天皇の威光を雪の輝きに譬え、大雪が降ったことを豊年の予祝だとし、治世が国の隅々まで及んでいると讃美する。人麻呂が長歌でなしえた王権讃美を、短歌形式の歌群として極めたものともいえるだろう。

家持自身の歌の「大宮の内にも外にも光るまで降らす白雪」とは、世の中のすみずみまで雪にたとえられた天皇の威光が行き渡った状態のことで、そのような状態を「見れど飽かぬかも」、いくら見ても飽きないといっている。「見れど飽かぬかも」は、人麻呂が吉野讃歌などで使った讃歌表現の常套句である。また、左のように、人麻呂の新田部皇子献歌では、家持の応詔歌の「大宮」と同様に、

「大殿」に降る雪をもって新田部皇子を讃美している。

柿本朝臣《あそみ》人麻呂が新田部皇子《にひたべの》に献《たてまつ》る歌一首 并《あは》せて短歌

やすみしし　我が大君　高光る　日《ひ》の皇子《みこ》　敷《し》きいます　大殿《おほとの》の上《うへ》に　ひさかたの　天伝《あまづた》ひ来る
雪じもの　行き通ひつつ　いや常世《とこよ》まで　（巻三・二六一）

反歌一首

矢釣山木立《やつりやまこだち》も見えず降りまがふ雪にさわける朝《あした》楽しも　（二六二）

このような家持の人麻呂を意識した表現は、家持の天皇の威光が輝いていた古き良き時代への志向「白鳳回帰」の情によるものだろう。(注6)また、尾崎暢殃氏(注7)は、家持歌に以下のような宮殿をよみこんだ歌が多いのは、家持自身が出金詔書を寿ぐ歌で、大伴氏の職掌を禁苑・宮垣の守りと表現したような天皇の身近に侍す親衛氏族としての自負のあらわれだと指摘されている。

大宮の内にも外《と》にもめづらしく降れる大雪な踏《ふ》みそね惜《を》し　（巻十九・四二八五・大伴家持）
川渚《かはす》にも雪は降れれし宮の内《うち》に千鳥鳴くらし居《ゐ》む所なみ　（四二八八・大伴家持）

大君に　まつろふものと　言ひ継げる　言《こと》の官《つかさ》ぞ　梓弓　手に取り持ちて　剣大刀　腰に取り佩き
…　朝守り　夕の守りに　大君の　御門《みかど》の守り　我をおきて　また人はあらじと　いや立て　思ひ

し増さる　大君の　命《みこと》の幸《さち》の　聞けば貴《たふと》み　（巻十八・四〇九四・大伴家持・出金詔書を賀《ほ》ぐ歌）

さらに氏は、正月によまれた歌には、ひろく宮廷寿歌的発想――寿詞（ヨゴト）を奏上するように、天皇やその御代、年の稔りを寿いで、忠誠心を誓う発想――があり、天皇の親衛の氏族としての自負が強い家持には必然的に一月（正月）の歌に寿歌的発想の歌が多いとされる。辰巳正明氏[注8]によれば、漢籍においても雪を瑞雪とするのは一般的で、特に『藝文類聚』の晋の孫楚の「雪賦」などにみられる皇帝による雪を喜ぶ詩は、国に対する豊饒予祝として理解でき、同様の解釈は『萬葉集』の雪の応詔歌や柿本人麻呂の新田部皇子献呈歌にも及んでいるとされる。そうしたことから、新年新春を雪歌によって言祝ぐ歌は思想としては一般的だったことと想像される。

家持の歌日誌と雪

家持が直接編纂したとされる『萬葉集』の末四巻、いわゆる「家持の歌日誌（歌日記）」には、「雪」や「ほよ（宿り木）」によるそうした新年新春の言祝ぎの歌が集中してみられる。それは家持が越中国守・因幡国守など正月に公務として儀礼[注9]や宴席へ参加する機会が多かったことにも由縁する。そうした寿歌を自身の歌日誌の実質的な巻頭部分と巻末部分に対して配置したことは、『萬葉集』全体の編纂論等で論じられるように、単なる天皇の讃美や予祝にとどまらず、大伴氏の繁栄をも予祝するものであったのだろう。

この「家持の歌日誌」の成立をめぐっては、『萬葉集』全体の編纂を含め、多くの論があるが、(注10)現在は四巻一括して編纂されたのではなく、一巻ずつ段階的に編纂されたものとみるのが一般的である。

そして、巻十七の中に含まれるこの雪の応詔歌群を、大伴坂上郎女が越中に赴任する家持に贈った旅の無事を祈る歌にはじまる越中歌群の前に配置したことは、家持自ら実質的な意味で自分の歌集の巻頭を、晴れがましい歌で飾るという意図があるといわれている。塩谷香織氏(注11)は、雪の応詔歌群の左注にみられる諸王臣の位階の配列は、題詞にみられる「天平十八年（七四六）正月」ではなく七四九年四月一日から十三日の間に相当するとされ、そのことからこの巻十七の整理編纂の時期については、同年の五・六月頃、すなわち家持の越中赴任中のことになるとされた。

一方で、『萬葉集』そして「家持の歌日誌」は、左の巻二十の因幡国守だった家持の天平宝字三年（七五九）正月の雪の歌で言祝ぎながら幕を閉じる。

新《あらた》しき年の初めの初春の今日降る雪のいやしけ吉事《よごと》　（巻二十・四五一六）

七四九年の時点で「歌日誌」の終焉歌を雪歌とすることを想定していたかはわからないが、結果的に家持自身の雪歌が「家持の歌日誌」の巻頭と巻末に配置されており、それが自身による意図だったとすれば、家持が雪による言祝ぎにこだわっていた証といえるだろう。

家持は雪という景物によって、大君や広く治世を寿ぐ宮廷寿歌的な予祝歌をよむ。それが家持が越中赴任中からはじまった意味は大きい。家持は、越中の国守という民の上に立つ立場を経験することによって、雪の宮廷寿歌としての予祝性というものをより強く認識した。そうした雪深い越中での経験が、『萬葉集』終焉歌をはじめとするその後の雪による言祝ぎの詠歌の土台となったのだと考えられる。

四　越中の雪の表現――異風土をうたうこと

それでは、そうした家持の雪歌の意識を高めた越中赴任中の家持の詠歌と、家持が自分の「歌日誌」におさめた家持周辺の雪歌の表現はいかなるものであろうか。

越中萬葉歌には雪歌が二十五首ほどある。家持が青年時代によんだような貴族的な歌や、先に述べた正月の言祝ぎの歌のようなものが目立つ。その一方で、研究史で触れたように、越中という雪深い土地における都とは異なる雪との出会いによって詠出されたとされる雪歌がある。しかし、一口に越中の異風土の雪をよんだといっても、歌への異風土の取り込み方には歌によって差があり、表現も異なってくる。越中特有の雪の表現といわれる以下の歌をとりあげてみてみたい。

5庭に降る雪は千重《ちへ》敷くしかのみに思ひて君を我《あ》が待たなくに

（巻十七・三九六〇・大伴家持・相歓《あひよろこ》ぶる歌）

6 天離《あまざか》る　鄙《ひな》に名かかす　越《こし》の中《なか》　国内《くぬち》ことごと　山はしも　しじにあれども　川はしも　さはに
行けども　皇神《すめかみ》の　うしはきいます　新川《にひかは》の　その立山《たちやま》に　常夏《とこなつ》に　雪降り敷きて　帯《お》ばせる
片貝川《かたかひがは》の　清き瀬に　朝夕《あさよひ》ごとに　立つ霧《きり》の　思ひ過ぎめや　あり通ひ　いや年のはに…
（巻十七・四〇〇〇・大伴家持・立山の賦《ふ》）

7 立山に降り置ける雪を常夏に見れども飽《あ》かず神《かむ》からならし
（巻十七・四〇〇一・大伴家持・立山の賦の反歌）

8 朝日さし　そがひに見ゆる　神ながら　み名に帯《お》ばせる　白雲の　千重《ちへ》を押し別《わ》け　天《あま》そそり
高き立山　冬夏と　別《わ》くこともなく　白たへに　雪は降り置きて　古ゆ　あり来にければ　こごし
かも　岩の神さび　たまきはる　幾代経にけむ　立ちて居て　見れども異《あや》し…
（巻十七・四〇〇三・大伴池主・立山の賦に和《こた》ふる歌）

9 立山に降り置ける雪の常夏に消《け》ずて渡るは神ながらとぞ
（巻十七・四〇〇四・大伴池主・立山の賦に和《こた》ふる歌の反歌）

10 立山の雪し消《く》らしも延槻《はひつき》の川の渡り瀬《ぜ》鐙漬《あぶみつ》かすも
（巻十七・四〇二四・大伴家持・延槻川を渡る時の歌）

11 …離れ居て　嘆かす妹《いも》が　いつしかも　使ひの来むと　待たすらむ　心寂《さぶ》しく　南風《みなみ》吹き　雪消《げ》
溢《はふ》りて　射水川《いみづかは》　流る水沫《みなわ》の　寄る辺なみ　左夫流《さぶる》その児に　紐の緒の　いつがり合ひて　にほ
鳥の　二人並び居…
（巻十八・四一〇六・大伴家持・尾張少咋《をくひ》を教へ喩《さと》す歌）

雪に埋もれた越中国庁址の碑
（高岡市伏木の勝興寺境内・高岡市万葉歴史館撮影）

12…都辺に　参ゐし我が背を　あらたま
の　年行き反り　月重ね　見ぬ日さま
ねみ　恋ふるそら　安くしあらねば
…　射水川　雪消溢りて　行く水の
いや増しにのみ　鶴《たづ》が鳴く　奈呉江《なごえ》
の菅の　ねもころに　思ひ結ぼれ　嘆
きつつ　我が待つ君が　事終り　帰り
罷《まか》りて　夏の野の　さ百合の花の　花
笑みに　にふぶに笑みて　逢はしたる
今日を始めて　鏡なす　かくし常見む
面変《おもが》はりせず
（巻十八・四一一六・大伴家持・久米広縄《ひろつな》
の帰越の宴席歌）

風土性のある雪の描写とは

この中の10の歌こそが家持の歌における
風土の叙述を新しい次元に開いた歌ではな

いだろうか。以下、詳しく見ていくと、越中の風土性のある雪の描写といわれるものには、以下のような三つの描写があげられる。

①大雪を反映した描写　5
②立山の常夏の雪の描写　6・7・8・9
③雪解けの増水の描写　10・11・12

①の大雪の描写であるとされる5は、大伴池主が都から越中に帰ってきた時の歓迎歌で、池主を待ちこがれる気持ちを大雪が降り積もる様に託した歌である。左注に「白雪忽《たちまち》ち降り地に積むこと尺余なり」とあるから「庭に降る雪は千重敷く」の表現が生きてくるが、基本的には、都の宴席歌などにもみられそうな恋情表現に託した歓迎歌である。5以外にも、左のような左注から四尺の大雪が積もった時のものとわかる歌がある。しかし、これも先述したような国守館でおこなわれた宴の時の新年の賀歌であり、歌の中には直接大雪を感じさせる表現はない。

新《あらた》しき年の初めはいや年に雪踏み平《なら》し常かくにもが　(巻十九・四二二九)

右の一首の歌、正月二日に守《かみ》の館《むろつみ》に集宴す。ここに、降る雪殊に多く、積みて四尺あり。即ち主人《あるじ》大伴宿祢家持この歌を作る。

5にみられたような雪に恋情表現を託したものとしては、12もあげられる。ただし、12は雪の降る様に託したのではなく「射水川　雪消溢りて　行く水の　いや増しにのみ」と、久米広縄の帰越を待ちこがれる心情を、雪解けによる射水川の増水に託したもので、比喩としては平凡である。
家持の二上山賦とそれに和した池主の歌6・7・8・9は、立山連峰の神聖さを夏にも雪を頂く様をよみこむことによって表現している。「神からならし」と夏に雪を頂く神々しい立山の様子は、奈良にはない景であり、現実の山の光景を見たからこそ生まれた実体験に根ざした表現だとはいえる。だが、肝腎の立山の雪の描写は、直接的にはこの「常夏に　雪降りしきて」「冬夏と　別くこともなく白たへに　雪は降り置きて」しかない。しかも、そうした時ならぬの雪によって山の神性を讃える表現は、以下のような富士山歌に既にみられる。富士山の描写に比べてしまうと立山賦の山の表現は実に簡略で一般的であり、修辞の中に風土性はあまり感じられない。

天地《あめつち》の　分れし時ゆ　神《かむ》さびて　高く貴《たふと》き　駿河なる　富士の高嶺を　天の原　振り放《さ》け見れば　渡る日の　影も隠らひ　照る月の　光も見えず　白雲も　い行きはばかり　時じくぞ　雪は降りける　語り継ぎ　言ひ継ぎ行かむ　富士の高嶺は　（巻三・三一七・山部赤人）
なまよみの　甲斐の国　うち寄する　駿河の国と　こちごちの　国のみ中ゆ　出《い》で立てる　富士の高嶺は　天雲《あめくも》も　い行きはばかり　飛ぶ鳥も　飛びも上らず　燃ゆる火を　雪もち消《け》ち　降る雪を　火もて消ちつつ　言ひも得ず　名付けも知らず　奇《くす》しくも　います神かも　石花《せ》の海と　名付けてあるも　その山の　堤《つつ》める海そ　富士川と　人の渡るも　その山の　水の激《たぎ》ちそ　日本《ひのもと》

の　大和の国の　鎮めとも　います神かも　宝とも　なれる山かも　駿河なる　富士の高嶺は
見れど飽かぬかも　　　　　　　　　　　　　　　　　　　　　　　　　　　　　　（三一九）

それは雪の描写だけでなく、「片貝川の　清き瀬に　朝夕ごとに　立つ霧の　思ひ過ぎめや」の部分や、12の歌の「鶴が鳴く　奈呉江の菅の　ねもころに」の表現についても同様で、越中の地名を挙げはするものの、それに続く表現は伝統的な土地讃めで、風土の固有性は表現されていない。

このように家持が鄙の景の固有性をなかなかうたいあげることができなかった理由について、多田一臣氏[注12]は、はじめから従来ある国土讃美の常套的な枠組みへの帰属を志向していたからだとされる。家持は国守として、僻遠の地の自然も王化の徳の及ぶ理想的な自然として讃えており、そのような思想が従来の宮廷讃歌的な土地讃めの常套表現としてあらわれているとされる。そして、そうした当時の土地讃めの表現は、都会的なみやびの世界の枠組みに組み込まれており、家持には、みやびとの対比の中で浮かびあがってくるはずの鄙の異質な風土を、まだすくいあげることができなかったとされる。

その点、11の「南風吹き　雪消溢りて　射水川　流る水沫の　寄る辺なみ　左夫流その児に」は、「南風」という風土の景物から、越中の遊行女婦の左夫流の名前を導びいていており興味深い。この歌は、越中に赴任している尾張少咋が、妻がいるのに地元の遊行女婦の左夫流にうつつをぬかしていることを家持が諭すという戯歌性のある特殊な歌であり、かえってそのことが、国土讃歌やみやびといった従来的な歌の枠組みから抜け出た固有性となっているように思う。しかし、やはり異風土の表現を地名や景物に頼る部分が多く、感覚的なレベルに至っていない。

「鐙漬かすも」

残った10は、家持が春の出挙の巡行の時にうたった歌である。「延槻の川」は立山連峰の剣岳から北西に流れる今の早月川のことで、現在でもこの川の雪解けの頃の増水はよく知られている。延槻川が増水したため、渡る時に鐙が水に浸かってしまい、眼前の立山連峰で雪解けがはじまったことを思う歌である。真下厚氏(注13)は、水量の激しさを唱えることは、穀物の稔りに働きかける水の霊力の発動を願う国守としての立場からの歌だとされる。さらに、野田浩子氏(注14)は、左の同じ巡行時の婦負郡の鵜坂川を渡る時にうたわれた歌と比較し、延槻川の歌については、鵜坂川の歌の「衣濡れにけり」という類型的な表現にくらべて、「越の雪消の川の増水の凄まじさ、水の鋭い冷たさを『川の渡瀬鐙浸かすも』と表現し、鐙を置いた足を通して越の自然に触れている」と評され、「風流世界や都への意識、先行歌人への志向など入る余地がなかった」といわれている。

鵜《う》坂《さか》川渡る瀬多《おほ》みこの我《あ》が馬《ま》の足《あ》掻《が》きの水に衣《きぬ》濡れにけり　（巻十七・四〇二三・大伴家持）

武《む》庫《こ》川の水《み》脈《を》を速みと赤駒《あかごま》のあがく激《たぎ》ちに濡れにけるかも　（巻七・一一四一・摂津にして作る）

たしかに、鵜坂川の歌は、右の摂津国で作られたとされる歌とほとんど同じことをよんでおり、羈旅歌にみられる旅の辛さを叙述する類想の範疇にある。それに対して、延槻川の歌は、旅の歌の類型という範疇を越え、雪解けの水というものを、身体的感触として受け止めている。

この歌は、雪解けの水をうたったもので、雪自体をうたったわけではないが、言祝ぎの宮廷寿歌や都会的な雅の宴席歌への志向が強い中、越中の雪との出会いを契機に、家持は少ないながらも新たな境地の雪歌を作り得たのである。

そして、これら越中の雪歌から、青春時代の類句類想の表現を土台に、土地の風物を景物として取り入れた表層的な固有性、そして身体感覚で自然をとらえた新たな歌へと歌境が深まっていく様子が、雪という歌の素材に対する把握とその歌への表現を通じても読みとれるのではないだろうか。

五　「み雪降る越」の表現——潜在する異境意識

み雪降る越・しなざかる越

さて、越中歌のなかにはもう一つ注目したい雪の表現がある。それは「み雪降る越」という表現である。「み雪降る」は「越」にかかる枕詞のように使われているが、越の国に雪が多いことを示す実体的な形容でもある。以下のように、越中赴任中の家持歌二首の冒頭部分に使われている。

放逸《はういつ》せる鷹《たか》を思ひ、夢《いめ》に見て感悦《かんえつ》して作る歌一首

大君《おほきみ》の　遠《とほ》の朝廷《みかど》そ　み雪降る　越《こし》と名に負へる　天離《あまざか》る　鄙《ひな》にしあれば　山高み　川とほしろし　野を広み　草こそ茂き　鮎走る　夏の盛りと　島つ鳥　鵜養《うかひ》が伴《とも》は　…　露霜《つゆしも》の　秋に至れば　野もさはに　鳥すだけりと　ますらをの　伴誘《ともいざな》ひて　鷹はしも　あまたあれども　矢形尾《やかたを》の　我《あ》が大黒《おほぐろ》に　…　さ馴《なら》へる　鷹はなけむと　心には　思ひ誇りて　…　雲隠《がく》り　翔《かけ》り去《い》にきと　帰り来て　しはぶれ告ぐれ　…　（巻十七・四〇一一・大伴家持）

庭中の花の作歌《うた》一首

大君の　遠の朝廷と　任《ま》きたまふ　官《つかさ》のまにま　み雪降る　越に下り来《き》　あらたまの　年の五年《いつとせ》　しきたへの　手枕《たまくら》まかず　紐解かず　丸寝《まろね》をすれば　いぶせみと　心なぐさに　なでしこを　やどに蒔き生《お》ほし　夏の野の　さ百合引き植ゑて　咲く花を　出《い》で見るごとに　なでしこが　その花《はな》妻《づま》に　さ百合花　ゆりも逢はむと　慰むる　心しなくは　天離る　鄙に一日も　あるべくもあれや　（巻十八・四一一三・大伴家持）

冒頭部分の歌詞に即せば、阿蘇瑞枝氏[注15]がいわれるように、これらの雪の表現は豊年の予祝等の祝意性が内在しており、美称・讃美表現としてとらえられる。越の国を「大君の遠の朝廷そ（と）」と、天皇の治世の及ぶ遠い朝廷だといっており、統治の及ぶ国に対する讃美表現としてうけとめられる。同じく「越」にかかる枕詞として、以下の歌にみられるような「しなざかる」という語がある。「しなざかる」の「しな」は坂のことで「山坂を遠く離れた」というような意となり、「あしひきの　山

坂越えて　行きかはる　年の緒長く」ともあるように、都と遠く離れている越の国をイメージさせる。この「しなざかる」の語と比較してみると、「み雪降る」の語は讃美性がより高くみえる。

大君の　任けのまにまに　しなざかる　越を治めに　出でて来し　ますら我《われ》すら　世の中の　常しなければ　うちなびき　床《とこ》に臥《こ》い伏《ふ》し…
（巻十七・三九六九・大伴家持・病床歌）

あしひきの　山坂越えて　行き変はる　年の緒《を》長く　しなざかる　越にし住めば　大君の　敷きます国は　都をも　ここも同じと　心には　思ふものから…
（巻十九・四一五四・大伴家持・白き大鷹を詠む歌）

そうした「み雪降る越」という表現であるが、家持は左の巻十二の羈旅歌をみていたかもしれない。

み雪降る越の大山《おほやま》行き過ぎていづれの日にか我《わ》が里を見む
（巻十二・三一五三）

この歌は、前後に山越えの歌があるので、歌の中の「越の大山」には白山・愛発《あらち》山など諸説あるが、越の国の高い山を越えた時の歌だと思われる。
しかし、家持の讃美性の高いとされる使い方に対し、巻十二のこの歌の場合は、「いつの日になったら故郷の里を見ることができるだろうか」とあるので、越の大山を讃美しているというよりも、自分と故郷を隔てる山を雪深い山だといって旅の辛さを強調するものとみられる。このように、「み雪降る越」という同じ表現でも、歌によって讃美へ向かうものと、辛さを強調する方へと向かうものとがある。

「み雪降る」＋地名

そこで、少し幅を広げて地名に冠せられた「み雪降る」という句についてみてみたい。右の三首以外にも左のような歌にみられる。

Aやすみしし　我が大君　高照《たかて》らす　日《ひ》の皇子《みこ》　神ながら　神さびせすと　太敷《ふとし》かす　都を置きて
　こもりくの　泊瀬《はつせ》の山は　真木《まき》立つ　荒き山道を　岩が根　禁樹《さへき》押しなべ　坂鳥の　朝越えまし
　て　玉かぎる　夕去り来れば　み雪降る　安騎《あき》の大野に　旗すすき　篠《しの》を押しなべ　草枕　旅宿
　りせす　古思ひて　（巻一・四五・柿本人麻呂・安騎野遊猟歌）
Bかくしてやなほや老いなむみ雪降る大荒木野《おほあらきの》の篠にあらなく　（巻七・一三四九・草に寄する）
Cみ雪降る吉野の岳に居《ゐ》る雲の外《よそ》に見し児に恋ひわたるかも　（巻十三・三二九四）

一般的に「雪」に接頭語「御」がついた「み雪」という表現は、単なる「雪」という語に比べて誉めた表現であり、雪の神秘性があらわれているとされる。中古になると、「み雪」は深い雪（深雪）の意として使われることもあるが、『萬葉集』では雪の美称として使われている。今問題としてる地名にかかわる「み雪降る」については、多田一臣氏[(注1)]も「異界の呪力に溢れたその地の聖性を讃美する意味をもっていた」といわれている。確かに、歌の中における土地の表現には、原初的に地霊への讃美が含まれているだろう。しかし、実際には個々の歌ごとに讃美の質は異なると思われる。たとえば、旅の歌でも、左の東歌のように、「足柄峠」を「御坂《みさか》」と神聖視した呼び方をして、それが恐ろしいから、曇った夜のように心に秘めた思いを口にしてしまったと、土地に対する畏怖とでもいうべきものが表出している場合もある。その畏怖心を歌にうたうことこそが、土地の神に対する讃美に繋がっているともいえるが、歌の前面には畏怖の気持ちが強くでている。

足柄のみ坂恐《かしこ》み曇り夜の我が下《した》ばへをこち出《で》つるかも　（巻十四・三三七一）

それでは、そうした土地に対する讃美と畏怖の心象を、A・B・Cそれぞれの歌について具体的にみてみたい。

Aは安騎野遊猟歌群の長歌であるが、歌群全体としては安騎野でおこなわれた「御狩」という行為を通じて、軽皇子という天武天皇の新たな後継者の誕生をドラマチックにうたったものである。歌群第一首目の長歌であるAにおいて、安騎野を「み雪降る」とうたうことは、結果的に歌群全体としては、狩猟の舞台であり、新たな後継者誕生の地となる「安騎の大野」に対する讃美となっている。だが、Aという歌の内部においては、「安騎の大野」は「旗すすき　篠を押しなべ」とすすきや小竹が茂る荒れ地の状態としてとらえられており、そのような地で宿りをすることを「草枕旅宿りせす」と、心情的には草枕をするような辛い旅としてうたっている。そのような荒れ野に雪が降っていると叙述することは、雪の安騎野の光景が実景であるかどうかの是非にかかわらず、旅の辛さをより強調するものとしてとらえられる。

Bは、誰にも顧みられないまま老いることを、大荒木野の雪に隠れた篠が人に刈り取られないことにたとえた歌である。「大荒木野」は現在の奈良県五条市付近ともいわれているが、歌の心情部分の比喩としての土地の景には、讃美というよりも荒涼として人を隔てる雰囲気あり、「み雪降る」という語は、それをいっそう色濃くしている。

Cは、巻一に天武天皇御製歌として載せられている雪の吉野山の歌（二五番）の類歌として知られる巻十三の長歌の反歌である。隔てるという点からすると、Bが自分自身をそのような存在だといっているのに対し、Cは恋する相手が遠い存在だといっている。手の届かない女性、外から見ることしかできない女性「外に見し子」を、吉野の岳にかかる雲にたとえた歌である。吉野の岳は都のあった飛鳥や奈良からは遠い所にあり、そこにかかる雲とは、比喩としてさらに遠い存在であることを示す。その岳のある吉野に雪が降ることは、吉野は雪深いことで有名であり実体をしめした表現でもあるが、心情を託す景としては、冷たく自分との間を隔てるものとしても機能している。

このように、A・B・Cの「み雪降る」の表現は、その土地に対する讃美表現というよりも、土地の荒涼とした様子や人を隔てている様子を、雪が降るとを叙述することによって、より一層引き立てているものとしてとらえられる。

巻十二の「み雪降る越の大山」の表現についても、今みてきたA・B・Cの表現の範疇にあると思われる。特に、Aと同じように辛い旅の中の土地表現として受け止められよう。

家持の「み雪降る越」

そうした視点から、再び家持の二首の「み雪降る越」の歌をみてみると、冒頭部分で道行きという羈旅歌の様式が選ばれた事情と合わせて、家持の越中における心情の多様性が推察できる。

まず一首目の四〇一一番は、逃げた鷹が戻ってくるという夢のお告げがあり、それを信じて恋い待つ状況に至るまでの経緯が長々と語られている歌である。その中では、鄙の豊かな自然の中で鷹狩りに活躍する「大黒」という名の鷹の様子が叙述されるが、鄙の地であることをいいおこす冒頭部分の「大君の　遠の朝廷そ　み雪降る　越と名に負へる　天離る　鄙にしあれば」に、「み雪降る越」の表現は使われている。二首目の四一一三番は、庭に植えた百合やなでしこの花から離れて暮らしている故郷の妻を思い起こす歌である。この歌では、「大君の　遠の朝廷と　任きたまふ　官のまにま　み雪降る越に下り来　あらたまの　年の五年　しきたへの　手枕まかず」と、赴任の命を受けてみ雪降る越に下って五年間（実際は赴任三年目）も妻と共寝もしないで、と使われている。

このように、「み雪降る越」という表現は、一首目は「鄙」という部分を説明するため、二首目は越中国赴任のために妻と一緒にいられないことを説明する部分にみられる。

二首に共通している冒頭の「大君の遠の朝廷」であるが、越中国以外には具体的には大宰府などをさす表現で、地方の天皇権力の代行機関という意味である。しかし、この語が使われている日本挽歌（巻五・七九四）や新羅遣使歌（巻十五・三六六八・三六八八）などでは、遠路の任の辛さや赴任先での死がうたわれており、遠隔地である「大君の遠の朝廷」への任というものは、歌の中で苦しい旅として表現される。

また、二首目で花を育てる行為について、家持は独り寝が続き気持ちが晴れないので「心なぐさに」と心を慰めようとはじめたことだといっている。同じく鷹を飼うことについても、以下の白い別の鷹についてよんだ歌で「年長く越に住むと、大君の治める国は都もここも同じと心では思うが、語り合える人が少ないので物思いが絶えない。そのため、心をなぐさめようと」と、鷹狩りをしながら鷹を飼ってかわいがっていることがうたわれている。

…　年の緒長く　しなざかる　越にし住めば　大君の　敷きます国は　都をも　ここも同じと
心には　思ふものから　語り放《さ》け　見放《みさ》くる人目　乏《とも》しみと　思ひし繁し　そこゆゑに　心なぐや
と　秋付けば　…　鳥踏《ふ》み立て　白塗《しらぬ》りの　小鈴《こすず》もゆらに　あはせ遣《や》り　振り放け見つつ　いき
どほる　心のうちを　思ひ延べ　嬉しびながら　枕付く　つま屋のうちに　とぐら結ひ　据ゑて

そ我が飼ふ　真白斑《ましらふ》の鷹

（巻十九・四一五四・大伴家持・白き大鷹を詠む歌）

このように、鷹を飼うこと、花を植えることは、家持にとって鄙の地における孤独を慰める手段であった。そうした鄙の地にいる悲哀感が、旅愁の情という様式化した抒情表現にむかっていったため、道行きという形の旅の表現様式が選択されたのだと思われる。

また、「雪」と「辛い旅の表現」と「越中国守の任」を結びつけたのは、以下の笠金村の歌の存在が考えられる。石上乙麻呂《いそのかみのおとまろ》の越前国守に赴任については『続日本紀』には記載がないが、三六八番歌の左注から、国司として乙麻呂が越前国に向かう時の送別の歌だと推察されている。題詞によると、神亀五年（七二八）八月の歌であり、家持が越中赴任する約十八年前となる。

神亀《じんき》五年戊辰《ぼしん》秋八月の歌一首　并《あは》せて短歌

人となる　ことは難《かた》きを　わくらばに　なれる我《あ》が身は　死にも生きも　君がまにまと　思ひつ
つ　ありし間に　うつせみの　世の人なれば　大君の　命恐《かしこ》み　天離る　鄙治めにと　朝鳥の
朝立ちしつつ　群鳥の　群立ち去《い》なば　留まり居て　我《あれ》れは恋ひむな　見ず久ならば

（巻九・一七八五）

反歌

み越道《こしぢ》の雪降る山を越えむ日は留まれる我をかけて偲はせ

（一七八六）

この歌では、家持が赴任していた越中の隣国に石上乙麻呂が国司として赴任することについてうたわれている。しかも、大君の御命令で天離る鄙を治めにあなたが行ってしまうと残された私は恋しく思うと、遠路の職務に対して「命恐み」と消極的に使命感をうたい、むしろそれによって離別の状態になることを悲しんだ歌である。見送る側の歌であり、家持のような赴任に対する強い使命感はない表現だが、地方赴任の職務と別離の情とが交錯する点で家持の二首に共通している。さらに、反歌ではそうした辛い越前国への旅路を「み越道の雪降る山を越えむ日は」と、雪という景物をもってとらえている点でも共通している。

歌をよんだ日も、逃がした鷹の歌は九月二十六日、庭の花の歌は五月二十六日、そしてこの笠金村の歌は八月と、雪の季節ではないのでおそらく眼前の雪をよんだものではないだろう。これらの歌にみられる雪は、「越の国」を象徴的にとらえたものである。中西進氏(注17)は、家持の「み雪降る越」という表現について、越の気候が厳しいことを強調したものであり、当時は恐ろしいものをあがめたので「み」という美称をつけて、「み雪」「み越道」といったといわれている。それは、家持の越中に対する把握のあり方をしめしている表現として受けとめられるだろう。

先に述べたように、家持は雪の讃美表現というものをことのほか重要視した人物である。国守としての官人の使命感に身を奮い立たせて王権讃美を志向する一方で、異境の地にいることによるやるせない悲哀感は、羈旅の表現を志向したのである。家持の「み雪降る越」という雪の表現は、一見、単なる越の国の雪深さをいった実体的な表現にみえるが、国守としての土地讃美や異境での悲哀感といった越中に対する様々な思いが層をなした表現としてとらえたい。

六　おわりに

以上家持の雪歌の表現について、都における青年時代の歌から越中国守赴任中の歌についてみてみた。家持の歌にとっての雪とは、基本的に王権讃美のものと考えられる。文雅の素材としての雪も、王権讃美の手段へと結びついているのかもしれない。だが、家持が多くの雪歌をよむことによって和歌における雪の表現は広がり、日本の詩歌の代表的素材「雪月花」の一つとなる礎をきづいたことにはかわりない。しかしながら、そういった和歌の類型表現からはみ出てしまった、あるいは越中の異風土の雪にも託せなかった家持の思いとは、いかなるものだったのだろうか。幾重にも降り積もる雪をしても覆い隠すことができない、厳しい思いだったのかもしれない。

注1　戸谷高明「万葉の景物――雪――」(『早稲田大学教育学部学術研究〔人文科学・社会科学編〕』十六号　昭和四十二年十二月)、尾崎暢殃「大宮の雪」(『国学院雑誌』七十五巻九号　昭和四十九年九月所収『大伴家持論攷』笠間書院　昭和五十年)、「天伝ふ雪」『萬葉考説』(笠間書院　昭和五十二年)、「光る白雪」(『学苑』五五三号　昭和六十一年一月　所収『萬葉歌の発想』明治書院　平成三年)、「婦負の野の雪」(『国学院雑誌』九十四巻七号　平成五年七月　所収『萬葉歌小見』武蔵野書院　平成六年)、渡辺護「雪歌の一系譜――天武の雪と人麻呂の雪――」(『美夫君志』四十五号　平成四年十一月)

2　佐々木民夫「家持の『雪』」（『盛岡短期大学研究報告（家政・保育）』四十六号　平成七年三月）
3　佐藤隆「大伴家持の雪歌――雪梅歌と天平勝宝三年宴席歌」（『中京大学上代文学論究』六号　平成十年三月）、「白雪応詔歌群と大伴家持――賀と雅の競演」（『美夫君志』五十八号　平成十一年三月）
4　注2参照
5　山口博『万葉の歌――人と風土⑮――北陸』（保育社　昭和六十年）
6　中西進『大伴家持』二巻（角川書店　平成六年）。伊藤博氏も、家持は元正天皇・聖武天皇を白鳳回帰の理想のよりどころとしていると述べられている（『萬葉集釋注』別巻　集英社　一八七頁）。
7　注1参照
8　辰巳正明『万葉集と中国文学』第二（笠間書院　平成五年）
9　『萬葉集』の終焉歌など、家持の正月の雪歌と儀礼の関係については、新谷秀夫氏「『新しき年の初め』の家持――『伝誦』という視点――」（『伝承の万葉集』笠間書院　平成十一年）に詳しい。
10　針原孝之「万葉以後の家持」（『万葉の争点』笠間書院　昭和五十七年）、高岡市万葉歴史館編『高岡市万葉歴史館叢書』第十二号（平成十二年刊行予定　高岡市万葉歴史館刊）
11　塩谷香織「万葉集巻一七の編修年月日について」（『国語学』一二〇号　昭和五十五年三月）、「萬葉集巻十七以降の成立について――様式と使用字母の特徴を中心に――」（『学習院大学文学部研究年報』二十八号　昭和五十七年）
12　多田一臣「越中の風土――都と鄙」（『大伴家持』至文堂　平成六年）
13　真下厚「国守巡行の歌――大伴家持天平二十年諸郡巡行歌群をめぐって――」（『上代文学』六十四号　平成二年四月）
14　野田浩子「立山の雪し来らしも――家持に於ける文芸意識と感覚世界と」（『古代文学』十七号　昭

和五十二年所収『万葉集の叙景と自然』新典社　平成七年）

15　阿蘇瑞枝「大伴家持にとっての枕詞——家持初出の枕詞を中心に——」（『国語と国文学』七十五巻七号　平成十年七月）

16　多田一臣「安騎野遊猟歌を読む」（『語文論叢』十八号　平成二年　所収『万葉歌の表現』明治書院平成三年）

17　中西進『大伴家持』五巻（角川書店　平成七年）

（『萬葉集』の本文の引用は、新編日本古典文学全集『萬葉集』（小学館）に拠ったが、私意で改めた所もある。）

天と日の周辺

——治天下・阿毎多利思比孤・日本——

川崎　晃

はじめに

八世紀の日本が、中国に対置されるもう一つの中華帝国たらんとしていたことは儀制令《ぎせいりょう》1天子条に君主の称号として天皇のほかに天子・皇帝が並記されていることからもうかがえる。史書に自国を「中国」（雄略七年紀是歳条・同八年紀二月条、『続日本紀』文武三年七月十九日条・養老六年閏四月二十五日条）、あるいは「華夏」（『続日本紀』霊亀元年九月二日条）、「華土」（『続日本紀』延暦九年五月三日条）などと記しているのもそうした意識の現れであろう[注1]。

本稿では「天象」そのものではなく、天象に関わる「天」と「日」を媒介として、倭国（日本）の中華思想の受容をめぐる問題を軸に、倭的天下観の内実や日本の国号について述べることを、あらかじめ読者にご了解いただきたい。

一　二つの天下

古代中国の天下観

中国においては、宇宙の最高神である「天帝（上帝）」への信仰が発達し、天命をうけた有徳の天子が天下を支配するという政治思想が基層をなした。また、そこから易姓革命の思想が生まれた。天帝への信仰は、地上（天下）を支配する受命の天子と結びつき、時の宇宙観、あるいは天文占星的思想に拠って天子の宮室を営むことも行われた。

『史記』天官書《てんかんしょ》などによると、天の中宮は天極星にあり、天帝（太一《たいいつ》）の居所であるという。このような宇宙観と君主観の結合は始皇帝の宮城造営に端的に示される。始皇帝は、渭水《いすい》の南に信宮を造営し、当時の宇宙観にもとづき、名を極廟《きょくびょう》とあらため、天帝の居所である天極にかたどり（『史記』始皇本紀二十七年条）、また新たに造営した阿房宮《あぼうきゅう》を天極にみたてている（同三十五年条）。

皇帝号は始皇帝によりはじめて採用されたが、皇帝は天帝が地上に具現したものであった。[注2] その結果、皇帝と天子の関係が問題になるが、漢代以降は皇帝は国内政治における君主としての地位と権威、天子は外国（蛮夷）に対する君主としての権威を示すものとして使い分けられた。[注3]

天子（皇帝）の支配する領域は「天下」と称されたが、その天下は「溥天之下、莫レ非二王土一、率土之濱、莫レ非二王臣一（溥天《ふてん》の下《もと》、王土に非《あら》ざる莫《な》く、率土《そつど》の濱《ひん》、王臣に非ざる莫し）」（『詩経』小《しょう》雅《が》・谷風《こくふう》之什《のじゅう》・北山《ほくざん》）といった王土王民思想に示される。あるいは「動静之物、大小之神、日月所レ照、莫レ不ニ砥屬一（動静の物、大小の神、日月の照らす所、砥屬《しぞく》せざるは莫《な》し）」（『史記』五帝本紀・帝顓頊《せんぎょく》）、「日月所レ照、風雨所レ至、莫レ不ニ従服一（日月の照らす所、風雨の至る所、従服《じゅうふく》せざる莫し）」（『史記』五帝本紀・帝嚳《ていこく》）もまた同様な思想を表現している。天子（皇帝）の天下とは余すところのない世界を意味していた。

のちのことであるが、山上憶良は「或《まと》へる情《こころ》を反《かへ》さしむる歌一首并せて序」の中で天皇の支配する天下を次のように詠んでいる。

……阿米弊由迦婆《あめへゆかば》　奈何麻尓麻尓《ながまにまに》　都智奈良婆《つちならば》　大王伊摩周《おほきみいます》　許能提羅周《このてらす》　日月能斯多波《ひつきのしたは》　阿麻《あま》
久毛能《くもの》　牟迦夫周伎波美《むかぶすきはみ》　多尓具久能《たにぐくの》　佐和多流伎波美《さわたるきはみ》　企許斯遠周《きこしをす》　久尓能麻保良叙《くにのまほらぞ》……
……天へ行かば　汝がまにまに　地ならば　大王います　この照らす　日月の下は　天雲の　向
伏す極み　たにぐくの　さ渡る極み　聞こし食す　国のまほらぞ……　（『万葉集』巻五・八〇〇）

憶良は地上に君臨する天皇（大王）の支配する国土（天下）を、中国古典に依拠しながら「この照らす　日月の下は　天雲の　向伏す極み　たにぐく（ヒキガエル）の　さ渡る極み」（天の果て、地の果てまで）とうたっているが、これは中国聖王の天下観の日本（倭）的表現にほかならない。同様な表現は『延喜式』の祈年祭の祝詞《のりと》にも「青雲のたなびく極み、白雲の堕《お》り坐向伏《ゐむかぶ》す限り」、「たにぐくのさ渡る極み」とみえる。（注4）

このような天子（皇帝）による天下支配にともない中国王朝を中心とする、いわゆる中華思想が生まれた。西嶋定生氏は中華思想を、中華と蛮夷・夷狄《いてき》とを区別する華夷思想と王の徳によって礼に従わせる結合の論理である王化の思想とによって特徴づけている。(注5)すなわち中国王朝は朝貢する国々を、皇帝・天子の徳を慕って来貢するものと位置づけたのである。従って、中国を中心とする国際関係にあっては中華思想の受容・是認が前提とされた。

倭王武の上表文と中華思想

倭王権に中華思想が及ぼした影響は『宋書』夷蛮伝倭国条（以下『宋書』倭国伝と略記する）に収載される倭王武の上表文に顕れる。そこで次に倭王武の上表文を手懸かりに倭王権と中華思想の関係をみてみよう。周知のように倭王武は『万葉集』巻一の巻頭を飾る雄略天皇のことである。

倭王武が四七八年（昇明二）に南朝の劉宋《りゅうそう》の順帝《じゅんてい》に奉呈した上表文は、早く久米邦武・岡田正之により出色の文章であると評され、また近年では中国古典の語句が駆使された堂々たる駢儷体《べんれいたい》の文章であることが指摘されている。(注6)

順帝の昇明二年、遣使上表して曰く、「封国《ほうこく》は遍遠《へんえん》にして外に藩と作《な》る。昔自《よ》り祖禰《そでい》、躬《みずか》ら甲冑を擐《つらぬ》き、山川を跋渉《ばっしょう》して、寧処《ねいしょ》に遑《いとま》あらず。東は毛人を征すること五十五国、西は衆夷を服すること六十六国。渡りて海北を平ぐること九十五国。王道融泰《ゆうたい》にして、土を廓《ひろ》げ、畿を遐《はるか》にす。

累葉《るいよう》朝宗《ちょうそう》すること、歳に愆《あやま》らず。臣、下愚《かぐ》なりと雖も、忝《かたじけな》くも先緒《せんしょ》を胤《つ》ぎ、統《す》ぶる所を駆率《くそつ》し、天極に帰崇《きすう》す。……臣が亡考済《ぼうこうせい》、実に寇讐《こうしゅう》の天路を壅塞《ようそく》するを忿《いか》る。……（以下略）

上表文中には「天極に帰崇す」、「寇讐の天路を壅塞するを忿る」などと見え、そこには「天」を冠する「天極」、「天路」といった語が見えるが、これは劉宋皇帝の居所を「天極」、すなわち宇宙の中心とみなし、みずからを夷狄から皇帝を防禦する外藩（藩屏《はんぺい》）として位置づけていることを意味している。「天極に帰崇す」というのは、宇宙の中心である皇帝に帰順し崇めるといった意、「寇讐の天路を壅塞するを忿る」は、寇讐、すなわち敵対する高句麗が皇帝のもとに至る路を塞いでいることを忿るの意である。この上表文から、倭王武は中華思想を是認し、官爵《かんしゃく》を求め冊封《さくほう》を願ったことが知られる。こうしたことは当然のことながら倭王権に限らず、中国王朝に朝貢する東アジア諸国にとって共通のことであった。

『魏書』百済伝には百済王余慶《よけい》（蓋鹵王）が四七二年（延興二）に北魏の孝文帝に奉呈した上表文が収載されているが、倭王武の上表文の「天極」、「天路」と同様に、「天庭」（北魏朝廷の意）、「天慈」（北魏皇帝の慈愛の意）、「天逵《てんき》」（北魏への道の意）などの語を駆使し、北魏皇帝への忠誠を表現している。このように百済においても中国王朝に朝貢する場合、皇帝を天下の中心に位置する受命の天子とする君主観を踏まえて上表文を奉呈しているのである。このことは百済王牟大《むたい》（東城王）が四九〇年（永明八）に南斉へ奉呈した上表文に「天庭」、「天監」とあり、また四九五年（建武二）の上

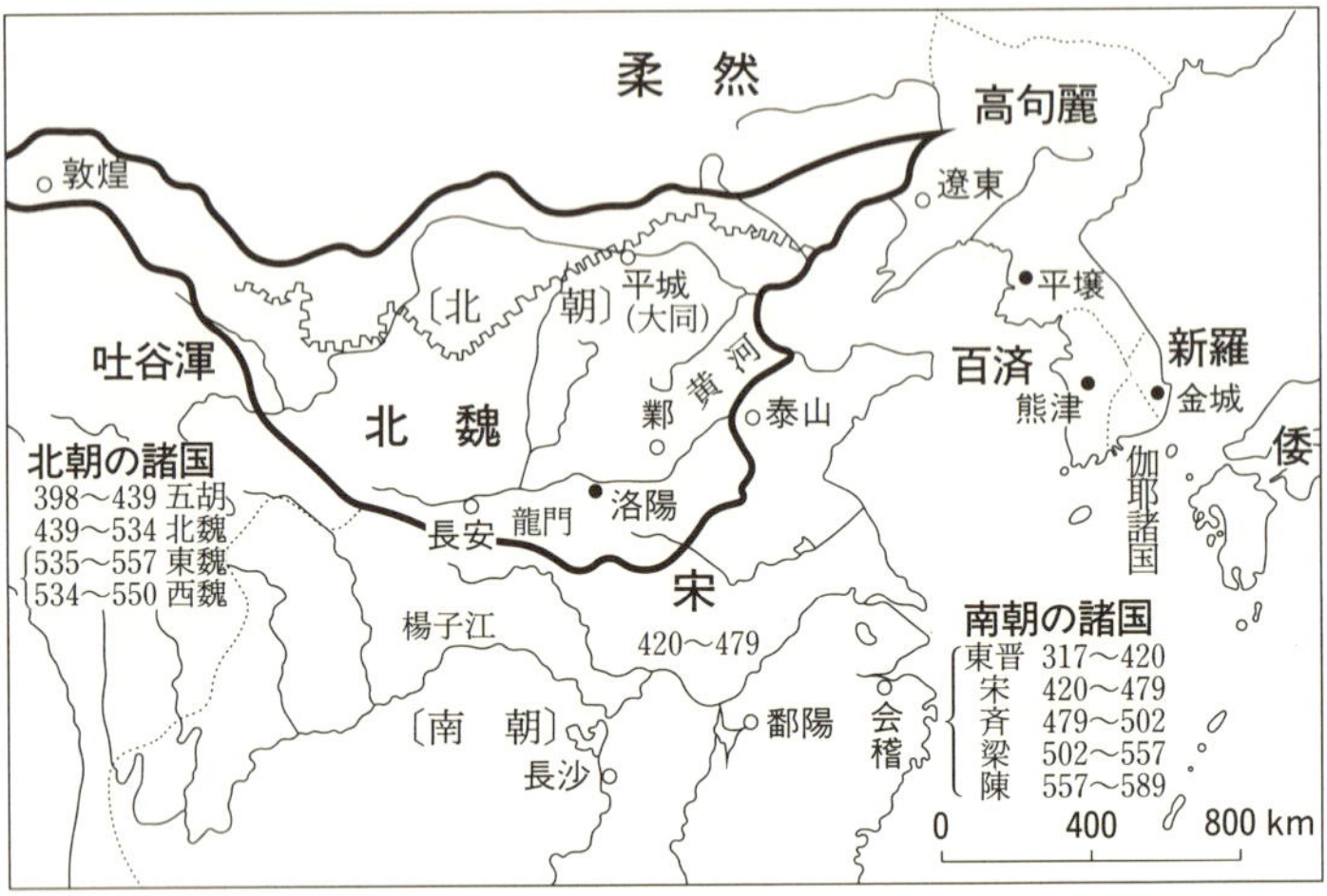

五世紀後半の東アジア

表文に「天恩」などとあることからも知られる（『南斉書』東南夷伝東夷百済条）。また、上表文ではないが、高句麗の使者である芮悉弗《ぜいしつふつ》の進言中に「天極」が見え（『魏書』高句麗伝）、高句麗もまた同様であったことが推察される。

倭の五王の時代は中国においては南北に王朝が分立する時代であった。華北では分裂・抗争が繰り返されたが、四三九年に北魏が華北の統一を果たすと安定を迎え、漢化が押し進められ、五胡時代とは異なり君主は皇帝を称した。ともに皇帝を称する南北両朝を両極とする国際関係にあって、中華思想の受容は両朝に朝貢する国々にとって共通のこととされたのであり、こうした語句は中国を中心とする東アジアの外交上の常套句とされたのである。

なお、百済王余慶の上表文で注意しておきたいのは、対北魏外交において、百済が自らの地理的位置を「東極」と表現していることである。後にも触れるがこのような「東極」意識は百済よりさらに東方に位置する倭王権においてはさらに強く認識されたと思われる。

さて、倭王武の上表文には、「東は毛人を征すること五十五国、西は衆夷を服すること六十六国、渡りて海北を平ぐること九十五国」とある。この文言は西嶋定生氏の指摘にもあるように(注7)、倭王が劉宋皇帝の藩屏《はんぺい》として尽力する姿を強く訴えたものである。しかし、劉宋の外藩として「土を廓げ、畿を遐にす」(皇帝の支配する領域を、遙か遠方まで広げる意)といった倭王の軍事行動は、倭王を主体として考えた場合には倭国の領土拡大に他ならない。倭王は自己の権力を中心に、その周辺の民を夷狄視して「毛人」、「衆夷」と表現している。これは倭王権による素朴な華夷思想の表現と読みとることが可能である。

中国王朝と通交していた東アジア諸国は中華思想を受容・是認したが、その過程で中華思想を摂取して、中国皇帝の天下のもとに、独自の天下を形成しようとしたと推定されるのである。高句麗においても中華思想を摂取し、自己の支配に取り込んでいたことは五世紀長寿王代の高句麗中原碑に新羅王を「東夷之寐錦《むきん》」と呼んでいることからもうかがえるのである(注8)。中国を中心とする東アジアの国際関係にあっては、現実的にはきわめて矛盾をもった支配観念であったが、それをみずからのものにしようとしていたのである。

治天下大王

倭王権の南朝への朝貢は、四七六年の武の使節をもって中断する。劉宋を中心とする東アジアの国際秩序は、たびたびの遣使にも関わらず高句麗を上位とする位置づけは変更されることなく[注9]、高句麗に対抗し百済・新羅に優越する地位を築こうとした倭王権は、やむなく冊封体制からの離脱をはかったと推測される。これと前後して確認できるのが、「治天下」と「大王」である。五世紀後半の埼玉県稲荷山古墳出土鉄剣銘に「獲加多支鹵《ワカタケル(ロ)》大王」、「左（佐）治天下」、熊本県江田船山古墳出土大刀銘には「治天下獲□□□鹵大王」とある。銘文中の「獲加多支鹵大王」は雄略天皇に比定される。両銘文では「獲加多支鹵大王」の支配領域を「天下」と称し、「獲加多支鹵」を「大王」と尊称している。「大王」は恐らく高句麗の「太王」号との対抗から生み出されたものであろう。倭王も高句麗王も中国に朝貢するときは「王」を称し、対中国関係を捨象した自らの支配領域においては「大王」、「太王」と尊称されたのである。

また「治天下」の表現は中国古典に依拠するものである。栗原朋信氏は『孟子』公孫丑《こうそんちゅう》、『漢書』賈誼《かぎ》伝などの用例を指摘され[注10]、東野治之氏は晋の皇甫謐《こうほひつ》の『帝王世記』に「黄帝治㆓天下㆒百廿一年」、唐の張愔《ちょういん》の『帝系譜』に「五竜氏（中略）治㆓天下㆒合九百二十七万三千六百年」などとあることから、皇帝号成立以前の伝説上の帝王に用いられたとされている[注11]。「治天下」の用例はこの他に気付いたところでは「堯治㆓天下㆒」、「大聖之治㆓天下㆒」（『荘子』天地編）や「昔者黄帝治㆓天下㆒」『淮南子《えなんじ》』（覧冥訓《らんめいくん》）などが挙げられるが、両氏が指摘されているように聖人観念と結びついた語である。

右のことからすると「治天下大王」の表記は、中国の天下観を借用し、聖王たる大王の支配を表現したものと考えられるが(注12)、倭王武の天下は、東の毛人五十五国、西の衆夷六十六国、さらには海北九十五国、すなわち朝鮮南部を含むものであったと考えられる。

二　阿毎多利思比孤

「阿毎多利思比孤」「阿輩鶏弥」

倭王権は伽耶《かや》滅亡後、百済・新羅の対立を利用して「任那の調」の収取権を確保し、百済・新羅を蕃国とみなし、『隋書』東夷伝俀国条（以下『隋書』倭国伝と略記する）に「新羅・百済は皆倭をもって大国」として敬仰したと記されるに至る。六〇〇年（隋・開皇二〇）、倭王権は倭王武の遣使以後一世紀以上の途絶を経て、再び中国の隋に朝貢する。五世紀の倭王は、国書（表）に「倭済」・「倭武」（『宋書』本紀）と、倭を姓とし、名を好字一字で表記し、官爵《かんしゃく》を求め冊封を願って朝貢した。ところが、遣隋使はこれとは大きく異なり、国王の姓名を名乗らず、「阿毎多利思比孤」・「日出づる処の天子」（『隋書』）、あるいは「東天皇（大王）」（推古十六年紀）などと称し、大国としての地位を堅持するために、朝貢はするが冊封は望まぬものであった。『隋書』倭国伝には

開皇二十年、倭王、姓阿毎、字多利思比孤、号阿輩鶏弥、遣使詣闕。上、令所司訪其風俗。使者言、倭王以天為兄、以日為弟。天未明時、出聴政、跏趺坐、日出便停理務、云委我弟、高祖曰、

此太無義理、於是訓令改之。王妻号鶏弥、後宮有女六七百人。（以下略）
（開皇二十年、倭王、姓は阿毎《あめ》、字は多利思比孤《たりしひこ》、阿輩鶏弥と号して、使を遣はして闕《けつ》に詣《いた》らしむ。上《しょう》〔文帝〕、所司をしてその風俗を訪《と》はしむ。使者言はく「倭王は天を以て兄となし、日を以て弟となす。天、未《いま》だ明けざる時に、出でて政《まつりごと》を聴き、跏趺《かふ》して坐《ざ》し、日出づれば便《すなは》ち理務《りむ》を停《や》め、我が弟に委《ゆだ》ぬと云ふ」と。高祖曰く「此れ太《はなは》だ義理無し」と。是《ここ》に訓《おし》へて之を改めしむ。王の妻は鶏弥《きみ》と号し、後宮に女六、七百人有り。……）

また『通典《つてん》』巻一八五・辺防東夷上・倭には

開皇二十年、倭王姓阿毎、名多利思比孤、其国号阿輩鶏弥。華言天児也。遣使詣闕。
（開皇二十年、倭王、姓は阿毎、名は多利思比孤、其の国にては阿輩鶏弥と号す。華言《かげん》の天児なり。使を遣はして闕に詣らしむ。）

とある。両者は同一の原史料にもとづいて記録されたものであろう。
右の史料によると倭王の姓は「阿毎」、字（名）は「多利思比孤」であり、「阿輩鶏弥」と号したという。国書に倭王の称を「阿毎多利思比孤」とあったのを、隋側が「阿毎」を姓に、「多利思比孤」を名と解釈したと推測されるが、『隋書』は国書のことについてはなにも触れていない。

そこで「阿毎多利思比孤」、「阿輩鶏弥」の用字に注意すると、格別好字が用いられているとは思われない。七三六年（唐開元二十四・天平八）に張九齢《ちょうきゅうれい》が撰文した玄宗《げんそう》皇帝の「勅日本国王書」には「日本国王主明楽美御徳に勅す。」と見える。(注13)「主明楽美御徳《すめらみこと》」は天皇の倭語であるが、好字によって表記されている。「主明楽美御徳」の前に「日本国王」とあるので、唐側では君主号ではなく、倭王の姓名と考えていたらしい。森公章氏の指摘にもあるように唐の高宗《こうそう》の称号でもあった「天皇」を唐に対しては使用せず、天皇の倭名である「主明楽美御徳」を使用したものとみられる。(注14)この表記は日本の使者が持参した国書にもとづき書写したと思われ、『令義解《りょうのぎげ》』儀制令《ぎせいりょう》1天子条に見える「須明楽美御徳」の表記と一字違いで、しかも好字ばかりが並んでいる。こうした点を参酌すれば、「阿毎多利思比孤」、「阿輩鶏弥」の表記は使者が持参した国書に拠るものではなく、使者からの聴聞により隋側が記録したものと考えられる。

「阿毎多利思比孤」、「阿輩鶏弥」については諸説があるが、その学説の整理は森氏の研究に委ねるとして、(注15)ここでは『隋書』の「倭王姓阿毎、字多利思比孤、号阿輩鶏弥」を検討してみたい。

栗原朋信氏は「姓阿毎、字多利思比孤、号阿輩鶏弥」を、中国では号・姓・字の順であるとされ、「阿輩鶏弥阿毎多利思比孤」（大王天皇）と考えられた。(注16)しかし、「号阿輩鶏弥」の部分を『通典』が「其の国にては阿輩鶏弥と号す」としているのに注目したい。というのは『通典』の筆法に従えば、倭王の姓名は「阿毎多利思比孤」であり、その王は国内では「阿輩鶏弥」と号したと解せるからである。とするならば「阿毎多利思比孤」は「日出る処の天子」、「東大皇（大王）」と同様に国外向けの称号ではなかったかと推測されるのである。

諡号に着目すれば七世紀前後の倭王の名にタラシを含むのは、舒明のオキナガタラシヒヒロヌカ、斉明（皇極重祚《ちょうそ》）のアメトヨタカライカシヒタラシヒメの二例であり、アメタリシヒコは当時の倭王の個人名や尊称とは思われない。

「タラシ」の語は、「垂る」、もしくは「足る」に敬語の「す」を添えた尊敬体と考えられている。山尾幸久氏は「名に於きて帯の字を多羅斯《たらし》と謂《い》ふ」（『古事記』序）のように垂帯の象による慣用が古くからあったとされ、タラシを「垂る」の意に解され、「アメタリシヒコ」を「あまくだられたおかた」ほどの意味とされている。(注17) しかし、『記』『紀』や『万葉集』では、天と地の往来については「のぼる」、「くだる」、「あもる（あまおる）」の語が用いられており、「垂る」の用例を見ない。今その一例を挙げれば

葦原能《あしはらの》　美豆保国乎《みづほのくにを》　安麻久太利《あまくだり》　之良志売之家流《しらしめしける》　須売呂伎能《すめろきの》　神乃美許等能《かみのみことの》……
（巻十八・四〇九四）

葦原笑《あしはらの》　水穂之国丹《みづほのくにに》　手向為跡《たむけすと》　天降座兼《あもりましけむ》　五百万《いほよろづ》　千万神之《ちよろづかみの》……（巻十三・三二二七）

の如くである。また、別に述べたことがあるように、神功皇后のオキナガタラシヒメや六世紀以降の

和風諡号にみられる「タラシ」は「足る」、すなわち充溢した意と解して矛盾はない。(注18) また『万葉集』にみえる用例も同様に「足る」と解せる。

『万葉集』に見える「たる」は天智天皇が病に臥した時に、倭姫皇后が奉った歌が唯一例である。

天皇聖躬不予《みやまひ》したまふ時に、太后の奉る御歌一首

天原《あまのはら》　振放見者《ふりさけみれば》　大王乃《おほきみの》　御寿者長久《みいのちはながく》　天足有《あまたらしたり》（巻二・一四七）

多くの注釈書が指摘しているように、倭姫が天智天皇の寿命の長久であることを予祝した歌で、生命力が天空に充溢している意と理解するのが妥当であろう。このような例からも「アメタリシヒコ」は「天に満ち溢れるほどの霊力をもった方（男）」の意と解せよう。

『隋書』倭国伝には「風俗を訪はしむ」とあり、また倭国の使者は「倭王は天を以て兄となし、日を以て弟となす……」と答えたという。五世紀後半に倭王は「治天下大王」の尊称をもったが、「天」との関係は不明であった。ここにはじめて倭王権の「天」の観念を確認できる。しかし、そこにみられる倭王権の「天」観念は、倭王と天とが結びつけられているものの、中国思想の天の観念と異なり、天を父とするものではなく、天と日と兄弟関係にあるというのである。換言すれば倭王は天と日と同格に結びつけられているのであり、ここに倭王権独自の「天」観念が確認できる。

倭王権と「天」と「日」との関係を死後のおくり名である諡号《しごう》にみると（後掲「王名表」を参照）。

「アメ」を最初に含むのは六世紀後半の欽明天皇である。恐らく欽明朝に行われた修史事業と関わるであろう。そして七世紀後半には集中して孝徳、斉明（皇極重祚）、天智、天武、持統天皇にみられる。また「ヒ」を含むのは安閑（カナヒ）、用明（トヨヒ）、舒明（タラシヒ）、孝徳（トヨヒ）、斉明（イカシヒ）天皇で、諡号は日を形容する言葉によって構成されている。敏達六年（五七七）紀春二月条には、日祀部《ひまつりべ》が設置されたことがみえるように、倭王権の天の観念に天と日が並ぶのは、こうした背景に日神信仰の高まりがあったと推測される。ちなみに「アメ」と「ヒ」を同時に含むのは孝徳、斉明両天皇である。『古事記』に伝えられるような高天原神話の完成は、大宝三年（七〇三）に献呈された持統天皇の和風諡号である大倭根子天之広野日女尊《おほやまとねこあまのひろのひめのみこと》が（『続日本紀』十二月癸酉十七日条）、養老四年（七二〇）に完成した『日本書紀』では高天原《たかまのはら》広野姫に変更されていることからすると諡号献呈以後のことになろうか。[注19]

恐らく使者は天上の神の子孫である倭王の列島支配の由来（プリミティブな宮廷神話）を説明したのであろう。『通典』は「アメタリシヒコ」を「天児」と表現しているが、天児は天子と同義である。思想を異にする蛮夷の「天子」を天子と認めるわけにはいかないので天児としたのであろう。「アメタリシヒコ」は遣隋使を派遣するに際し、宮廷神話に由来する新たに選ばれた称号と推察される。[注20]

ところで、「阿輩鶏弥」には、アメキミと訓む説とオホキミと訓む説とがあり、揺らぎがある。日本古典文学大系『日本書紀』の補注では、「阿輩鶏弥」をアメキミ（天君）と訓む可能性が高いことが指摘されている。[注21]

関連王名表

代数	漢風諡号	歴代天皇の名
1	神武	カムヤマトイハレヒコ
6	孝安	オホヤマト**タラシヒコ**クニオシヒト
12	景行	オホ**タラシヒコ**オシロワケ
13	成務	ワカ**タラシヒコ**
14	仲哀	**タラシ**ナカツ**ヒコ**
—	神功	オキノガ**タラシヒメ**
15	応神	ホムダワケ
16	仁徳	オホサザキ
26	継体	ヲホド
27	安閑	ヒロクニオシタケ**カナヒ**
28	宣化	タケヲヒロクニオシタテ
29	欽明	アメクニオシハルキヒロニハ
30	敏達	ヌナクラフトタマシキ
31	用明	タチバナノ**トヨヒ**
32	崇峻	ハツセベノワカサザキ
33	推古	トヨミケカシキヤヒメ
34	舒明	オキナガ**タラシヒ**ヒロヌカ
35	皇極	アメトタヨカラ**イカシヒタラシヒメ**
36	孝徳	アメヨロヅ**トヨヒ**
37	斉明	(皇極重祚)
38	天智	アメミコトヒラカスワケ
40	天武	アメノヌナハラオキノマヒト
41	持統	オホヤマトネコアマノヒロノヒメ (タカマノハラヒロノヒメ)
42	文武	ヤマトネコトヨオホヂ
43	元明	ヤマトネコアマツミシロトヨクニナリヒメ
44	元正	ヤマトネコタカミヅキヨタラシヒメ

この点についてみると、すでに指摘されているように「阿毎」とあるのに「阿毎鶏弥」と表記されずに「阿輩鶏弥」とある。それに対して「阿輩鶏弥」の「鶏弥」は、王の妻を「鶏弥」と表記しており、同音に同一の表記がなされていることが注意される。同音を別字で表記することは異例ではないが、「阿毎」は隋側が倭王の姓と解した部分であり、「阿毎」と「阿輩」は別の音を表記したと推測される。『隋書』倭国伝には、「阿輩鶏弥」の「輩」字を使用して固有名詞を表記した例が他にも一例ある。

隋使裴世清を迎えた倭国側の臣下として見える「小徳阿輩台」がそれである。この「小徳阿輩台」については対応する『日本書紀』の記事にみえる掌客のひとり（ア）大河内直糠手《おほしかふちのあらて》、もしくは難波《なにはの》雄成《をなり》(注22)、（イ）大伴囓《おほとものくひ》(注23)、（ウ）阿倍鳥《あへのとり》に比定する説(注24)などがある。しかし、同伝に見える「大礼哥多毗」が、額田部《ぬかたべ》連という姓の一部の音を写したと思われる点や、音からするならば［.a puai dai］「ア・ハイ・タイ」（藤堂明保『漢字語源辞典』）であり、姓「粟田《あはた》」に比定するのが妥当と思われる。とするならば粟田臣細目（推古十九年紀五月五日条。皇極元年紀十二月十三日条には小徳とみえる）が有力候補となろう。(注25)

右のことからするならば、「阿輩鶏弥」は「オホキミ」（大王）の音を写したものと推測されるのである。「（治天下）大王」は天武朝に「天皇」号と代わるまで君主の称号であった(注26)とみてよかろう。

三　「日出る処」と日本

天極—東極関係から東西関係へ

ところで、『隋書』倭国伝には有名な次の記事がある。

大業三年、其王多利思比孤、遣使朝貢。使者曰、聞海西菩薩天子、重興仏法、故遣朝拝、兼沙門数十人、来学仏法。其国書曰、日出処天子、致書日没処天子、無恙云々。帝覧之不悦。謂鴻臚卿曰、蛮夷書有無礼者。勿復以聞。

（大業《たいぎょう》三年〔六〇七〕、其の王多利思比孤、使を遣はして朝貢す。使者曰く、「聞くところ海西の菩薩天子、重《かさ》ねて仏法を興すと。故に遣はして朝拝せしめ、兼ねて沙門《しゃもん》数十人、来りて仏法を学ぶ」と。其の国書に曰く、日出づる処の天子、書を日没する処の天子に致す。恙《つつが》無きや、云々。帝〔煬帝〕、覧じて悦ならず。鴻臚卿《こうろけい》に謂《い》ひて曰く、「蛮夷の書、無礼なる者有り。復た以《い》聞《ぶん》する勿《な》かれ」と。）

六〇七年倭国は再び隋に朝貢したが、使者は「聞くところ海西の菩薩天子、重ねて仏法を興すと。故に遣はして朝拝せしめ……」と述べたという。隋の文帝は北周の仏教弾圧策を一変し、仏教を再興して手厚く保護した。文帝は六〇四年に没したが、つづく煬帝も菩薩戒を受けている。倭国はこうした隋の仏教界の動向を把握して使者を派遣したのであろう。ところが国書に「日出づる処の天子、書を日没する処の天子に致す」とあり、これを見た煬帝は不快感を示したという。国書のどの部分が煬帝を不快にしたのか。この問題については多くの研究があるが、蛮夷の倭王が天下に一人であるはずの「天子」を称し、対等な国家間の外交文書の書式である「致書」を用いた点にあるとみられている。(注27)

この国書にはのちの「日本」の国号に連なる「日出づる処」という表現が見えるが、この表現をめぐって検討すべき二つの見解がある。第一は「日出づる処」という表現は「日没する処」に対して優位に立つとする見解である。また第二は「日出づる処」という見方は倭国から生まれたのではなく、倭国を日の出の位置に見る倭国の西側からの見方とする見解である。これは承平六年（九三六）の書紀講書における矢田部公望《きんもち》が、唐からの見方として以来の観点であるが（『日本書紀私記・丁本』）、近年、李成市氏は日本列島に居住するものであれば、「日出る処」は東方海上、太平洋上であったことは自明であったはずであるとされ、「日出る処」は高句麗からの見方とされている。すなわち、『三国志』魏書・烏丸鮮卑《うがんせんぴ》伝に、魏軍が高句麗軍を沿海州方面まで追討したときの長老の説に「異面の人有り、日の出づる所に近し」とあることから、倭国を「日出づる処」とし、隋を「日没する処」とする地理観は高句麗からの視点で、五九五年に来日した高句麗僧恵慈《えじ》によって国書が書かれたと指摘されるのである。(注28)

「日出る処の天子」と「日没する処の天子」の関係を考える前提となるのは、中国を中心とする東アジア世界における倭王権の方位的・地理的位置の認識（世界観）であるが、倭の五王の時代には、倭国が東方に所在したことは、東アジア諸国との通交の過程で倭王権自身が認識していたと思われる。中国王朝から授与される安東（大）将軍などの将軍号、また前述した百済王余慶の北魏への上表文にみられる「東極」意識などがそうしたことを裏付けよう。また、のちのことであるが、倭王権における自国の東方意識は天武天皇の和風諡号「天渟中原瀛真人《あまのぬなはらおきのまひと》」からもうかがえる。上田正昭氏によれば「瀛」は道教でいう東方三神山―蓬萊《ほうらい》山・方丈《ほうじょう》山・瀛州《えいしゅう》山―のうちの瀛州山にもとづくとされる。(注29)諡号に東方三神山に由来する「瀛」が選ばれた背景には、少なからず東方認識があったと思われるのである。

しかし、重要なのは、五世紀における倭王権の東方認識は、中国を宇宙（世界）の中心である「天極」とし、みずからを「東極」に置く世界観にもとづくものであり、天極―東極関係にあったということである。

ところが、『隋書』倭国伝には、六〇七年の倭国の使者は「海西の菩薩天子」といい、また翌年倭国に来朝した隋の使者裴世清《はせいせい》に会見した倭王は「海西に大隋礼義の国有りと聞き」と述べたと記されている。明らかに倭王権は隋を「海西」の国とみていたのである。六〇七年の国書の「日出る処の天子」、「日没する処の天子」が煬帝の不興を買い、翌年の国書には「東天皇（大王）」、「西皇帝」（推古十六年紀九月十一日条）と改められていることからもうかがえるように、対隋外交にあっては、倭国は天極―東極関係を脱し、隋と倭国の関係を東西という方位的・地理的関係に相対化しているのである。日中関係が途絶した約一世紀の間に、倭国内に大きな世界観の変化があったのである。

東野治之氏は鳩摩羅什《くまらじゅう》によって漢訳された『摩訶般若波羅蜜多経《まかはんにゃはらみったきょう》』の注釈である『大智度論《だいちどろん》』巻十に、「日出処是東方、日没処是西方、日行処是南方、日不レ行処是北方（日出ずる処は是《こ》れ東方、日没する処は是れ西方、日行く処は是れ南方、日行かざる処は是れ北方なり）」とあることに着目されて、「日出処」、「日没処」は優劣の関係ではなく、『大智度論』の東西南北の別称表現が典拠であったと指摘されている。[注30] 当時の仏教界に渡来僧の果たした役割は大きいが、このような語句の選択は、日中関係の相対化をはかる倭王権によってなされたものとみるのが妥当であろう。

倭国が儒教にもとづく中国を中心とする天下観念を相対化し、独自の天下を構想していく上で、仏教の世界観が果たした役割は大きいものがあった。[注34] しかし、それは倭国を中心とする天下を構築する上で取り込まれたものであって、アメタラシヒコの称号からもうかがえるように、倭的天下の内実は、仏教思想のみならず神話的（神祇的）世界観などが混在するものであった。

「日本」の国号

さて、倭国は国号を「日本」と改めたが、日本の意味は「日出づる処」、太陽の出るところの意であろう。『旧唐書』東夷伝日本条には「その国日辺にあるを以て、故に日本を以て名と為す」と記す。「日辺」、すなわち太陽の昇るところに位置するので国名を日本としたというのである。

天平五年（七三三）四月三日に難波を出発した多治比広成《たじひのひろなり》を大使とする遣唐使に贈った作者未詳歌には

……住吉乃《すみのえの》　三津《みつ》尓《に》船能利《ふなのり》　直渡《ただわたり》　日入国《ひのいるくに》尓《に》　所《つか》レ遣《はさる》……（巻十九・四二四五）

と見え、西方の唐を「日の入る国」としているのである。自国を東方の「日辺」とすれば、当然のことながら西方の唐は「日の入る国」となる。

筆者は以前、「日本」の国号について検討を加え、「日本」という表記は、書名『日本世記』成立の上限である六六九年以後用いられた可能性があり、国際関係の場で国号として初めて使用されたのは、六九八年の対新羅外交（『三国史記』）においてである可能性が高いこと、天皇号とともに浄御原令に定められていた可能性があることなどを指摘した。[注32] 日中関係でいえば七〇二年の遣唐使により初めて中国に承認されたが、則天武后《そくてんぶこう》が唐朝を簒奪《さんだつ》して新たに周を興したこの時期は、国号の変更を承認させる上ではきわめて好条件であった。

東野治之氏は、国号としての「倭」に着目され、天武三年（六七四）紀三月丙辰（七日）条に

対馬国司守忍海造《おしぬみのみやつこ》大国《おほくに》言《まう》さく、「銀《しろかね》始めて当国に出《い》でたり。即ち貢上《たてまつ》る」とまうす。是に由りて、大国に小錦下《しょうきんげ》位を授けたまふ。凡そ銀の倭国《やまとのくに》に有ることは、初めて此の時に出《み》えたり。

とあることから、六七四年までは「倭国」が使用されていたことを指摘されている。[注33] これに従えば「日本」国号使用の上限は六七四年まで下がることになる。ただし、国の総称としての「倭国」は『万葉集』でも使われており、注意を要する。

『万葉集』中で用いられる「倭」字は畿内ヤマトを指す場合が多いが、国の総称としての「ヤマト」を指すと思われる例もある。一例を挙げると

志貴嶋《しきしまの》　倭国者《やまとのくには》　事霊之《ことだまの》　所《た》レ佐国叙《すくるくにぞ》　真福在与具《まさきくありこそ》（巻十三・三二五四）

この場合の倭国は畿内の地「ヤマト」ではなく、国の総称としての「ヤマト」と考えてよかろう。

『万葉集』に見える「日本」

ところで、国号「日本」は、倭語「ヤマト」にあてられたもので、「倭」から「日本」への変更は表記上のことであったらしい。『万葉集』中の十五首の歌、題詞三例に「日本」という表記をみるが、「不尽山を詠める歌」中の「日本之《ひのもとの》　山跡国乃《やまとのくにの》　鎮十方《しづめとも》　座祇可聞《いますかみかも》」（巻三・三一九）の「山跡国」にかかる枕詞、「日本之」（ひのもとの）の一例を除いて、『万葉集』ではすべてヤマトの表記に用いられている。(注34)

その用例をみると、「日本」と表記はしていても多くの場合が畿内の地であるヤマトを指し、表記上からみるならば、公式令1詔書式条に対外向けとされた国号「日本」の表記の浸透ぶりがうかがえるのであるが、国の総称としての「ヤマト」を指す用例は少ない。(注35) 明確に国の総称と思われるのは次の用例である。

（a）大伴淡等謹状《きんじょう》
梧桐日本琴《ごとうのやまとごと》一面　対馬結石山孫枝《つしまのゆひしやまのひこえなり》　（巻五・八一〇題詞・大伴旅人）

天平元年（七二九）十月七日、大宰帥《そち》の要職にあった大伴旅人は、中衛大将《ちゅうえのたいしょう》であった藤原房前《ふささき》に対馬産の琴材で作った日本琴を贈っている。『公卿補任《くぎょうぶにん》』によると房前が中衛大将となったのは翌二年十月一日のこととされるが、笹山晴生氏によれば神亀五年（七二八）の中衛府《ちゅうえふ》設置とともに中衛大将となったとみられる。(注36) 大伴淡等の表記は天平勝宝八歳六月二一日付「東大寺献物帳」（「国家珍宝帳」）の「槻《つき》御弓六張」中にも見える。

ここで注意されるのは「日本琴」の表記である。「日本琴」の用例は他にも「寄日本琴」（巻七・一三二八題詞）がある。右記「東大寺献物帳」（「国家珍宝帳」）には「檜木《ひのき》倭琴」が、「金鏤《きんる》新羅琴」と並んで見え、倭琴は新羅琴に対置されており、明らかに国の総称「倭（ヤマト）」を表記したものである。「日本琴」は「倭琴」の別表記と考えて誤りあるまい。『万葉集』では「倭琴」（巻七・一一二九題詞、巻十六・三八五〇左注）と「日本琴」の両用に表記されているが、（a）は書簡体の作品であり、しかも旅人歌のヤマトの表記は「日本」に限られている。(注37) 旅人が「日本琴」と表記したとすると、外交の拠点である大宰府にいたからこそ生まれたものであろう。

（b）　山上臣憶良、大唐《だいとう》に在《あ》りし時に、本郷《くに》を憶《おも》ひて作る歌

去来子等《いざこども》　早日本辺《はやくやまとへ》　大伴乃《おほともの》　御津乃浜松《みつのはままつ》　待恋奴良武《まちこひぬらむ》（巻一・六三）

憶良は大宝二年（七〇二）出発、慶雲元年（七〇四）帰朝の遣唐使に加わっているが、その憶良が唐でよんだとされる歌である。「日本」は都のあるヤマトを指すとも思われるが、「大唐に在りし時に」という題詞の異国意識に立てば、日本国を指すと考えられる。

憶良の歌には中国を「唐」と表記したものがある。『万葉集』の歌中では、中国を表すのに「漢」、「韓」、「辛」、「呉」などが用いられているが、(注38)「唐」の表記が用いられているのは、憶良が天平五年

(七三三) 三月三日に遣唐大使多治比真人広成に贈った「好去好来歌《こうきょこうらいのうた》」が唯一例である。

神代欲理《かみよより》 云傳久良久《いひつてくらく》 虚見通《そらみつ》 倭国者《やまとのくには》 皇神能《すめかみの》 伊都久志吉国《いつくしきくに》…… 勅旨《おほみこと》〈反云二大命一〉
戴持弓《いただきもちて》 唐能 遠境尓《とほきさかひに》 都加播佐礼《つかはされ》……(巻五・八九四)

「唐能」を「もろこしの」と訓んだのか、「からくにの」と訓んだかはにわかに断じがたいが、[注39]中国を表すのに国名である「唐」字が用いられている点は注目される。この歌は書簡体の形式をとっており、憶良が「唐」字を用いたとすることが可能であれば、遣唐使節の経験者、憶良の中国認識を示すものになる。また、憶良には漢詩文に対する「日本挽歌」(巻五・七九四題詞)があるが、この題詞も長文の漢詩文に続く作品の一部と考えれば憶良の用字の可能性もあり、憶良の自国認識がうかがえることになる。

(c) ……吾王《わがおほきみ》 御子乃命《みこのみこと》 万代尓《よろづよに》 食賜麻思《めしたまはまし》 大日本《おほやまと》 久迩乃京者《くにのみやこは》……(巻三・四七五・大伴家持)

家持の安積親王挽歌に「大日本 久迩乃京者」という表現がみえる。『続日本紀』天平十三年(七四一)十一月十一日条によると、右大臣橘諸兄の、この都を後世になんと伝えるかという問いに、聖武天皇は「大養徳《おほやまと》の恭仁《くに》の大宮」と答えている。畿内ヤマトの表記は「大倭」であったが、それを天平九年（七三七）に「大養徳」と改め、さらに天平宝字元年（七五七）に「大和」に改めている。『続日本紀』の「大養徳」の表記は畿内ヤマトの表記変遷に符合している。しかし、「山背乃《やましろの》久迩能《くにの》美夜古波《みやこは》」（巻十七・三九〇七）とうたわれるように、恭仁京の所在地は山背国であり、従って「大養徳」の表記は国の総称としての「ヤマト」を指すとみられる。（c）の家持歌にみられる「大日本」は、同様に国の総称としてのヤマトを指すと考えられる。

以上、『万葉集』中の「日本」の表記に着目し、国の総称として用いられたとみられる「日本」の用例について検討を加えたが、『万葉集』の形成過程は複雑で、各巻の用字がいつ誰のものか確証はない。しかし、外交の拠点であった大宰府にいた旅人、入唐経験者憶良の周辺に「日本」の表記が偏在していることは指摘できるであろう。（注40）

おわりに

本稿では、古代日本の中華思想の内実をさぐる手掛かりを『宋書』倭国伝、『隋書』倭国伝に求めた。倭国が儒教思想にもとづく、中国を中心とする天下思想（天極ー東極関係）から離脱し、中国を相対化（東西関係）しえた要因としては、一世紀以上にもわたる日中関係の途絶とその間に摂取した仏教思想の影響が大きいが、倭的天下の内実は宮廷神話の世界観などが混在するものであった。また、『隋書』倭国伝に見える、アメタラシヒコは宮廷神話に由来する、対隋外交のために新たに案出された称号、「阿輩鶏弥」は「オホキミ」で国内での称号（治天下大王）と推察されることなどを指摘し、さらに中国を相対化したところから生まれた国号「日本」の表記の『万葉集』中における用例について検討を加え、卑見を述べた。

注1 関晃「律令国家と天命思想」（『東北大学日本文化研究所研究報告』一三・一九七七、のち関晃著作集第四巻『日本古代の国家と社会』所収・吉川弘文館・一九九七）、酒寄雅志「記紀と『中華思想』」（『国文学』二九―一一・一九八四年九月）、西嶋定生「遣唐使と国書」（『遣唐使研究と史料』東海大学出版会・一九八七、のち『倭国の出現』所収・一九九九・東京大学出版会）、森公章「古代日本における対唐観の研究―「対等外交」と国書問題を中心に―」（『古代日本の対外認識と通交』吉川弘文館・一九九八）、東野治之『遣唐使船』（朝日新聞社・一九九九）などを参照。

2 西嶋定生氏は「皇帝」は「皇天上帝」、すなわち「煌煌たる上帝」の意で、宇宙の主宰者である上帝が地上に出現した意味をもつとされている（「皇帝支配の成立」（『岩波講座世界歴史』四・岩波書店・一九七〇）。

3 尾形勇「古代帝国の秩序構造と皇帝支配」（『中国古代の「家」と国家』岩波書店・一九七九）

4 澤瀉久孝『萬葉集注釋』（中央公論社・一九五九）。「たにぐく」については中西進「谷蟆考」（『狂の精神史谷蟆考』一九九五・小沢書店）を参照されたい。

5 西嶋定生『日本歴史の国際環境』（東京大学出版会・一九八五）及び前掲注1など。なお、那波利貞「中華思想」（岩波講座『東洋思潮』・一九三六）を参照。

6 岡田正之『近江奈良朝の漢文学』（東洋文庫・一九二九）、志水正司「倭の五王の基礎的考察」（『史学』三九―二・一九六六、のち『日本古代史の検証』所収・東京堂出版・一九九四）、蔵中進「国書」

（和漢比較文学会編『記紀と漢文学』汲古書院・一九九三）
7 西嶋定生『日本歴史の国際環境』（東京大学出版会・一九八五）
8 武田幸男『高句麗史と東アジア』（岩波書店・一九八九）
9 坂元義種『古代東アジアの日本と朝鮮』（吉川弘文館・一九七八）
10 栗原朋信『上代日本対外関係の研究』（吉川弘文館・一九七八）
11 東野治之 東京国立博物館編『江田船山古墳出土国宝銀象嵌銘大刀』六六頁
12 東野治之氏は「治天下大王」の用法は、皇帝の臣下である王（大王）の統治を示すものとして意図的に使用されている可能性が強く、必ずしも五・六世紀に独自の中華意識が存した傍証とはできないとされている（前掲注11）。なお、宮崎市定「天皇なる称号の由来について」（『思想』六四六・一九七八年四月）を参照されたい。
13 『全唐文』巻二八七、『唐丞相曲江張先生文集』巻十二などに所載。
14 森公章「天皇号の成立とその意義」（『古代史研究の最前線』第一巻・政治経済編（上）・雄山閣出版・一九八六、のち『古代日本の対外認識と通交』所収・吉川弘文館・一九九八）
15 森公章「天皇号の成立をめぐって」（『日本歴史』四一八号・一九八三、のち『古代日本の対外認識と通交』所収・吉川弘文館・一九九八）及び前掲注14。
16 栗原朋信「東アジア史からみた「天皇」号の成立」（『上代日本対外関係の研究』吉川弘文館・一九七八）
17 山尾幸久「古代天皇制の成立」（後藤靖編『天皇制と民衆』所収・東京大学出版会・一九七六）
18 拙稿「神功皇后の周辺」（『ＮＨＫ学園紀要』九号・一九八四）
19 上田正昭「和風諡号と神代史」（『国史論集』赤松俊秀教授退官記念事業会・一九七一、のちに上田

正昭著作集・第二巻『古代国家と東アジア』所収・角川書店・一九九八）
20　黛弘道氏は六〇〇年の遣隋使が隋で中国の「天子」の説明を受け、「天子」に対応する日本語として呪的・宗教的性格の濃厚な「天神御子」（天神天照大神の末裔）を造りだしたとされ、その時期を推古朝の修史に関わるとされる（「古事記に於ける天皇像」・古事記学会編『古事記の天皇』古事記研究大系六・高科書店・一九九四、のちに『物部・蘇我氏と古代王権』所収・吉川弘文館・一九九五）
21　日本古典文学大系『日本書紀』下（岩波書店・一九六五）補注16―一
22　石原道博編訳『新訂魏志倭人伝・後漢書倭伝・宋書倭国伝・隋書倭国伝』（岩波文庫・一九五一）
23　三木太郎氏は「阿輩台」を大伴囓連に比定、「オホト」と読んでいる（『倭人伝の用語の研究』多賀出版・一九八四）。
24　森田悌「天皇号と須弥山」（『天皇号と須弥山』高科書店・一九九九）
25　志水正司「阿輩台の訓み方」（『日本歴史』二三三・一九六七、のち前掲注6に所収、山尾幸久「『隋書』東夷伝倭国の条の史料価値」（『ゼミナール日本古代史』下・光文社・一九八〇）
26　倭語「オホキミ」は漢語「王」・「大王」と、「スメラミコト」は「天皇」と結びついた。両者は質的にまったく異なる語であり、この転換の背景には大きな飛躍があったものと推察される。「スミ」なる語はいずれもクシなる神性・霊性を帯びた語であるが、妙高・至高の意である梵語スメルと重なり、より霊性・神聖性を増幅し、壬申の乱後、地上に現出した「神」ともされる君主の称号に昇華したものと筆者は考えている（拙稿「スメラミコト覚書」『れきし』六八号・NHK学園・一九九九）。
27　中村祐一『唐代制勅研究』（汲古書院・一九九一）、西嶋定生『倭国の出現』（東京大学出版会・一九九九）
28　李成市「高句麗と日隋外交」（『思想』七九五・一九九〇、のち『古代東アジアの民族と国家』所

収・岩波書店・一九九八）

29 上田正昭　前掲注19

30 東野治之「日出る処・日本・ワークワーク」（『遣唐使と正倉院』岩波書店・一九九二）

31 石上英一「古代東アジア地域と日本」（『列島内外の交通と国家』日本の社会史（一）・岩波書店・一九八七）、鬼頭清明「仏教公伝の歴史的背景」（中塚明編『古都論』柏書房・一九九四）。

32 拙稿「日本の国号の成立に関する覚書」（『学習院史学』十二号・一九七六）

33 東野治之　前掲注30

34 戸谷高明「『日』の思想と表現」（『古代文学の天と日―その思想と表現―』新典社・一九八九）
戸谷氏の論考は天と日を考える上できわめて有益であり参照されたい。

35 岸俊男『古代史からみた万葉歌』（学生社・一九九一）

36 笹山晴生『日本古代衛府制度の研究』（東京大学出版会・一九八五）

37 川口常孝「『いざ子ども早く日本へ』歌の背景」（帝京大学文学部紀要『国語国文学』十三・一九八一年十月）

38 岸俊男「『倭人伝』以後の倭と倭人」（森浩一編『倭人の登場』日本の古代㈠・中央公論社・一九八五）、同「古代日本人の中国観―万葉歌を素材として―」（『日本古代文物の研究』塙書房・一九八八）

39 澤瀉久孝『萬葉集注釋』巻第五・二六三～四頁、岸俊男　前掲注35など参照。

40 川口常孝氏は、旅人・憶良は対外意識に立ち「日本」の文字を書きとどめた類稀なる万葉歌人とされている（前掲注37）。

（『万葉集』は新編日本古典文学全集『萬葉集』（小学館）による。）

編集後記

昨年は奈良県橿原市の万葉ホールで、当館の万葉故地交流事業として「越中万葉展」を開催した。遠く兵庫県や愛知県から足を延ばしてくださった方や、論集『水辺の万葉集』、『伝承の万葉集』をお読みくださった方もあり、心強い限りであった。短期間ではあったが、「なぜ越中に万葉歌があるのか」という質問があいつぎ、いわば万葉のメッカ・大和の皆さんをはじめ、関西の方々に「越中万葉」を知っていただき、親しんでいただく好い機会となった。

さて、論集は三冊目になる。今回のタイトル「天象」はあまりなじみのない言葉かもしれない。天象というのは日月星辰、つまり天文・気象に関わる事象のことである。中国の類書（書物から事項・語句を分類し文章を抜き出した百科辞書）である『芸文類聚』の天部を見ると、多くの語句が並んでいるが、十世紀前半に成立した日本の百科辞書『和名類聚抄』にははるかに多くの項目が並んでいる。日本人の天象への関心の深さ、あるいは感性を示すのであろう。

照りつける太陽、冴えわたる月、輝く星、そよぐ風、降りしきる雨、空に舞う雪……、こう書いてしまうとイメージが固定化されてしまうが、天象はまさしく千変万化の姿を見せる。またそこから宗教思想や政治思想も生まれた。このような天象を万葉びとはどのように捉え、うたっているであろうか。

今回も研究の第一線に立つ先生方のご協力を得て、文学を中心に、考古学・歴史学の分野からも天象に迫ってみた。ご多忙にもかかわらずご執筆をいただいた先生方に深く感謝申し上げたい。また、末尾ながら、このたびも編集の労をとっていただいた笠間書院大久保康雄氏に厚く御礼を申し上げる。

なお、来年度は『時の万葉集』（仮題）を刊行する予定である。四季や時間など、時に関わる項目をとりあげ論集の第四冊目としたい。

平成十二年二月

「高岡市万葉歴史館論集」編集委員会

執筆者紹介（五十音順）

浅野則子《あさののりこ》　一九五六年東京都生、日本女子大学大学院修了、別府大学助教授、文学修士。『大伴坂上郎女の研究』（翰林書房）、『坂上郎女　人と作品』（共著・おうふう）。

浅見《あさみ》　**徹**《とおる》　一九三一年神奈川県生、京都大学大学院博士課程修了、神戸松蔭女子学院大学教授。『新撰万葉集』（私家版）、「中臣宅守独詠歌」（「万葉」169号）。

犬飼公之《いぬかいきみゆき》　一九四四年長野県生、國學院大學大学院修了、宮城学院女子大学教授。『影の古代』（おうふう）、『影の領界』（おうふう）、『埋もれた神話』（おうふう）ほか。

大久間喜一郎《おおくまきいちろう》　一九一七年東京市生、國學院大學文学部卒、明治大学教授を経て、高岡市万葉歴史館館長。文学博士。『古代文学の源流』（おうふう）、『古代文学の構想』（武蔵野書院）『古代文学の伝統』（笠間書院）、『古事記の比較説話学』（雄山閣出版）ほか。

小野《おの》　**寛**《ひろし》　一九三四年京都市生、東京大学大学院修了、駒澤大学文学部教授。『新選万葉集抄』（笠間書院）、『大伴家持研究』（笠間書院）、『孤愁の人大伴家持』（新典社）、『万葉集歌人摘草』（若草書房）ほか。

金子裕之《かねこひろゆき》　一九四五年富山県生、國學院大學大学院修了、奈良国立文化財研究所埋蔵文化財センター研究指導部長。『平城京の精神生活』（角川書店）、『まじないの世界I』（至文堂）、『日本の信仰遺跡』（編著・雄山閣出版）。

川崎《かわさき》　**晃**《あきら》　一九四七年東京都生、学習院大学大学院修了、高岡市万葉歴史館学芸課長。『遺跡の語る古代史』（共著・東京堂出版）、「『傳厨』考」（「高岡市万葉歴史館紀要」9号）ほか。

新谷秀夫《しんたにひでお》　一九六三年大阪府生、関西学院大学大学院修了、高岡市万葉歴史館研究員。「『萬葉集』を見た公任」（「日本文芸研究」48巻2号）、「礼部納言本と大中臣家」（「高岡市万葉歴史館紀要」9号）ほか。

菅野雅雄《すがのまさお》　一九三二年岡山県生、國學院大學大学院修了、中京大学文学部教授。『古事記系譜の研究』『古事記成立の研究』『記紀歌謡と万葉の間』『大伴氏の伝承』（以上おうふう）、『初期万葉歌の史的背景』（和泉書院）。

関《せき》　**隆司**《たかし》　一九六三年東京都生、駒澤大学大学院修了、高岡市万葉歴史館研究員。『西本願寺本万葉集（普及版）』

巻第八』（おうふう）、「大伴家持が『たび』とうたわないこと」（「論輯」22）ほか。

田中夏陽子《たなかかよこ》　一九六九年東京都生、昭和女子大学大学院修了、高岡市万葉歴史館研究員。「有間皇子一四二番歌の解釈に関する一考察」（「日本文学紀要」８号）ほか。

古橋信孝《ふるはしのぶよし》　一九四三年東京都生、東京大学大学院修了、武蔵大学教授。『古代和歌の発生』（東大出版会）、『古代の恋愛生活』（ＮＨＫブックス）、『万葉集』（ちくま新書）、『古代都市の文芸生活』（大修館書店）、『和文学の成立』（若草書房）ほか。

高岡市万葉歴史館論集 3
天象《てんしょう》の万葉集《まんようしゅう》

平成12年3月25日　初版第1刷発行

編　者　高岡市万葉歴史館©
発行者　池田つや子
発行所　有限会社　**笠間書院**
〒101-0064　東京都千代田区猿楽町2-2-5
電話　03-3295-1331(代)　振替　00110-1-56002
印　刷　壮光舎
製　本　渡辺製本所
ISBN 4-305-00233-7

高岡市万葉歴史館論集

①水辺の万葉集（平成10年3月刊）2800円
②伝承の万葉集（平成11年3月刊）2800円
③天象の万葉集（平成12年3月刊）2800円
④時 の 万 葉 集（平成13年3月予定）

笠間書院